U0651208

[日] 雫井脩介 著

吕灵芝 译

湖南文艺出版社
HUNAN LITERATURE AND ART PUBLISHING HOUSE
博集天卷
CS-BOOKY

目录

1 判决

“纪藤先生，昨天很晚才走吧？”

走出刑事一部的法官室时，梶间勋低头看着判决草稿，心不在焉地对旁边的右陪席法官纪藤小声说道。

“是啊，大概十点才走。”纪藤有点紧张地回答，“因为有一份记录我想当天看完。”

“那个时间竟然还有理发店营业吗？”

听了勋的话，纪藤悄悄松了口气，随即略显害羞地摸了摸后脑勺。

“其实是我老婆剪的。她把我发梢剪得跟狗啃的一样，照镜子越看越烦。”

“反正发梢不会上镜，只会拍正脸。叫夫人剪的啊……那挺好，昨天跟今天看起来差了五岁呢。”

纪藤微微耸了一下肩膀，像在掩饰羞涩。

“真的会播吗？”

刚锁好法官室大门的副审判员中西插嘴道。他那一头鬈发收拾得整齐利落，油光水滑。

“应该会播。”勋答道，“搞不好能上头条。”

“会播的。”纪藤也点点头，“因为太难得了。”

“是啊。”中西跟着点了点头。

“好了，走吧。”

勋打开水房旁边的铁门，踏上通往法庭的专用通道。法袍摩擦声、皮鞋敲击地板的声音不绝于耳。虽不是为了彰显威严，但他还是很注意放缓脚步。其他人都配合了勋的动作。他以前走路更快，然而上气不接下气地开庭未免有些难堪，所以在五十多岁时自然形成了现在的习惯。

走出通道，就来到了法庭后部的小会议室。他没有停下脚步，径直打开了法庭大门。

正如勋所料，东京地方法院八王子分院第205号法庭的旁听席坐满了人。席上每四座一个区间，三区间组成一排，共计三排三十六个座位。法庭为大报社和电视台的记者留出了最前排的座位，但媒体阵营自然不止这些。许多周刊杂志和自由撰稿的记者也都闻讯而来了。

从法官登庭那一刻起，设置在旁听席后方中央的NHK[1]摄像机就开始运转。那是代表了各大媒体的权威摄录。法庭管理员手持秒表站在摄制组旁边，计算规定可摄录的两分钟时长。

勋漫不经心地听着庭内细小的叹息和吸鼻子的声音，缓缓坐在法官席中间的座位上。

[1] 即日本放送协会。——编者注

他抬起头目视前方。最先映入眼帘的，是旁听席右前排，未用白色盖布标明记者席位的一个区间内落座的几个身穿丧服的人。

一个四十多岁的中年男子将被害者遗照放在膝头。此人名叫池本亨，是被害者之妻的场久美子的兄长。他面容凶煞，体格健硕，但全身似乎笼罩着阴影。而且他头发凌乱，与勋一行形成了强烈的对照，散发着一辈子都中不了奖的阴郁气息，双眼还闪烁着异样的光芒。

勋在检方传唤证人和观看电视台采访时，已经好几次目睹他悲痛的姿态。这当然值得同情，只是今天……赶在宣读判决的日子穿丧服出庭，头发凌乱得叫人心疼，这好像都是为了退庭后准备召开的记者会做的准备……说得不好听些，勋从他身上嗅出了一丝做戏的气味。

系着黑纱的画框里装着三个人的笑容。那是的场夫妻和他们六岁的儿子健太。第一次公审时，池本亨拿来了三张单人的大号遗像，后来好像被法庭职员警告了，从第二次开始，他就一直捧着将一家三口的生活照放大裱框的遗像。一年多的审判，他的模样始终未变。

只是，无论看到他多少次，勋都觉得池本眼中的怨念与严肃的法庭格格不入……这便是勋的真实想法。不仅是池本，勋在将近四十年的法官生涯中，目睹了各种事件引发的怨念，每次都感到莫名地异样。只要翻阅几页记录，就能轻易想象降临在被害者及其家属身上的悲剧。然而，从中提取愤怒和憎恶的感情并非法律专家的工作。勋凭借多年的经验得出了这个结论。

最应该警惕的是媒体炒作出来的歇斯底里的正义。未曾与被害者及加害者谋面的数千万日本国民以媒体为中介，将名为舆论的凶器抵在了被告人的喉头。不，确切地说，应该是抵在了法官的喉头。同时，他们还要说："你来制裁他。"

这起案子确实凶残。根据检方控诉，被告人武内真伍的行为甚至堪称卑劣。他在被害者家中将一家三口，包括年幼的孩子残忍杀害，最后还伪装成遭到暴徒袭击的被害者。由于搜寻不到逃逸者的行踪，调查当局将矛头对准了唯一生还的被害者，于是此人很快就招供了。然而在公审开始后，他竟然全盘推翻了供词。

面对这样的人，每个人理所当然地会心怀憎恨，希望他被处以极刑。只要生活在当今社会，没有一个人能逃脱媒体的影响。法官也无一例外，自然知晓舆论的趋势。

然而，不管舆论是否站在正义的一方，司法都不能受其影响。一旦受其影响，就容易忽略重要的事实。

冷静而严肃。越是悲剧性强烈的案件，勋在审判时就越注重这种态度。

勋在担任右陪席时经历过两次死刑判决。最让他难忘的，就是在大阪地方法院刑事部工作时审过的初中女生绑架杀害案。凶手是一个债务缠身的四十岁男子，绑架初中女生的目的是索要赎金，但是他还没来得及打电话，就遭到了初中女生的反抗，于是一气之下将其杀害。由于他丢失了记有女生家庭电话的字条，凭模糊记忆拨打的号码又没能联系上，于是他将尸体遗弃在了山林中。接到凶手错拨的疑似胁迫电话的市民后来报了警，于是初中女生失踪案出现了绑架的可能性，以媒体为中心的舆论渐渐高涨，越来越多的人关心起少女的安危。大约三个月后，调查当局通过车辆目击信息等线索查到凶手，并令其招供。不久后，他们也找到了少女已经化作白骨的遗体。接着，便是案件的审判。

部门商讨的结论在死刑或无期徒刑之间摇摆。正常来说，为谋财而诱拐未成年人，最终将其杀害并抛弃尸体，乃是避免不了极刑的重罪。但是这个案子在作案过程中呈现出了许多行动的随机性，令人很难断定这是一起有计划的犯罪。虽说是情况所迫，但凶手在很早的阶段就放弃了索要赎金。而且在公审过程中，被告人也表示了忏悔和谢罪。

然而勋认为，就算考虑了这些情况，也应该进行死刑判决。同时，媒体对女生的惋惜和对凶手的指责都很强烈。现在回想起来，他当时应该是受到了舆论的影响。另外，他那时也尚未深刻体会到下达死刑判决的沉重感。在这一点上，担任左陪席的副审判员也一样。唯有审判长直到庭审结束的前一刻都未表现出明确的态度。那位审判长为人温厚，也深得勋的敬重，但是对他当时不明确的言行，勋感到了一丝不满。

随着针对判决的讨论不断深入，勋通过观察他的表现，渐渐明白了下达死刑判决对法官，尤其对审判长来说是何等严肃的问题。他一直为此事纠结不已，甚至食不下咽，并在讨论时经常一言不发。

如果是无论什么人都觉得铁定判死刑的案子，审判长想必不会如此烦恼。可是现在还存在着无期徒刑的选项。正因为这样，他才会无比纠结。舆论当前，法院院长也发话了。不过，最后他本人做出了死刑的判定。究竟根据什么，勋并不知道。审判长的心路历程，他也不清楚。遗憾的是，审判长的结论似乎并没有在内心摇摆完全消失之后得出。

判决公审当天，那位审判长坐在法官室的座位上，低声彩排朗读判决书。

“主文：判处被告人死刑……”

这个部分他反复练习了好几遍。可是每次他都面部抽搐，难以启齿。

就这样，开庭时间到了。被告人面色铁青，而审判长也不比他强多少。

“首先宣读判决理由。”

审判长说道。延迟宣读主文的行为本身就强烈暗示了死刑判决。被告人一开始像被施了定身法，但中途就不再听判决理由，兀自啜泣起来。与其说是啜泣，更应该称之为恸哭。他的哭声响彻整个法庭。

那时，审判长的朗读也变了调。他的声音颤抖，始终读不下去，脸上愈加没有了血色，连呼吸也无比沉重。

“主文：判处被告人死刑……”

读到这里时，他的声音已经难以分辨。勋从未见过如此糟糕的宣读。他感到万分恐惧，回过神时已经在止不住地颤抖。

明明也有无期徒刑的选择……勋开始这样想。他甚至觉得，其实无期徒刑的判决才更妥当。事实上，案子在高级法院的确被改判了无期徒刑。那位审判长受到舆论影响，最后被名为死刑的怪物吞噬，失去了自我。

严惩犯罪分子，这么说其实很简单。

但是，制裁一个人并没有嘴上说的那么简单。多一年少一年的量刑，都会让法官烦恼不已。

后来，勋还参与过另一起死刑判决的案子。他在判决书上签字盖章的瞬间，感到自己的双手染上了血污。那虽然是毫无摇摆余地的判决，但他的内心依旧痛苦万分。

他不禁感慨，这真是份折寿的工作。

尽管如此，法庭基本上属于审判长管辖，同样是下达判决，左右陪席感到的压力显然比不上审判长。勋当上审判长后，尚未接触过死刑审判，他为此暗自庆幸。

“还有三十秒。”

注视着秒表的法庭管理员发出了无机质的声音。

那个声音打破了勋的沉思，他下意识地扫了一眼旁听席。

那一瞬间，他在旁听席后方看见了熟悉的面孔。啊，多么怀念的面孔……勋不合时宜地感慨道。

那人——野见山两年前还是东京地方检察院八王子分院公审部的检察官，现在则调动到了八王子分院的刑事部负责调查。

公审部的检察官与法院的各个部门固定对接，因此法官和检察官总是能碰上。野见山对接的正是勋领导的刑事一部，两人总是频繁见面，称得上相看两厌的关系。

一段时间未见，野见山已经完全褪去了稚气，变得越来越威严了。他应该快四十了。此人以优秀的成绩通过了司法考试，因为工作特立独行而格外惹眼。挑衅的动作、充满攻击性的讯问、随处表达着嘲讽的言辞……这人最喜欢的战术，就是在法庭上故意掀起风浪。

虽然在审判方看来，他的言行让人大皱眉头，但是换一种角度看，那也许是优秀检察官的一种典型。事实上，负责此次公审的女检察官三原虽然年轻，但正因为年龄不大，与野见山相比明显缺乏了一些魄力。

检方的公审负责人通常是年轻的正检与年长的副检搭档。年轻的正检在公审中积累经验，然后调动到别的部门……譬如负责调查的刑事部。野见山走的正是这条道路。

话说回来，他也负责了这起案子的起诉。勋在起诉状上看见了他的名字。今天他来，应该是为了关注判决的走向。勋此前阅读检方调查书就觉得这起案子的调查方给人霸道急躁的印象，现在把野见山加进去，他就完全理解了。

“好，结束。”

法庭管理员大声宣告。摄制组结束拍摄，匆匆离开了。

换作平时，被告人在法官登庭前就已经站在庭上，但因为这次开庭前有摄录流程，他此时还在法院内的临时拘留室等待开庭。摄录结束后，法庭职员便去传唤了。

趁着空当，勋仔细打量了坐在旁听席上的野见山。二人对上了视线，野见山对他点点头，勋也不着痕迹地点了一下头。

野见山斜靠在椅背上，双臂大咧咧地盘在一起。一身藏蓝色三件套西装是他的标配。柿红色领带的结口大得很不自然。他长着一副尖下巴的倒三角脸，充满自信的目光丝毫未变。斜挑着的薄唇也跟从前一样，仿佛随时都能蹦出嘲讽的话语。

听了今天的判决，那副不好对付的神情究竟会有什么改变？勋有点好奇，但是转念一想，那样太不地道了。

勋斜后方的门打开了。两名法警押送戴着手铐、系着腰绳的被告人武内真伍进入法庭。

五十一岁的被告人身穿灰色西装，搭配白色衬衫，没有系领带。他入庭后先行了一礼。

此人身材中等，也许是被系了腰绳，他有点疑似不自觉地弯腰驼背。在那弓起的背上，遍布着他在案件中遭受的击打痕迹——根据检方指控，那是他自己用金属球棒造成的伤痕。那些瘢痕瘤恐怕一辈子都无法消除。

他的西装腰围很是宽松，足见这一年的拘留生活让他消瘦了不少。尽管如此，他的肩膀和背部还是看不到一丝廉价的皱褶，将其人衬托得颇有绅士风范。那应该是高档品牌的西装，或是一流裁缝量身裁制的服装。这人圆脸、大眼，在整个公审过程中，不仅是外表，连举止都始终高雅绅士。

他出售了家族代代相传的山林，资产已经超过四亿日元，并且单身未婚，没有近亲。可以说，他完全不需要为自己的生活发愁。

本次审判，检方提出的案情概要，就是这么一个人到朋友家做客，先打死了两夫妻，后勒死了孩子。

冲动杀人。这是检方的主张。他残忍杀害了与其并未有金钱纠纷的朋友夫妻，其动机只能如此定性。可是这样一来，检方就必须使出全力，证明武内心中潜藏着造成冲动的苗头。

“因为他背叛了我。”

武内在招供阶段给出了这样的回答。调查人员又问：“他怎么背叛你了？”对此，他的回答是：“我送给的场先生的领带，他一次都没用过。”

这种动机真的成立吗？他并不打算否定一点琐事引发的犯罪。自己用心送的领带，对方却从来不用，这的确会令人受到伤害。然而，对方也有自己的喜好，就算是别人用心送的礼物，若是不喜欢，恐怕也不会用。授受双方的心情不对等，难免会成为矛盾的火种。

可是，这个武内在法庭上始终保持平静沉着，要说他因为一条领带……着实令人费解。对不上号，不太可能。更别说进入公审后，武内全面推翻了此前的供述，使它看起来就像锡纸房子一样虚假而不堪一击。

他说的那条领带，在两夫妻的儿子听到父母遭残杀的响动从二楼下来时，被他用作将其绞杀的凶器。换言之，它是案件的关键证据。目前辩方的主张是，调查当局利用这个关键证据编造了十分牵强的动机，通过夜以继日的疲劳轰炸式审讯，诱导被告人做出了供述。勋觉得这并非不可能。

如果只是这样便也罢了，这起案件中还有一个不解之谜，就是被告人背部的击打痕迹。检方、辩方两方的鉴定人一致同意，痕迹是由金属球棒击打所致。从被告人衬衫背部附着了被害者夫妇血液的事实推测，金属球棒应该是先被用于殴打被害人夫妇，再被用于击打被告人背部。现场留下的金属球棒为男主人的场洋辅所有，它应该就是凶器。

问题在于，是谁击打了被告人武内的背部?

根据记录，武内从肩膀到腰部的几乎整个背部都遭到了强力殴打，导致其肩胛骨两处骨裂，左手背骨裂，另有鞭击损伤[1]、呕吐、发热等症状。

检方认为武内的伤是他本人为逃避罪责所做的伪装。一大理由是：的场夫妇的被害部位相对集中在头部，武内除后头部外，未见其他明显的头部外伤，其损伤主要集中在背部。

对此，辩方驳斥道：武内是用双手保护头部，因此避免了损伤，证据在于其双手手背都有击打痕迹，左手背更是出现了骨裂。辩方鉴定人还提出：被告人背部的击打痕迹需要普通成年人高高举起金属球棒，以强大的力量向下击打至少二十次方能造成。换言之，那并非能够自导自演的击打痕迹。

检方鉴定人主张，只要是身体健康的男性，反持球棒击打背部也能发挥出相当大的力量，只要次数足够多，便足以制造出被告人身上的击打痕迹。当然，检方鉴定人本就不可能主张无法实施，在这一点上可以认为是见解不同。只不过，按照勋自己手持

[1] 鞭击损伤：指由于身体剧烈加速或减速运动而头部的运动不同步，致颈椎连续过度伸屈而造成的颈髓损伤。——译者注

球棒击打背部的感觉来看，他觉得单凭被告人应该制造不出证据照片上那般严重的击打痕迹。

成为行凶现场的被害人宅邸是位于东京调布的两层住宅。行凶时间是八月二十七日傍晚五点半。家中并未发现入室抢劫的痕迹，行凶时间前后，附近也没有可疑人物的目击信息。宅邸大门未上锁，属于外人可入侵的状态。然而，室内并未发现有人穿鞋进屋的痕迹，也没有可疑的指纹等线索。金属球棒把手处的指纹被清除了。

辩方主张——据说武内在招供前一直坚持这种说法：他与的场夫妇在一楼起居室交谈，突然有个头戴丝袜的男人闯了进来。那人中等身材，身穿黑色系的上衣和长裤，手持放在的场家门口的金属球棒，一言不发地举起球棒击打了距离最近的武内的肩膀。在武内倒下后，该男子走到房间中央，轮流殴打的场夫妇。

此时，邻居池本亨的妻子杏子正在院子里给盆栽浇水，听见隔壁隐隐约约传出类似惨叫的声音和响动。但是那些声音和响动并没有大到足以引起警惕，加之持续时间不长，杏子夫人就没有在意。

等武内准备扑向暴徒发起反击时，暴徒对的场夫妇的攻击已经基本告一段落。紧接着，他又推开武内，对准其背部展开了连续殴打。

检方提出质疑：若暴徒入侵时已有行凶打算，应该自带武器，那他为何要使用放在室内的金属球棒呢？然而，让武内回答这个问题未免有些强人所难。因为只有真凶才知道答案。也许真凶确实携带了武器，但是在进门时发现了球棒，认为它更称手。这么说也并无不可。

最先报警的人是武内。系统上保存了五点五十八分拨打报警电话的记录。虽然是在凶案发生的大约三十分钟后，但武内本人解释，这是他从负伤的打击中恢复过来所需的时间。他担心凶手尚未离开，一旦妄动会引来又一轮攻击，再加上背部的剧痛，导致他一时半会儿没能动弹。

在此期间，凶手拿起了放在起居室桌上的领带，在楼梯处勒死了被害人夫妻的儿子的场健太，随后逃离现场。而按照检方的推论，武内在这空白的三十分钟内完成了伪装工作。

不够确凿的线索，空白的时间，未留下行踪的凶手，独自存活的男子……调查陷入僵局时，当局转而将矛头对准第一个报警的人，这实在无可厚非。可是，他们想出来的武内真凶论显得那么不自然，甚至扭曲。冲动行凶的凶手在作案后冷静地展开伪装工作，这着实说不过去。

尽管如此，检方还是强行起诉了。只要能将案件放到司法的流水线上，制度就会帮助其以百分之九十九点九的精确度定罪。不合格品只有千分之一的概率。虽不知道他们是否完全寄希望于这个日本的司法神话，但至少可以说，检方多少存在一点做甩手掌柜的嫌疑。

“起立！”

工作人员一声号令，庭内所有人同时起立行礼。

“那么开庭吧。”

勋重新坐定后，努力用温和的语气说。

“今天将在庭上宣读判决，请被告人出列。”

已经被解开了手铐和腰绳的武内动作僵硬地走上正对法官的被告席。他略微低垂的脸上没有表情，嘴唇还有点发青。

“好，那么我要宣读判决了。”勋不知不觉加快了语速，平淡地说道，“关于本次凶杀案，接下来我要宣读针对被告人的判决书主文，请注意听。”

从主文开始宣读，证明不是死刑……不等在场的人反应过来，勋立刻开始了宣读。

“呃……主文：宣判被告人无罪。”

法庭内鸦雀无声，仿佛谁也没听见勋的声音。

“接着是认定事实与判决理由，这部分有点长，被告人可以坐下来听。”

武内紧绷的唇间吐出一声“是”，继而低下了头。

他像木偶一样动作生硬地坐了下来，此时旁听席后方总算有了反应。

“无罪，无罪。”

庭内回荡着难掩兴奋的低语，好几个人冲了出去。

勋可以不去看死者家属和野见山检察官的脸。

他平淡而严肃地朗读起了判决文书。

“三原检察官脸色好差啊，我以为她要直接栽倒了。”

走在返回法官室的专用通道上，副审判员中西开口道。他虽然压低了声音，但语气很是兴奋。左右陪席在审判长朗读判决书期间都无事可做，可以仔细观察法庭的情况。

“要是她真的栽倒了，我挺想跑过去照顾她的。”

纪藤法官半开玩笑地说完，跟在后面的司法修习生都轻笑了几声。

“没想到野见山检察官也来了，好难得啊。”

听了勋的话，中西面露疑惑。看来他没看见野见山。

“我也看见了。”纪藤咧嘴笑道，“他跟三原小姐相反，满脸涨得通红。看他那个样子，等会儿肯定要来发牢骚。我敢打包票。”

“对我发牢骚有什么用。”

勋虽然没把那句“自作自受”说出口，但意思很明显了。

“老实说，其实我担心了好久。好在总算顺利结束了……”

纪藤说完，勋也微笑着点了点头。听到那想必是令人震惊的判决，在场的相关人士肯定都在各自的立场上心有所想，所幸没有人真的大闹法庭。

“只要保持平静沉着，就能得到这样的结果。”勋说着，扫了一眼司法修习生们年轻的面庞，“今天可是宝贵的经验。正因为法官独立，才使这样的判决成为可能。你们要相信自己，带着勇气做出决断。既然当了法官，一辈子总会碰到一起这样的案子。所以务必要培养起发现这种案子的能力。”

勋对他们笑了笑，四个修习生齐齐低头行礼。

虽不能说心满意足，但这的确是一场值得自夸的审判。对一度被逼到招供的被告人做出无罪判决，用法律界的常识来说，可谓接近奇迹。他本人就从未经历过如此大胆的判决。更何况，这场审判最后还严肃有序地收场了。可以说，这足以成为勋多年法官生涯的总结。

走出专用通道，一行人进入了位于大楼北翼的刑事一部。法官室通常位于书记官室的背后，但是刑事一部的书记官室和法官室是隔廊相对的配置。

“今天完成了这么重要的判决，不如去立川还是哪里庆祝一下吧？”

纪藤一进屋就解开了法袍纽扣，同时看向勋和中西。

“原来你昨天加班就是为了这个啊？”

中西调侃了一句，周围的人都笑了。

众人交谈了几句，走廊上突然传来了像是有人奔跑的急促脚步声。

“喂！审判长！喂！”

听见那个声音，勋停下脚步回过头去。只见一个身穿黑色西装的男人腋下夹着相框飞奔过来。是池本亨。只消一眼，勋就看出对方表情十分凶煞。

“喂！你到底是怎么想的！”

池本喘着粗气怒喝一声，冲过来揪住了勋的法袍。顽石一样坚硬的拳头死死顶在他的手臂上。

“住手，住手！”部门的人顿时炸了锅，全都围过来拉住池本。

“混蛋，放开我！畜生！谁叫你给我乱判的！”

周围人的反应似乎激怒了池本，他开始面目狰狞地咒骂。

“你这样很危险。”勋强装镇定，从对方手中扯出了自己的法袍。

“站住！别跑！喂！”

“好了好了，快住手！”

池本还想拽住他，部门的年轻人慌忙将其拉开了。可他还要往前冲，最后脚下一滑，重重地跌坐在地。

室内响起玻璃破碎的声音，所有人都愣住了。

原来是镶嵌遗照的相框摔碎了。照片飘落在地，池本的手渗出了血。

池本轮番看着地上的照片和自己的手，接着抬起头看向勋。

勋感到他的目光中有种异常的冰冷，嘴上还是淡淡地重复着刚才的话。

“你这样很危险。”

池本没有立刻站起来。他拾起照片，放在了没有玻璃的相框上。接着，他使劲眨着眼睛，一味看着勋。尽管呼吸沉重，但他始终没有移开目光。

“帮他把玻璃收拾一下吧。”

勋对书记官和修习生做了指示。随后，他看着众人开始收拾碎玻璃，缓缓转身离开。中西已经打开了法官室的门锁。

“你这样很危险。”

勋又对池本说了一句，接着便在纪藤等人的掩护下走进了法官室。

“哎哟，吓死了！”

中西夸张地抖了两抖，仿佛要甩开沉重的空气。接着，他关上了门。

不少当事人都会闯到法官室来闹事，但是像刚才那样的杀气，还是会令人背后发冷。勋当了这么多年的法官，还是头一次被人揪住。作为最低限度的安保措施，法官室并没有挂牌，也没有在院内导览上注明。尽管如此，若是在走廊上碰到了，那也无计可施。

“对我发牢骚有什么用啊……”

勋又说了刚才的话，继而长叹一声。他脱下法袍，收进储物柜里，再用咖啡机冲了一杯咖啡，走到自己堆满资料的座位上。

当他稍微松开领带，拿出抽屉里的饼干吃了一块时，外面传来了轻轻敲门的声音。事务员探头进来说：

“部长，野见山检察官……”

他还没说完，背后就伸出一只手，猛地推开了房门。一脸冷然的野见山走进来，愠怒的目光锁定了勋。

勋正要站起来，却被野见山抬手拦住了。

“在这里就好。”

以千分之一的概率抽中了下下签的检察官双手插进暗色西裤的口袋里，开始在勋的办公桌前来来回回地踱步。

“您对我有什么意见吗？”

他绷着脸问。

“怎么可能。”勋微笑着说。

“这是您的个人判断？”

“当然是经过商讨得出的结论。”

虽然这个判决是勋积极提议得来的，但他本人对此也很有自信。对于部长意志坚定的探讨，左右陪席不可能一致反对。在这一点上，纪藤和中西都算是中庸的法官。

“我要在高院推翻您的判决。这会成为您的污点。”

“高院？那么，你要上诉吗？”

野见山露出了懒得回答的表情。

上诉虽是检方和辩方的自由，但现状是，二审法院非常重视一审的判决。因为一审是案件尚未平息时发生的第一线审判。二审也许能改动一些量刑，但绝大多数结果都是驳回上诉。无论一审的判决看起来多不讲理，都不能指望二审会给出有罪变成无罪，或者无罪变成有罪的极端变动。因为这里面还有另一个考量——若判决结果变化太大，审判方整体的可信赖性就要被削弱。为此，那些哭诉蒙冤的死刑犯都面对着极其痛苦的斗争。如果存在冤屈的苗头，必须在一审将其摘除。

“别怪我啰唆，我劝你还是别上诉。而且你最好也说说高检的人，那样子很难胜诉啊。刑事部的工作得再细致一些。三原小姐那么孤立无援，实在太可怜了。”

野见山双手撑在勋的办公桌上，朝他凑了过去。

“凶手就是武内，没人逼他招供。”

“我很清楚这是检方的主张。”

“您没有制裁杀人犯，而是把他放归了社会。”

“野见山先生，”勋站起来，从自己的储物柜里拿出了金属球棒，“你试着用它击打自己的背部吧。根本制造不了那种程度的痕迹。现在你应该做的不是对我发脾气，而是对警察施压，让他们追查逃走的真凶。否则，的场一家永远都死不瞑目。”

野见山用锐利的目光轮流看了看球棒和勋的脸，一句话都没说。

“不过话说回来——”勋收起球棒，自行解除了紧张的气氛，“我今后可能再也不能像这样跟野见山先生碰面了。”

“要调动了吗？”野见山虽然面色阴沉，但声音十分冷静，“不过梶间部长您还在跟进三鹰的连续骗保杀人案，那个案子不结，应该不会调动吧。”

发生在三鹰市的连续骗保杀人案是被害人多达四名的重大案件，三个月前刚开始公审。

“我也没想到那个案子会分过来啊……虽然犹豫过一段时间，但是再这么下去会没完没了，加之我的心意已经确定下来了。”

“您的意思是？”野见山挑了挑眉毛。

“我要退休。”

“哦。”野见山毫无感情地感叹了一声。

“我不知道你能否理解家庭的问题。其实我家中老母已经起不来床了，要是我调动到别的地方，一是不好移动，二是无人看护，所以我干脆咬咬牙，决定退休了。”

其实还有另一个理由，就是某大学向他发出了担任教授的邀请。但他觉得没必要在这里说，便只说了最主要的理由。

“那您可要保重了。”野见山摆出了严肃的表情，然而嘴角还是歪的，“没想到梶间部长是个如此孝顺的人。您确定不是在逃避注定要判死刑的三鹰案吗？”

说完，他就转过了身。勋不想回答他，只是默默地看着这个讨厌的人恣意留下令人不悦的心情后拂袖而去。

“我可能去不了您的欢送会了，毕竟这边事情也很多。”

野见山扶着门，又留下一句多余的话。

“别担心，反正我不叫你。”

勋对着他的背影说。

2

勋退休两年后。

东京日野市的多摩文化大学举办了每年例行的“开放校园”活动，利用黄金周假期向社会人士和考生开展免费讲座，并进行学校介绍。

多摩文化大学是一所只有文科院系的小规模大学，但其法学系包含往届毕业生在内，每年都有十数人顺利通过司法考试，其教学质量颇有口碑。校园位于丘陵地带深处，周围绿意环绕，远离都市喧嚣，给人以清静的感觉。

这天，勋将要负责成为法学系教授后第一场“开放校园”讲座，主题是“日本审判制度的内在问题”。不过在这种类型的讲座中，演讲者不会使用过于晦涩的学术性话语，而是以分享自身经历为主。譬如介绍法官的日常。

“因为庭审是早上十点开始，所以基本上是九点半上班。法官没有规定具体的工作时间，而是按照自己的判断行事。

“常有人问法官是怎么上班的，其实都不太一样，还要看当地的交通情况。有时候被称作技术员的职员还会开黑色轿车或小巴来接送法官。相对的，也有法官每天早上骑自行车通勤。

“还有很多人问法官住在什么地方。法官每三四年就要调动到别的地区，所以没有自己的房子，全都住在公家的宿舍里。通常在类似小区的公务员宿舍中，会有集中了法官家庭的楼栋。那些宿舍基本都是很旧的建筑，想动一下内部装潢都得申请批准，所以很不自由。而且宿舍还会规定值班拔草的人，法官们要在休息日戴着草帽，蹲在院子里满头大汗地拔草。”

可容纳二百人的大阶梯教室坐满了听讲的人，看来京王线的吊环广告效果很好。

来听讲的人基本都是休息日无事可做的老年男性。站在讲台上粗粗一看，他们明显跟平时的学生不同，散发着枯槁沉稳的气息。偌大的教室里只有勋被麦克风放大的声音。

“也有不少两夫妻都是法官的家庭。尤其是女法官，通常会跟法官结婚。他们在司法修习生时代可能就谈上了。而人事也会关照这样的家庭，让两夫妻调动到同一个地方。”

法官也是人，都生活在普通的家庭里，常常因为一个判决而烦恼不已。介绍完这些日常后，勋把剩下的时间留给了听讲者提问。

台下零零散散地有人举起了手，教务课的职员送上了麦克风。

一名貌似退休高管的老人接过麦克风，低头行了一礼。

“您分享的故事非常有意思。”他用低沉的声音赞许道，“刚才您说，法官通常会同时负责好几个案子，那他们不会感到混乱，或者混淆资料吗？我想听听您如何像超人那样完成如此繁杂的工作。”

勋带着游刃有余的笑容，朝他点了点头。

“正如您所说，刑事部的法官通常一个人负责一百余件案子，若是民事部更多达两三百件，光是了解每一件案子，就要煞费脑筋。很遗憾，法官并非超人，如果放着案子不管，脑子很快就混乱了。那我们是怎么做的呢？其实没什么特别的，就是做一份总结案件要点的笔记。审判的争议点、原告主张、被告主张，将这些要点简洁明了地记录下来。在法官之间进行的案件讨论会议上，都有人负责做记录，并根据记录推进。只有在必要的时候，才拿出完整资料确认。这种做法虽然不出彩，但只要养成习惯，大家做事就会更有效率。不如您也试试吧？”

接下来接过麦克风的，是个二十岁左右、戴着眼镜的男性。他也许是本校学生，也可能是附近中央大学的学生。

“我觉得日本司法对犯罪者的量刑过轻了。一些很明显是故意杀人的案件，如果被害者只有一两个人，就不会判死刑。抢劫和强奸也是，非要反复作案，才能上升到无期或是死刑的程度。如果判了无期徒刑，十年后就能保释。说白了，这个国家给罪犯的待遇是最好的。如果真的想减少犯罪，我认为应该每年给一百个杀人犯判处死刑。请问您怎么想？”

“你的意见很激进啊。”

勋苦笑着说完，听众席也发出了笑声。连发言的青年自己也笑了。

“对于死刑能否抑制犯罪这个问题，专家的观点也存在着分岐。犯罪往往在犯罪者视野变得非常狭小的时刻发生。当一个人走投无路、进退维谷，或是怒火中烧、失去自我的时候，就容易发起暴行。在那个瞬间，一个国家的死刑执行数量能起到多大的抑制作用，这个非常难说。也许能有一定的作用。或者应该说，在某些案例上能起到作用。但我们可以很容易想象，在某些案例上，它没有丝毫作用。

“我虽然不支持废死论，但也不认为应该增加执行数。对法官来说，死刑判决也是一个极为沉重的决断。另外，还存在冤案问题。这位提问者明天可能莫名其妙地遭到警察逮捕，并被告上法院，要求死刑量刑。这种人实际上是存在的。因为很遗憾，司法并非完美无瑕。

“另外，你刚才还提到了无期徒刑十年就能出狱。确实，在关押十年后，罪犯有机会申请保释，但从实际情况而言，无期徒刑的平均关押时间在二十年左右。因为它是比有期徒刑二十年更重的刑罚，一般不可能十年就放出来。

“作为现实问题，你所说的被害者在这个社会得不到救赎的现象，有许多值得赞同的地方，但这不只是司法的问题，而是社会整体的问题。我认为应该将它与刑罚的问题分开探讨。

“社会整体被视作一个巨大的生物，哪怕切除了不好的部分，它也不会变成强壮健康的生物。最重要的其实是生命力。所谓生命力，就是自净能力和再生能力。让罪犯悔过自新就是一种途径。若问是不是全部一刀切社会就能变好，当然不是的。从某种意义上说，那反倒是不健全的行为。”

这样说他应该能理解。勋满意于自己的答案，拿起桌上的水杯润了润喉。

职员顺着听众席中央的座位向上走，寻找下一位提问者。

勋注意到一个举手的人。

他觉得那个人很眼熟。由于距离较远，又难以置信，他花了好一会儿才想到一个人名。

职员经过那个人，将麦克风递给了身穿白衬衫的中年男子。那中年男子面容很是严肃，语气却相对大大咧咧。

“我这不算什么大问题，只是出于好奇想知道。你是否在外面碰到过审判的当事人，并因其心怀怨恨而遇到过危险呢？”

勋忍不住看向了坐在提问者前排的那个人。那人迎上了他的目光，表情没有波动，像普通听众那样等待他的回答。

“这……”他踌躇了一会儿，但很快恢复了平静，“其实没什么称得上怨恨的遭遇，只是偶尔有人上门抗议，或是寄信到法院。老实说，我只有一次被相关人士揪住了衣服，当时的确有点害怕。在地方法院工作，难免会有走在街上偶然碰到当事人的情况。有时甚至在居酒屋碰到，对方倒是很无所谓，我反而觉得尴尬。”

他回答完，又有几个人举起了手。

“那么我再回答最后一个问题……”

勋说完，职员把麦克风递给了坐在后面的年轻女性。

“请问，法官需要具备什么素质呢？”

她提问的表情很严肃，也许是希望成为法官的学生。

“应该是喜欢人吧。毕竟这是一份跟人打交道的工作。”

勋简洁地回答完毕，职员最后做了几句总结，演讲顺利结束。听众同时起立，走向教室的四个出口。

唯独坐在中间那一列的男人，朝着讲台缓缓走了过来。

果然是他。

那人也许感觉到勋认出了他，脸上露出了温和的笑容。

武内真伍。

勋在公审和媒体报道上早已看惯了他的脸，但今天是第一次见他露出笑容。没想到他也能露出如此柔和的表情。

他今天也穿着一看就很高档的亮色西装，里面应该是马球衫。干爽的头发三七分界，混着一些白发，反倒有种时髦的感觉。

“审判长……不，应该叫老师了。”他对勋打了声招呼，“好久不见，此前承蒙您关照了。我是武内。”

武内的圆脸上又露出笑容，继而缓缓行了一礼。

“哦……这可真是，你好。”

勋不知如何回应，只得含糊地应付过去。

“托您的福，我最近刚稳定下来。”

大约半年前，的场一家遇害案的二审出了结果。驳回上诉。检方无法提交更有力的新证据，高院便维持了勋给出的一审判决。若要将武内视作凶手，他背后的击打痕迹是无可回避的合理疑点。检方本应在其立场上解释那个疑点，但没能成功。

如此一来，检方就连续两次丢人现眼了，恐怕会气得咬牙切齿。最后，他们放弃了向最高法院申诉。武内的无罪判决正式确定下来，勋还在新闻上看到了他流泪召开记者会的样子。

“您是我的救命恩人，我一直想对您道声谢。后来出于偶然，我在电车上看见了讲座的广告，那时才知道您已经不当审判长了。”

“这样啊。”

他的脸似乎比公审时圆润了不少，漆黑的眸子泛着润泽的光芒，使得眯起的眼睛炯炯有神。这个人有一天突然被剥夺了平凡而安稳的生活，不得不孤独奋战将其夺回。如今他已成功，并站在这里微笑。

想到这里，勋不禁感慨万千。

从结果来说，他为武内的孤军奋战提供了助力，帮助一名绅士回到了日常生活。虽然称不上恩人，但他也颇为得意。

“武内先生，您真的努力战斗过了呢。”

勋向他伸出手，武内一时哽咽，眼中泛起盈盈水光，继而变作大颗的泪水滑落下来。他的笑容与哭泣的容颜并没有太大不同。武内双手握住勋的手，反复向他低头道谢。

勋用另一只手拍了拍他的肩膀。

听众已经全部散去，职员也收拾好了教室准备离开，于是勋决定不再久留。

武内拿着手帕，跟他一起走了出去。

“您现在还住在原来的地方？”勋边走边问。

他记得，武内的住处离的场家和池本家只有步行五六分钟的距离。继续住在那里，完全有可能碰见池本亨。这两人已经结下了梁子，恐怕会很尴尬。

“我一直住在那里。”武内低着头回答道，“不过除了媒体，还有各种人不分昼夜地找上门来，有的在家门前守着，有的甚至会闯进院子里，所以我每天都关着木窗。现在跟邻居也不好打交道了，所以经常一个人闷在家里。”

“那真是辛苦您了。工作方面呢？”

“我实在提不起劲工作。”

案发之前，武内一直从事小商品进口的个体经营事业，但规模不大，更像是兴趣爱好。毕竟他资产丰厚，不需要靠工作为生，想必是为了有些成就感。

“身体怎么样？我看您的脸色比两年前好多了。”

“这方面是在慢慢好转，毕竟我每天的生活跟隐居疗养差不多。”

“嗯，这样啊。您别怪我多管闲事，我觉得可以尝试一下换个新的环境生活。总闷在家里还是不太好啊。”

“好……”武内面色阴沉地点了一下头，“我也想过干脆搬走算了，可又怕别人说我在逃避……”

“怎么会呢？”勋对武内的苦恼报以轻笑。“您不必如此在意别人的目光，应该选择让自己更舒服的生活。难道不是吗？”

“也对，您说的没错。”武内的语气稍微明朗了一些，“有老师您这样的人支持我，真的让我有了更大的勇气。这次能见到您，真是太好了。”

“过奖了，我也没做什么。”勋苦笑着摇了摇头。

“老师您退休后住在哪里呢？”武内反问道。

“我吗？我租了一段时间的房子，今年春天总算买了一座独栋小楼安顿下来。地方在多摩野的高地上。以前当法官总是搬来搬去，直到这个岁数，才有了自己的家。”

“是吗？真是太让人羡慕了。”

“哪里哪里，就是一座成品小房子[1]。地产商拆了旧小区，在上面盖了几座新的独栋房。”

其实这只是他在谦虚。勋买了那片新住宅中最大的五房两厅小楼，已经把儿子夫妻喊过来住，加上家中老母，一点都不显大。

他儿子俊郎今年三十岁，大学毕业后一直干自由职业。可不知怎么的，他三四年前竟然有了挑战司考的心思，说将来想当律师。然而那只是他的借口，从那以后他连零工都不打了，一个劲管勋要钱，勋实在看不下去，就把他喊到了新家。不过老母亲身体一年比一年糟糕，有了儿媳雪见帮忙，倒也能轻松不少，并非都是坏事。

“话说回来——”勋打断了谈论自己的话题，“我指导的研讨班正好有几个学生在学习冤罪，而那也是我本人感兴趣的主题。如果武内先生不介意，能请您去讲讲自己的体验吗？当然，您不必勉强……”

这多少有点利用他人不幸的嫌疑，但勋提出这件事，主要是为了拉他走出沉闷的生活，倾吐郁积在心中的话语。他觉得这不

---

[1] 成品房：地产商在地皮上直接修建好并出售的独栋房屋，相对自己购买地皮建房，在价格方面更低廉，缺点在于购买者无法自己设计房屋布局，以及容易出现楼间距较窄的现象。——译者注

是个坏主意。

武内眨了眨眼睛，用克制却难掩欣喜的语气回答道："我不知道能讲些什么，但只要能帮上老师的忙，我就去。"

黄金周结束后的第一次研讨班上课，勋就邀请了武内。

他在二十几个学生面前娓娓讲述了自己的体验。学生们都向他投去了同情的目光。

"因为当时背上受的伤，我发起了高烧，在医院病床上呻吟了三四天。由于颈部也受了伤，我几乎一动都动不了。

"那时候，刑警天天都来讯问，等到第五天我退了烧，他们就开始变脸了。此前，他们还对我说'请早点好起来''我们会积极搜寻凶手'，从那天起，他们就再也不说那样的话了。刑警的目光变得很犀利，给人很不高兴的感觉。他们对我说：'武内先生，你能说实话吗？'此前我一直是发着烧回答他们的讯问，顿时怀疑自己是不是说了什么胡话。想到这里，我就回答了'好'。结果刑警竟然说：'你说自己五点四十五分遭到凶手的袭击，这不太对吧？'接着又说：'邻居家夫人五点半就听到了惨叫声。'因为他们说我打电话报警的时间是六点左右，我猜想案发时间应该是十几二十分钟之前，就估摸着回答了五点四十五分。因为当时没有看表，只能凭感觉回答。如果说是五点半，我也觉得可能是那个时间。也许是隔了三十分钟左右。于是我回答：'可能是的。'在我改口之后，刑警们的语气突然变得很冲，还说我'撒谎'，说'你有谎言癖''不能骗人'……

“案发两个星期后，我总算出院了。回到家门口一看，那里竟挤满了媒体的人。到处都是摄影机，还有许多人随便拍照。他们只问我案发时的情况，还问我伤势如何，并没有明说什么，但我从那时就觉得自己可能被怀疑了。我猜警方是不是对媒体透露了什么消息，打算利用媒体的压力让我屈服。

“刚一出院，调布警署就每天都传唤我过去。那是自愿配合，我本可以不去，但我当时并不了解这些，刑警又每天一早开车过来接，我就老老实实地去了。我担心拒绝了会加重自己的嫌疑，连一点不高兴的脸色都不敢有。加上我的确不是凶手，一开始就不怎么在意，认为总有一天能证明自己的清白。

“然而，一旦被带进警署，就成了彻头彻尾的审问状态。我一整天都被关在小屋子里，被警察反复审问同样的问题。他们给的压力特别大，几乎在训斥我。我也拼命解释了，可他们就是不听。警方已经完全把我认作凶手，我说什么都没用。我们之间压根不存在交流。审问的过程显得无比漫长，对我而言就是痛苦的煎熬。除了吃饭时间，真的是从早被审到晚。

“好不容易筋疲力尽地回到家里，我也睡不好觉。我明明是被害者之一，被卷入了凄惨的案件，精神创伤无人理会，还要遭受那种折磨，怎么可能睡得着。当时请律师已经算是晚了，再加上从早到晚被扣押在警署，既没有时间也没有办法去找专门从事这方面辩护的律师。我又没有家庭，连个依靠的人都没有。

“就这样，我的精神渐渐衰弱下去了，这时，与我接触时间最长的刑警突然变得温柔起来，似乎要主动来理解我了。其实这也是他们的一种战术。他透露了我的立场有多不妙，还透露了各种信息，比如‘邻居家的夫人听见你的吼声了’‘邻居家的大儿子说，的场夫妻一直很讨厌你去做客’。

“所谓听见吼声，完全是彻头彻尾的谎言。邻居家夫人只说听见了响动和疑似惨叫的声音，并没有听见我的吼声。警察竟然面不改色地说出了这种谎言。在庭审时，邻居家的大儿子确实做证说，的场夫妻并不喜欢我去做客，但谁也不知道的场夫妻是否真的说过这种话。而且事情刚发生时，邻居家的大儿子想都没想过我会是凶手。这也太奇怪了。只不过当刑警问起这件事时，我自以为跟的场家是好朋友，所以受了很大的打击。那让我感觉，自己真的成了孤身一人。

“刑警变温柔后对我说，只要把案子送上法院，再判明一切就好了。现在警方也走到了不能回头的境地。他以局外人的态度劝我暂时妥协，到了法庭上再奋起战斗。他还说，警方会强行起诉，如果我再死撑下去，到最后就真的谁也不会听我说话了。他向我暗示了死刑判决的可能性，说如果真的变成那样，后果将不堪设想。他的说法也可以理解为只要听警察的，我就不会被判死刑，但那跟现实问题毫无关系。他只是在威胁我、动摇我而已。

“可是听了那些话，我渐渐觉得自己只剩下这条路可走了。现在开始跟律师商定策略，至少能跳出目前这种四面楚歌的状况。那是我答应自愿接受调查的第五天。有人也许会说，你怎么才五天就投降了？这可不是开玩笑的。我忍受了五十多个小时的痛苦，其程度不亚于拷问。而且如果我不屈服，那种折磨就会永远持续下去。刑警凭着练柔道练出来的无限体力，梗着脖子把我逼上绝路。有时甚至有精力充沛的帮手来助阵。而我呢，必须独自承受这一切。我已经撑不住了。我当时就处在这种状态，只要给我一条略微轻松的道路，我就会毫不犹豫地选择它。

“刑警开始恳求我，让我承认罪行。终于，我忍不住点了头。就算心里已经放弃了，可我还是很不甘心要说这种谎话。我不由得流下了眼泪。不知道刑警如何理解我的眼泪，他只说‘是嘛’，然后搂住了我的肩膀。

“于是我就被逮捕了……然而战斗并没有就此结束，而是刚刚开场。换言之，既然我已经承认了罪行，就不得不招供自己没做过的事情。我虽然身在现场，但对很多细节一无所知。我不得不配合警方的侦查结果，编造出一个合情合理的故事。

“我听说的场健太君是在楼梯上被勒死的，但没有听说是被什么勒死的。那是只有凶手才知道的答案。刑警想从我口中问出来，可我怎么知道呢？于是我就编故事，说健太君看见了我行凶的过程，我就追上去，从背后用手掐死了他。结果刑警大发雷霆，叫我‘不要撒谎’。接着，他叫我‘好好回忆’，还意味深长地摸了摸自己的领带。在那之前，他们让我看过好几次领带的照片，问我‘对这个有没有印象’。我不明白他们的用意，只回答说：‘这是我送给的场先生的礼物。’刑警当时还说了很过分的话：‘这领带够难看的，收礼物的人恐怕也头痛吧。’我想起了这场对话，顿时恍然大悟：啊，原来是那条领带……那就像可以得到提示的答题节目。一旦答错了，我就要遭到痛骂。如果答对了就没有痛骂，让我长出一口气。

“照着这个节奏，我也回答出了犯罪动机，那就是的场先生说他不喜欢那条领带，我顿时发了火。这动机听起来这么奇怪，就因为它是这样编造出来的。警方从精神鉴定的报告书上找到我有性格冲动的一面，就决定把它当成犯罪动机的依据，其实连我都觉得那样太牵强了。

“制作这份供述期间，我一直被关押在调布警署的拘留所里。每次审问都在拘留所门口的狭窄会客室进行。那里的饭都不够塞牙缝的，我时刻都被饥饿感折磨，浑身没有力气。本来我应该被转移到看守所，而且听说那里有最低限度的待遇保障，但仅仅因为方便警方审问，我就被留在了拘留所。那是一段没有任何自由的拘禁生活。然而并不都是坏事，因为同样被关押在拘留所的人向我介绍了好几位这方面比较出名的律师。

“警方好不容易完成供述报告，接下来就是资料送检，我也被转移到了看守所。后来，检察官又来听我供述，之后便是起诉。由于警察都是面目狰狞又蛮不讲理的人，我一开始还指望检察官会相信我是无辜的，后来发现，其实检察官也一样。故事虚构到了一定程度，就逼真得让人舍不得打破。检察官想都没想过将其打破，反倒试图加固一些薄弱环节。

“令人难以置信的是，检方报告上甚至写了我根本没说过的东西。检察官问我：‘为什么接连殴打了十几下？’我的回答是：‘不知道。’而报告上写的却是：‘我拿着球棒一个劲地打，到后来就什么都顾不上了。’他们问我：‘你对的场一家有什么想法？’我回答：

‘我觉得那是一个幸福美满的家庭。’可报告上写的却是：‘的场一家看起来那么幸福，我感到很不公平，就想破坏他们的幸福。’这完全是歪曲事实。检察官最后在我面前读了一遍检方报告，但是他读得很应付，语速非常快，我一点都没听明白。可他才不管这些，念完就问我‘没有错吧’，然后叫我签字。直到庭审开始，我才发现那份报告错漏百出。这跟强买强卖有什么不同？

“关律师告诉我，其实我从第一步开始就错了。这种情况千万不能自愿配合警方的讯问，就算真的被逮捕了，也一句话都不能说，必须始终保持沉默。如果各位将来不幸遭遇到这样的悲剧，一定不能说话。就算你反驳，他们也不会听，反而会被乘虚而入，所以最好连反驳都不要有。

“关律师坦言，这场审判可能会很艰巨。但是他又说，负责庭审的审判长……也就是梶间老师并非无脑偏袒检方的人，所以翻盘的可能性绝不是零。事实证明，我真的翻盘了。听说，如果换作普通的律师，即使来跟我碰面，也只会应付式地商谈几句，然后凭借以往的经验草草完成庭审。现实中的所谓辩护，就是律师一旦做出了情况对我不利的判断，就走争取减刑的道路，不做无谓的抵抗。然而，我是不惜投入全副身家也要赢的，所以就拜托关律师倾尽全力了。关律师理解我的意思，还帮我请了权威度高过检方人选的知名鉴定人。

“为审判花掉的钱何止一两百万！我为了证明自己只是被害者之一，什么都没做过，就不得不在精神和经济两方面都遭受重创。我没有不战而胜的道路。可是即使胜利了，也没有人补偿我。如果要求补偿，我又得发起一场漫长而令人饱受折磨的官司。真是太过分了。

“地方法院和高级法院都做出了无罪判决，我已经被证明了清白，然而警方一句道歉的话都没有。在审判中，他们一直都是‘话虽如此，可真假难辨’的态度。我究竟要承受那种目光到什么时候呢？媒体也一样。他们丝毫没有发现自己把我逼到了什么地步，毫不反省自己利用警方放出的不确切消息煽风点火，甚至好像失忆了一样，这回又来炒作我的悲剧。真希望他们收敛一点。

“回到家中，我已经成了必须靠安眠药才能入睡的人。每天晚上躺在床上，我都为自己被彻底搅乱的人生感到愤愤不平。最难以原谅的是，警方想当然地认定我是凶手，所以至今仍未查到真凶。那个人正躲在角落里偷笑呢。我总是害怕，真凶哪天会找上门来，杀了我以绝后患。

“对于被害者的场一家……我实在找不到合适的话语。我是在前往欧洲工作的航班上认识他们的，后来，他们就成了不时光顾我的有品位的客人。的场先生做书籍翻译的工作，是个开朗健康的人，的场夫人也漂亮时髦。他们很年轻，但都善解人意，待人处事落落大方，对我像对家人一样热情。健太君也是个好孩子，每次见面都会高高兴兴地跟我打招呼……没想到这么好的一家人，竟然被残忍杀害……每次想起他们，我都会忍不住流泪。只有我一个人活下来，实在太对不起那一家了。而且就算我活下来了，也没能帮上忙。有时我会想，怎么就只有我一个人苟活在世上呢？这当然是没有答案的，可我就是忍不住想。别看我这样，其实在那件惨案发生之前，我也过着跟常人一样的生活……”

说到最后，武内的声音已经夹杂着哽咽，仿佛在忍耐什么。学生们既没有鼓掌，也没有举手提问。他们围坐在武内周围，个个神情肃穆，一动不动。几个女学生还发出了隐隐的啜泣声。

课程结束后，勋向武内道了谢。

“听了您毫无保留的分享，学生们都深受感动。通过您的讲述，他们相当于亲历了司法的现实，想必获益匪浅。”

“其实我没什么自信，不知道说这些能不能派上用场……”

武内低着头，谦虚地说道。

“哪里哪里，您分享的东西都很宝贵。不如我们在车站门口吃顿便饭吧？虽然称不上道谢，但请让我请客吧。”

勋只是随口一说，武内却用力摇了摇头。

“那怎么行，您别这么客气。我能帮到梶间老师已经很满足了。您送到这里就好。今后我也会默默支持老师的工作。好了，那我先告辞了。再见。”

武内连连低头行礼，离开研究室时脸上还露出了笑容。勋也并非一定要请客道谢，就没有挽留。

这人似乎很不愿意麻烦别人，总会超出必要地为他人着想。无论怎么看，他都没有丝毫罪犯的气息。这样一个人，却被突然卷进了一场悲剧。勋回想起他的话，再一次感到胸口发闷。

下课后，勋整理了两三份资料，自己也离开了大学。他把爱车公爵开出教职员停车场，未到傍晚就早早回家了。

勋刚搬进去的新住宅区建有十五栋住宅，都是外墙色彩明亮的西式风格，每栋住宅都配有可容纳两辆轿车的车库，庭院也比较宽敞，看起来很高档。这些住宅的主人都跟勋年龄相仿，最年轻的也有四十多将近五十岁了。高地住宅区的气氛平静安稳，令人心旷神怡，他很喜欢这个地方。

这片新住宅区还有两三座空房子。看来时势所致，有的人签约后又取消了。

勋家左边那座楼就空置着。

3

“……惠……惠啊……”

有一瞬间，她觉得自己幻听了。因为丈夫勋正坐在餐厅，盯着报纸毫无反应。

想到自己终于是产生了幻听，梶间寻惠不禁一阵惆怅。她继续推着吸尘器在客厅打扫，结果又听到了微弱的声音。

“寻惠……寻惠啊……”

她关掉吸尘器，这回声音很清楚了。然而虽不是幻听，她还是很想长叹一声。

“在叫你呢。”

勋后知后觉地说了一声，连头都没有抬起来。寻惠没有理他，意思是她清楚得很。

“寻惠……寻惠啊……”

没有了噪声，那个喊声就变得格外响亮通透，让人难以相信它竟来自一具如此娇小的身体。只要寻惠不去，那边就会一直喊。那声音如同魔音贯耳，就算真的变成幻听也毫不稀奇。

寻惠打开了婆婆卧室的房门。

“寻惠啊……”

“来啦来啦，怎么了？”

“啊，这个。”

婆婆曜子躺在床上，刚才还在苦苦哀叫寻惠，这会儿一看到她，立刻摆出傲然的态度，抬起皱巴巴的手指向天花板。

寻惠不明所以地抬起头，照明突然变暗，不一会儿又恢复了原状。

原来是大荧光灯快坏了。

“太不吉利了，快给我换了吧！”

婆婆已经有点一阵清醒一阵糊涂的症状，不过听她的语调，现在应该是清醒的。

“过会儿给您换，您再忍忍。”

寻惠拉了一下灯绳，换成小灯照明。现在又不是晚上，应该不成问题。

“给我开电视吧。”

寻惠拿起遥控器，打开摆在斗柜上的小电视，接着走出了房间。

不吉利……从婆婆口中听到这句话，她有点意外。她甚至有点惊奇，没想到婆婆竟会想这种事情。也许是看到闪烁的荧光灯，不禁联想到自己所剩无几的寿命了吧。之所以说人之将死会有各种预兆，应该就是因为这种联想。

她又吸完走廊，接着收起了吸尘器。现在稍微弯一点腰打扫，背部就难受得很。

她抻直身子，喘了口气，走到楼梯旁的储物间拿出了事先买好的 32 号荧光灯管，又一次进了婆婆的卧室。

婆婆闭着眼睛，双唇微启，像是睡着了。寻惠关了电视，脑中突然闪过“预兆”二字，小心翼翼地盯着婆婆观察了一会儿。她的胸口微微起伏，显然还有呼吸。

医生说，老太太的心脏情况比以前更糟糕了，万一感染风寒，恐怕就会一命呜呼。所以她平时很注意保持房间的温度。婆婆中风卧床三年，他们每年冬天都很担心她能否撑过去，不过今年还是撑过来了。临近四月，气候变暖，他们果断搬进了新居。现在过去了两个月，本来还担心换了新环境会影响婆婆的身体，现在看来是杞人忧天。反倒是寻惠自己总觉得有点不舒服。

她又拉了一下灯绳，将灯完全熄灭。虽然不会碰到小灯管，可是亮着灯更换灯管多少有点吓人。太阳还没完全下山，虽然略显昏暗，但还是有光线从外面透进来。

她踮着脚抬起手，先更换了启动器，过程很顺利。

接着，她开始卸掉旧灯管。这盏灯是从上一个住处的和式房拆了带过来的。早知道就不要抠搜，直接在安装的时候换上新灯管了。

先拔下连接启动器的线，然后解开三个挂钩。挂钩固定得很死，拆下来并不容易。她不得不使劲去掰，掰得都快断了，才感到一点松动。手心不慎触碰到小灯管，突如其来的热量吓得她缩回了手。

这一下，挂钩又弹回去了。

寻惠停下来喘了口气，耐心地一个一个掰开挂钩。每掰开一个，都会发出“啪嚓”声，她都有点担心灯管会不会被震碎了。灯罩因为她的动作摇摆不停。第二个……这钩子怎么这么硬。第三个……不知不觉，她已经满脸是汗。她用袖子擦了擦汗水。由于一直盯着上方，突然收回视线时，她感到一阵眩晕。

她把汗流浃背才拆下来的旧灯管放在地上，拿起了新灯管。先穿过小灯管外侧，然后插上启动器，最后用力掰回挂钩，把白色圆环固定起来。

好不容易扣上第二个挂钩时，她才发现灯绳并没有穿过新灯管的圆环。

“真是……！”寻惠突然有股摔灯的冲动。她当然不能这么做，最后只能重新掰开挂钩，把灯绳穿进去，重新安好。做到一半时，她意识到其实不用重新安装，只需在安好之后将灯绳扯出来。于是，她更烦躁了。

装好灯管后，她瘫坐在地，后颈上全是冷汗，脑袋热得发昏，四肢却冰凉麻木。

她艰难地喘了一会儿气，不明白自己为什么换个灯管就累成这样。身体就是不听使唤。这几年来，同样的感觉越来越频繁了。近乎惊恐发作的焦躁感，还有类似泡澡热晕的倦怠感。两种感觉同时向她袭来，使她的身体失去控制。

自从开始看护婆婆，她就感到了这种异常。此前，她虽然与婆婆同住，但她的身体没什么问题，还能找一份每天工作五小时的兼职，高高兴兴地工作。勋对此很不满意，因为家里并不缺钱，可她就是受不了跟婆婆从早到晚待在一起。何况婆婆在病倒之前一直对她颐指气使，仿佛自己永远都是一家之主。

后来，婆婆中风卧床，她不得不辞去工作专心看护。但是刚开始，她并没有感到像现在这样的憋闷。起初，婆婆的障碍只是手脚轻微麻木，只要搀扶一把，就能自己上厕所，也能坐起来自己吃饭，甚至自己还经常翻身防止褥疮。而且平时尖酸刻薄的婆婆不再对寻惠颐指气使，反倒眼看着衰弱下去，没有寻惠就什么都做不成。这下，寻惠终于感到自己掌握了家庭的主导权，内心稍微安稳了一些。

只可惜好景不长。看护老人是一场看不到终点、前途一片黑暗的战斗。而且一年比一年糟糕。开始看护一年后，寻惠遭遇了巨大的转折。由于新发作的脑梗死，婆婆的身体越发无法挪动了。在这种情况下，她还想去拿存折……最后身体不受控制地摔倒，手臂和大腿都骨折了。

住在川越的大姑子相田满喜子接到联络，马上赶了过来。

“有寻惠在，怎么还会变成这样？”她困惑地看着勋，还一直抚摸着婆婆的手，“真是……妈妈太可怜了。”

从那以后，星期五和星期六的晚上，满喜子都会到家里来住，还把被褥铺在婆婆的床边。梶间家的看护战争就此爆发，寻惠不得不表现出超过满喜子的看护热情。第三方的看护服务，已经沦为不存在的选项。她只选用了辅助沐浴服务，别的全都靠家里的女人自己做。这成了一场意气之争，寻惠就是不想被婆婆和大姑子看扁，说她是个没用的媳妇。因为自从她嫁到这个家里，从未受过她们的半点恩惠。

身体还算健康时，婆婆对寻惠很冷淡。她不允许寻惠回家看护母亲，甚至不允许寻惠见母亲最后一面。寻惠永远记得那一夜，她坐在不知能否赶得上守夜的列车里泣不成声。然而，无论她多么努力，婆婆都绝不会对她说声谢谢。因为婆婆是个从未看护过老人的千金小姐，并不了解这种工作的辛苦。

寻惠接受了婆婆这样的性格，把她当成自己的亲生母亲，一心一意地看护。她要完美地做好看护工作和家务，不招来半句抱怨，不拖不欠地送走婆婆。她非要让婆婆到最后即使不情愿，也得对她说声谢谢。这也许是没有意义的坚持，但寻惠是真心的。

满喜子一开始还很积极，但很快就受不了连住两天，没过多久就只有星期六上门，后来又变成了一个月来两三天。尽管如此，每次她到家里来，婆婆还是会满脸笑容地说："谢谢你啦。我们满喜真孝顺。"甚至会塞一张五千日元的钞票给那六十二岁的女儿，报销她的车马费。那钱不可能从婆婆的存折里拿出来。到头来还是寻惠给的。寻惠把它当成了正常的谢礼，再加上不想欠满喜子的人情，便从来不说什么。当然，这种时候她也得不到一句"谢谢"。婆婆每天都盯着自己的存折看，很清楚那上面一毛钱都没有少。

"寻惠啊。"

不知何时，婆婆睡醒了，扯着嗓子喊了起来。

寻惠的呼吸还没平复，但还是强迫自己站起来，看向婆婆。

婆婆看见寻惠突然冒出头来，并没有感到惊慌，依旧顶着呆板傲慢的表情，蠕动着嘴唇说：

“给我换尿片吧。”

寻惠咽下了几乎要冲口而出的叹息，留下一句“稍等”，拿着旧灯管走了出去。她把灯管放在后门，洗了手之后回到了婆婆的卧室。

她掀开被子，撩起了婆婆的睡衣下摆，接着帮她弯曲膝盖，取下了纸尿裤。一股臭味扑鼻而来，寻惠改用嘴巴呼吸。这下更喘不上气了。

没有大便。她拿掉脏尿垫，扔在地上铺的报纸上，然后用婴儿湿巾擦拭婆婆的胯下，擦完便将湿巾扔在了脏尿垫上。她意识到自己的呼吸很急促，同时又想，换完尿垫还得给婆婆翻身。新尿垫呢……她环视四周，想起尿垫用完了，死死压抑的烦躁开始沸腾。

真是……她忍不住啧了一声。

没办法，只能先穿上纸尿裤了。

虽然这只是一件琐事，但她还是异常烦躁。即便只是浪费了一片纸尿裤，她还是感觉自己并没有完美地做好家庭主妇的工作。

这时，房门突然打开，有人走了进来。寻惠吓了一跳，回过头去。

“我买了这个……”

是儿媳雪见。她怀里抱着一大包尿垫。

“啊……来得正好。”

“妈，你怎么了？脸色好吓人啊，还流了好多汗。”

听到她说脸色好吓人，寻惠不禁有些慌乱。

“来帮帮忙。”

她故意转移了话题，拆开一张新尿垫给婆婆垫上，并跟雪见合力帮她翻了身。

“我说……”婆婆翻了身，靠在背部左侧的靠垫上说，“明天帮我去打个存折。”

“奶奶，”寻惠的声音有些尖厉，“明天养老金还没下来呢，去银行什么也打不出来。”

婆婆又摆出一副呆板的表情，仿佛在疑问：真的吗？

多么无辜的表情啊。

寻惠难以忍受心中的烦闷，很想出去透透气。

“我去打理一下院子。”

她对雪见说完，拿起报纸包裹的污物塞进垃圾袋，重新洗了手，走向玄关。

大门敞开着，应该是雪见没关上。円香应该在睡觉。

她套上凉鞋走到外面。卡罗拉停在车棚里，円香果然在后座的儿童座椅里睡得正香。这孩子一被人叫醒就大发脾气，雪见经常让她这么睡着。每次她都打开车窗，保证空气流通。

这时，寻惠突然注意到左边邻居家的车棚里停了车。那是一辆白色奔驰。这么说来，上午外面的确车水马龙有点吵，看来是隔壁有人搬进来了。

站在傍晚凉爽的风中，寻惠的呼吸慢慢平复下来，接着她拽出连在水龙头上的橡胶水管，走进了院子。

来到院子中间，她突然觉得有种奇怪的开放感。这里跟隔壁由一段胸口高的木围栏隔开，除此之外，另一边的院子应该还有几棵沿围栏栽种的、大约两米高的纤细常绿树。现在，那几棵树都被砍掉了，隔壁的院子一览无余。

被砍掉的树已经捆成一捆，躺在院子中间。一条精壮的大狗正在周围打转，看起来像是杜宾犬。那条狗一看见寻惠，就冲到围栏边狂吠起来。气势着实可怕。

寻惠忍不住后退了几步，同时，邻居家露台的纱门发出了轻巧的摩擦声。一个男人探出头来，原本冰冷阴郁的眼神转眼之间变成了和蔼的笑容。

“莱奥！不行！”

他笑着走进院子里，对狗斥责道。

“真不好意思。它刚来到新环境，好像有点兴奋。”

男人讨好地向她道歉，寻惠也就没了脾气。

“你这狗看起来好厉害呀！”

男人像是把这句话理解成了称赞，不好意思地挠了挠头。

“我以前住的地方有个奇怪的人总跑进院子里，于是我就养了它，起个看家护院的作用。它接受过正规的训练，平时很有礼貌，就是性格有点神经质。”

这人看似跟寻惠差不了几岁，是个五十上下、面相友善的人。因为长着一张圆脸，还显得挺年轻。他挽起了薄针织衫的袖子，下身穿一条牛仔裤。

“一下子开阔了不少呢。”寻惠看了一眼被砍掉的树。

“哦。”那人露出了恶作剧被发现的孩子的表情，“这几棵树跟我想要的庭院有点不搭，干脆就砍掉了。我打算在这里搭一个花盆架，并在夏天之前加盖一个简单的遮阳顶棚。现在虽然两边都看光了，但很快就能遮起来。”

寻惠不禁感叹，这还是个喜欢打理庭院的人呢。勋每次到院子里，顶多就是乘凉。他从来不干院子里的活，包括浇水。

寻惠自嘲地看了看自己家的庭院。

“我也想慢慢添置一些花草……只是怎么都抽不出空。”

现在，院子一角种了南天竹、小松树和杜鹃花，另一个角落则放着两层花架，摆了十小盆廉价买回来的大花三色堇等植物。院子虽然不大，但还是显得空荡荡的。

“我这儿有点大花蕙兰，不如分点给您吧？”那人朝自己院子角落里的许多盆栽努了努嘴，“每次分株都多出好多来，现在有……十一盆了。我分三盆给您吧。”

寻惠被那细长茂盛的绿叶夺去了目光，但还是客套了一句：“哎呀，您这么宝贝的东西，不好吧。”

“没什么，真的太多了，我正发愁送不出去呢。让它开花虽然有点难，但只要不过分忽视，基本不会枯萎。夏天摆在日阴处，冬天养在室内。适当浇水。这种花啊，只要能开花，就是赚到了。”

“真的可以吗？那我就恭敬不如从命吧。”

邻居笑着点点头，隔着围栏递来了几盆叶片修长、生机蓬勃的兰花。塑料花盆并不重，她把它们摆到大花三色堇旁边，这下多少有了点庭院的模样。

“这里环境真不错，我一下就喜欢上了。”

男人手肘支在围栏上说。

“是啊。虽然在东京，但是这一带没有那种喧嚣感。您是从哪儿搬来的？”

“调布。我有个熟人也搬到了这附近，还对我说这是个好地方。我开车过来看了一次，发现真的挺不错，正好这里还有空房子，我就忍不住买下了。”

这人搬家搬得如此随意，看来经济比较宽裕。不知他是做什么工作的。

“您在这儿待太久没问题吗？家里人肯定在忙着拆行李吧？”

寻惠拐弯抹角地打探起对方的家庭情况，他却摇了摇头。

“我就一个人，单身汉。”

“哎，是吗？那还挺轻松的。”

寻惠口头故作随意，内心其实有点惊讶。她记得隔壁这座房子是四室两厅，总价接近六千万，迎合了家庭需求。这人看起来五十上下，万万没想到竟是个单身汉。

“那先这样吧，等我安顿下来了，再正式登门问候。”

“哦……”

寻惠还想再问问他的情况，但又不能拉着别人不放，只能朝那个转身离开的男人欠了欠身。

*

勋看完报纸，移动到起居室沙发上，打开了电视机。尽管已经退休了，每到星期日的傍晚，他还是会感到一种不知做什么好，又浑身乏力的无聊。

“小熊饼干，吃小熊饼干！”

孙女円香一边撒娇，一边跟着雪见走了进来。她一看见勋，就换上了警惕的表情。

“回来啦。”勋温柔地喊了一声，但円香死死攥住雪见的裙子，明显不愿意接近他。

“快说我回来啦。”

雪见催了一句，円香还是不吭声。这个孙女一点都不亲他，别说陪她玩，勋连跟她对话都几乎要放弃了。

“小熊饼干，小熊饼干！”円香不理睬他，继续向雪见撒娇。

“快吃饭了呀！现在吃小熊饼干，待会儿吃不下饭了。”

雪见训斥她的口吻多少有些严厉了。円香立刻发出了尖厉的哭声。

“我要吃！”孩子歇斯底里地尖叫道。

“就让她吃一点嘛。”

勋插了一句嘴，雪见刚要说话，又咽了回去。

“真是的……都说了不能吃巧克力。”

她转而抱怨了一句。因为那是寻惠买回来的零食。

“就一点点。妈妈现在去拿，你乖乖坐着。”

雪见无奈地说完，摇晃着马尾辫走进了厨房。

“我要在那边吃！”

円香想跟过去，却被雪见瞪了。

“不是叫你坐好吗！”

在哪儿吃有什么关系呢……看着因为一些小事对孩子发火的雪见，勋皱起了眉。

不一会儿，雪见端来了放在小碟子里的零食。也不知她心情是好是坏，还给勋泡了茶。

“啊，谢谢。”

这个儿媳乍一看性格很强势，但是并不单纯，也很会照顾人。她善解人意，感觉也特别敏锐。也许她正适合娇生惯养的俊郎。而且她说话做事都落落大方，可能因为是生在现代的年轻人，丝毫没有身在婆家的拘谨。

“妈是不是身体不舒服啊？”

雪见坐在円香旁边，自言自语般嘀咕道。

“嗯？”勋扭头看向窗外的妻子，“是吗？”

她正在院子里浇水，看起来跟平时没什么两样。

可能是勋反应太迟钝了，雪见横了他一眼，就没再说话了。

“俊郎还在上课吗？”勋换了个话题。

“应该会回来吃晚饭。”这回轮到雪见漫不经心地作答了。

俊郎正在紧张地准备司法考试，然而家里已经成了老人看护和幼儿养育的战场，他无法集中精神，总是到大学或町内的图书馆学习，连星期日都特别积极地参加补习班的模拟考试。只不过，勋根据以往的经验，对他的学习效果很是怀疑。

据说俊郎很爱说一句话："将来我可是能赚一亿的男人。"勋从来没听他说过，但他经常对雪见这样夸耀。提起这件事时，雪见说着说着就笑出了声。

一个三十岁的男人恐怕不会真的相信，在竞争过剩的律师行业能赚到这么多钱。总之，在他通过司法考试之前，勋选择旁观不语。他也认为，在儿子的工作走上正轨之前，自己多帮些忙，那个轻浮的人或许也能顺利当好律师这份差。毕竟他看起来像个健康向上的好青年，且不说可信度有多高，在对外营业方面或许挺有优势。

刚喝完茶，寻惠就进屋了。

"邻居家只住了一个单身汉。"

她的脸色看起来跟平时无异。

"哦，我看那边还停了辆奔驰呢。"雪见一边解开円香的麻花辫，一边答应道，"原来他独身啊。"

"邻居？是那边吗？有人搬过来了？"

勋对此不怎么感兴趣，只是顺着她们的话说了下去。他今天一整天都在看书，没注意外面的情况。

"对，后面那家。"寻惠说，"看着有五十多岁，挺热情的。他还送了我几盆大花蕙兰呢。"

"哦？有人送花给奶奶呢，真好。"

雪见对円香说道。円香正在老老实实地吃零食，早已没有了刚才的脾气。

"他家还有条大狗呢。"

"邻居家有狗狗哟。我们也好想养狗狗对吧？"

"不过我没问到他是做什么的。"

"人家能开奔驰，应该是公司老板吧。"

寻惠和雪见从来不掩饰对这种话题的兴趣。

"该不会是黑社会吧？"勋觉得并非不可能，便提了一嘴。

"他完全不像黑社会，看起来是个正经人。"

"而且奔驰车也是白色的。"

刚说到这里，楼上传来母亲的呼唤声，话题戛然而止。

"寻惠啊……"

寻惠有点不情愿起来，勋看着她努了努嘴，她便面无表情地走出了起居室。不久之后，寻惠又来叫雪见帮忙了。

"你乖乖坐着。"雪见叮嘱了円香一句，然后站起来。

"円香也要去！"

"妈妈要去照顾曾奶奶，你给我坐着。"

円香好像很害怕那个房间，转眼就不说话了。接着，她渐渐露出不安的表情，着急地大喊道："妈妈！"

勋觉得待不下去，就站了起来。

他正要走进自己的书房兼卧室继续看书，门铃突然响了。现在叫正忙着的人应门，实在有些不妥，于是勋趿拉着拖鞋走过去开了门。

大星期天的傍晚，究竟谁会上门呢？

院门外站着一个男人。

勋认识那个人。

“啊……”

那个人……武内真伍也跟他一样惊讶。

武内为何会到这里来？勋过于困惑，一时间不知该说什么。他也不明白武内为何会愣在门外。

“原来这里是梶间老师的家吗？我看门口挂着‘梶间’，还觉得不可能……这可真是，哎，太巧了！”

说着，武内打开院门，走到了房门前。等他停下脚步时，脸上已经挂起了笑容。

“不过住在这种闲静的地方，还真是不错呢。”

“那个……”勋正要提问，却被身后的声音抢先了。

“哎，这不是刚才那位嘛。”

寻惠从婆婆房间探出头来说了一句。二人交换了问候。

“我刚才在院子里，已经先跟夫人问过好了。”

那就是说……

搬到隔壁的人，竟是武内吗？勋被打了个措手不及，花了好一会儿才意识到这个事实。

“哎呀，不过邻居是认识的人，我就更放心了。”

武内略有些兴奋地说。

“哎，您跟我家先生认识吗？”

寻惠一边擦手，一边走到了门口。

“是的，此前他帮了我很大的忙。有这么一位好先生，夫人真是幸福啊。”

“怎么会。他在外面怎么样我不知道，在家里就谈不上啦。”

武内没有了去大学分享经验时那种战战兢兢、犹豫不决的态度。他如此坦荡快活，让勋几乎认不出来了。

“不好意思，借过一下。”

外面传来明快的声音，原来是俊郎背着包走了进来。

“我回来了。”

“这是我儿子。”

寻惠露出像是苦笑的表情做了介绍。武内对梶间家的浪人恭敬地行了一礼。

俊郎一边脱鞋一边看着武内，随意地答了句“你好”，接着就进屋了。

武内目送俊郎离开后，像是想起了什么，拿出一个小盒子递给寻惠。

“一点小心意，请收下吧。这是我以前去信州户隐旅行时发现的荞麦面店，这回特地请他们邮寄了一些过来。”

盒子里似乎装着手打荞麦面。寻惠高兴地收下了。

“真是的，今天净收您的东西了。等您安顿下来，请到这边做客，一起吃个饭吧！”

“那可不好。正因为是认识的人，住得这么近，就更不应该占您的便宜了。”

“您别这么说，凡事都要互相帮助嘛。大城市的做法固然没错，可我的根子来自乡下，一点都不喜欢太过平淡的邻里关系。”

寻惠比平时能说会道了许多，武内听着也频频点头。

“其实我也是山梨大山里长大的，很理解您的想法。好了，客人不宜久留，我就先告辞了。”

他巧妙地结束了对话，对站在一旁光听不说的勋轻轻颔首，转身回去了。

不过……

这真的是巧合吗？

看武内的反应，这像是巧合。勋记得他的确对武内说过……自己搬到了多摩野高地上的新住宅区，并且很喜欢那里的环境。武内恰好在调布住不下去，正盘算着搬家。他从勋的话中得到启发，在附近找房子，正好找到了他们家隔壁的空房。是这样吗？

可是，周围的空房不只隔壁那一座。多摩野很大，怎么就这么巧呢？

他并非讨厌武内这样的人。应该说，武内其实是个很好相处的人。

话虽如此……

勋感到内心产生了一丝动摇。

视线

“妈妈，快点！”

为了伺候老婆婆洗澡，円香去公园玩的时间被耽误了不少。

平时，雪见总会在上午或午休刚过就带女儿过去。除此之外的时间，公园里的人都不一样，她自己也不太想去。

円香穿着橙色的连衣裙，戴着宽檐帽，手提沙池玩具，连鞋子都穿好了。她平时都是坐在玄关口，撒娇让妈妈给穿鞋。

仔细一看，她的两只小鞋果然没穿整齐。

“真是的，不能踩鞋跟呀。”

雪见给女儿重新穿好鞋，拉着她的手出门了。外面阳光还很强。她不想让女儿晒黑，还是玩三十分钟就回来吧。

离家三四分钟路程的地方有个小公园。看到公园后，円香就甩开她自己跑了起来。

“小心点，要看路。”

这个时间，放学回来的小学生已经在公园里玩躲避球甚至打棒球了，幼儿的家长自然放不下心来。

何况……

“哎，这不是円香嘛，好久不见啦。”

她们果然在。那两个人都坐在沙池边的长椅上，还抽着烟。

一个人染了金发，身穿辣妹风格的流行服装，纤细得病态的手脚涂着颜色完全不同的指甲油。她儿子元弥跟円香同岁，也是三岁，后颈的头发留得很长，如同一个音乐人。

另一个人染着堪称劣质的茶色头发，皮肤黝黑，面相粗俗。她儿子叫源太，今年也是三岁。源太君长得跟妈妈一模一样，连头发都是茶色的。

那两个人一看就不是正经人，明明没见过几次，却对雪见自来熟地挥挥手，“哟”了一声。

她们的儿子已经占领了沙池。雪见很想让女儿去玩滑梯和秋千，可是这里的设施跟搬家前常去的公园不太一样，円香还不敢上这里的滑梯台。

“带我们円香一起玩啊。”

雪见对两个男孩子说了一声，然后让円香进了沙池。

可是，就在那一瞬间，源太君看见円香的玩具，大喊一声：“铲子是我的啦！”上来就拿走了小铲子。

源太君的妈妈什么都不说。铲子被拿走了，叫人怎么玩呢？这对母子真是太自私了。

円香盯着被拿走的铲子看了一会儿，后来似乎放弃了，开开心心地在沙池里徒手堆起了小山。

“你家奶奶还是卧床不起？”

元弥君的妈妈似乎毫不关心孩子的情况，对雪见问了一句。

上次见面时，这两人提出要带孩子去雪见家，于是雪见借口祖母生病卧床，婉拒了她们。

“跟公婆同住，还要照顾老太太，真是太惨了。你可真有本事。”源太君的妈妈吞云吐雾地说，“如果换成我，早就跑了。”

“其实还过得去。”雪见随便应付道。

“円香妈妈其实挺有骨气的。”元弥君的妈妈勾着嘴笑道，“不过老公是个打零工的，那也没办法。我们家那个也总换工作，所以我知道你的辛苦。能啃老已经很好了。”

每次听到啃老这个词，雪见总是很不愉快。她自己可是兢兢业业地做着主妇工作。家务、育儿、看护，明显都比这两个人做得多。生活费从哪儿来，这跟雪见没有关系。她不需要为此感到拘束。这明明是俊郎没出息，不能怪她。

等她回过神来，元弥君的妈妈已经在摆弄手机了。

“又聊起来了。”源太君的妈妈嘲讽道。

“嘿嘿嘿，我们约了。”

元弥君的妈妈故意怪腔怪调地说。

“真的？要见面吗？什么时候？”

“明天。你帮我带带孩子呗？就两三个小时。不，就到傍晚。”

“我才不要。你送他到车站北口的临时托儿所吧。我带大孩子的时候经常送去那里。”

“是吗？不过偶尔几次也没事。你可得对我老公保密。円香妈妈也试试交网友吧？怎么，以前没干过？我也不勉强你，不过这样真的能散心呢。”

雪见万分无奈，连假笑都维持不下去了。她暗中感叹，也许这种人还挺多的。

她可以断言，孩子不守规矩的行为，完全要怪这样的家长。不负责任的家长随随便便养育孩子，最后养成的就是棘手的问题儿童。问题儿童还会给周围的孩子造成坏影响。据说就算家里养得挺好的孩子，进了幼儿园也会学到很多脏话。她们以前问过雪见要送孩子上哪个幼儿园，她只说刚搬过来，还不确定。但说句老实话，她想送孩子上没有元弥君和源太君的幼儿园。

在育儿这方面，雪见不想妥协。为此，她在自己的人际关系方面十分冷血，已经跟好几个人绝交了。但她早已决心将自己排在第二，并不在乎这些。现在円香正是需要家长时刻陪伴，用亲情浇灌，给她树立规矩的时期。这孩子以后不优秀不要紧，但必须得是个善良的人。

妈妈们聊天打屁的时候，两个男孩子已经比赛着堆起了沙山。茶色头发的源太君有了円香的小铲子助力，堆的沙山更高。

没过多久，长毛的元弥君挪动位置，反手打碎了源太君的沙山。

“白痴！”

源太君突然挥起拳头打了元弥君的手臂。

“小兔崽子，你干什么呢！”源太君的妈妈笑着咒骂道。

“喂，挨揍了还不还手吗？太没出息了。”也不知是不是真心，元弥君的妈妈一个劲地煽动捂着胳膊一脸苦相的儿子。

“不准用小铲子，那可是凶器。”源太君的妈妈接受了挑战。

开始了。

雪见看着两个男孩子互相抛沙子，顿时没了心情。

她来不及救援，老老实实坐在角落里堆小山的円香就被洒了一大把沙子。

“喂，你们弄到円香脸上了。兔崽子，快道歉！”

可是，两个男孩对妈妈的话充耳不闻。

“円香你也别忍着，生气就对了。快骂他们大笨蛋。”

这两个人说什么呢……旁观孩子打架也就算了，还要教别人家孩子说粗话。雪见在心里直翻白眼。

円香听话地站起来，转向两个男孩，软软地骂了一声：“大笨蛋……”

“光骂大笨蛋不行，要这样说——笨蛋笨蛋笨蛋大笨蛋！”

说完，源太君的妈妈粗鲁地大笑起来。

“等等，别让女孩子说那种话呀。”雪见实在看不下去，忍不住开口了。

“不能说笨蛋？笨蛋是粗口吗？”

那二人面面相觑。

“不是说这个词不行，是说别教孩子骂人。”

“反正孩子以后总是会学会的。”

“对呀，我上幼儿园的时候就管妈妈叫老太婆了。笨蛋算什么。”

她跟这两个人完全无法沟通。

回到家时，円香已经很不高兴了。这个时间段不高兴，基本是因为孩子困了。她连洗手都不愿好好洗，最后还是雪见把她抱起来硬洗的。

路过起居室时，雪见看见桌上摆着葡萄。可她并没有出去采购。

“这是哪儿来的？”

她看向坐在地毯上叠干净衣服的婆婆。

“武内先生真的好可怜啊。”

虽说这句话算不上答案，但她能猜到这葡萄应该是邻居送的。也许婆婆和邻居又在院子里聊天了。

“他上初中时，父亲就因病去世了。没过多久，母亲也在交通事故中死了。他一继承家里的山林，就不知从哪儿冒出来一堆亲戚。”

“哦？”相比父母双亡的悲惨，雪见反倒因为想象突然冒出来的亲戚而浑身一颤。

“后来他跟一个英国女人结了婚，可对方竟拿着他的钱跑了。”

“啊？”

听说这位邻居本来在做进口杂货的生意，可以想到他是个高雅的绅士。雪见还没见过他，不过听婆婆的描述，的确是这样的。

“我要吃葡萄！”円香开始闹了。

婆婆还在用同情和共鸣的语气继续说话。

“前不久又被安上了莫须有的罪名。难道这个世道，真的是老实人会倒霉吗？”

“我要吃葡萄！”

“可以呀，去吃吧。”

“円香，你要睡午觉了。”

“我不睡！”円香的声音越来越尖厉了。

“你这样就不能去买菜啦。”

“我不想去！”

这孩子的反抗开关已经打开了。她能说出不想去买菜，证明她已经处在说什么都不听的状态了。

“妈，今天您去买菜吗？”

雪见问了一句，想让婆婆顺便出去透透气。

“也好，那就我去吧。这样円香能好好睡觉……不过你们要待在一楼哟。”

“嗯……我知道。”

雪见把车钥匙交给婆婆，牵起了円香的手。

“吃葡萄之前，先上楼换衣服吧。”

“不要！我不去！”

円香果真是一句话都不听。

“你身上都是沙子，必须换衣服。”

“不要！在这里换！”

“可是衣服在二楼呀。”

如果雪见随便拿一身衣服下来，孩子也只会看不上，不愿意换。实在没办法，她只能抱起手舞足蹈的円香走上二楼。

但是円香很重。这是理所当然的，而且孩子越来越重了。这已经是她再胡乱挣扎会很危险的重量。上完楼梯后，雪见暂时放下了孩子。

“女孩真好，女孩省心啊。”她在公园碰到的妈妈们都会这样说。这是真的吗？雪见没有养育过男孩，所以无从对比。然而，她也无法由衷地肯定那种说法。円香是家里横的性格，在外人看来也许是很省心的。可是男孩子，尤其是元弥君和源太君那种放养的男孩子，难道不是更轻松吗？

円香一进房间就扑向了过家家套装。真不知道这孩子的脑回路究竟是怎么回事。孩子这么一扑，玩具全都散落在了榻榻米上。看见乱糟糟的玩具，雪见莫名烦躁起来。

“好了，别玩了！快换衣服！”

雪见从衣柜里扯出円香的连衣裙，一件一件摆在榻榻米上。

“你要穿哪件，快选！”

“葡萄，葡萄。”孩子举起玩具葡萄给雪见看。

“不是葡萄，是换衣服！早点换衣服，早点下楼看家呀。円香要是不选，妈妈就自己选了？”

“不要！”

这种时候，円香的声音真的很令人烦躁。雪见越来越气，自己也想提高音量，但她勉强忍住了。

“那我出门去啦。”婆婆在楼下说。

“奶奶要走啦，我们得赶紧下去。”

“叮咚，您的快递。”

円香说着，又把葡萄递了过来。即使孩子想玩过家家，雪见也有没兴致的时候。

“不是快递。好了，就穿这件吧。”

她随便拿起一件展开。

“不要！”刺耳的声音贯穿了雪见的耳膜。

“你不换衣服，就不给你吃葡萄！别吃了！”

円香的眉毛拧成八字，露出了伤心的表情。她的小嘴一张一合，像在寻找话语。

最后，她开口了。

“笨蛋！”

“……？”

“笨蛋！”

雪见火气一上头，用力拍了円香的大腿。不，她本来是要打耳光，但内心还保留着足够的冷静，让手掌转向了腿部，也控制了力道，以免留下痕迹。然而，她终究未能完全忍住打孩子的冲动。

“跟你说了不能骂笨蛋！”

她又拍了一巴掌。

円香刚才的骂法，已经比在公园时软绵绵的骂人熟练了许多。如果此时不严厉纠正，过后可能会很危险。

“咿咿咿——”

円香捂着被拍的大腿，歪着嘴角，哭得满脸是泪。由于处在歇斯底里的状态，她的哭泣变得像在忍耐什么，或是在害怕什么。

“妈妈说不行，你为什么还要说？”

雪见又作势要打，円香连忙往旁边躲，本来就低沉的哭声变得更低了。

“不行就是不行，听到没有？”

円香呜呜地哭着，点了点头。

“对不起呢？”

“对噗叽……”

完全制伏女儿后，雪见总算放松了绷紧的身体，重重地吐了口气。

看来女儿心情不好并非因为犯困，而是在沙池玩的时候承受了压力。等她平静下来，就让她尽情地撒娇吧。

这是雪见头一次对円香动手。当然，感觉并不好。她很想现在就抱着女儿，对她说“妈妈也对不起”。但那样可能会使円香思维混乱。所以她决定只在心里道歉。

与此同时，雪见也很感慨轻轻拍巴掌的效果竟这么好。在刚才那种场合，只用话语劝诫是没用的，只会让家长精神崩溃。她一直认为打孩子只会带来反效果，现在事态竟收束得如此干脆利落，她不禁有些意外。

雪见用纸巾擦去了円香的泪水和鼻涕，又给她换了衣服。円香全程都很老实。

看来惊涛骇浪已经过去了。

屋里重归静寂，雪见发现通往阳台的窗户被关死了。应该是婆婆收衣服时关上的。

除了睡觉，雪见平时都只关纱窗，给房间通风透气。新家内部还散发着明显的建材气味，甚至混杂着挥发性物质的气味。虽说开发商大力宣传这是以人为本的房子，但并不能保证完全无害。家里还有那么小的孩子，她自然放心不下来。

雪见站起身走过去，打开了纱窗那一侧的窗闩。

从这个角度能看见邻居家半个院子。杜宾犬正在院子里睡觉。上午她跟円香去看了那条狗，没想到它的体形如此之大。听说邻居养这条狗是因为以前住的地方被人擅闯，可即便如此，雪见还是觉得没必要散养。那条狗似乎不会靠近两家之间的围栏，但为了保险起见，雪见也叮嘱円香千万不要靠近围栏。

看了一会儿邻居家的院子，雪见漫不经心地把目光转向了邻居家二楼。

双眼聚焦在小小的窗户上，她突然僵住了。

邻居……武内正看着这边。

他的目光无比锐利，雪见瞬间躲开了视线。

那阴郁的眼神……怎么回事?

虽说相隔五六米，但他的眼神仿佛近在咫尺，犀利得让人忘记了距离。

雪见拉上窗纱，离开时又偷瞥了一眼。

武内已经不在了。

“你在看什么呢？”

背后突然传来声音，雪见吓得猛然回头。

“搞什么啊……”

原来是俊郎。他正狐疑地看着雪见。

“什么搞什么啊？”

“没什么……你回来啦。”

俊郎也看了一眼窗外，发现什么都没有，就收回了目光。

“円香，怎么样啊？”俊郎开朗地说着，一把抱起了女儿，“爸爸将来要成为拯救无辜市民的大律师，你等着吧！”

他冲円香说了一堆孩子听不懂的话，重新转向雪见。

“妈出门去买菜了。”

“是吗？那我们得下楼了。”

“我回来时，有个奇怪的人盯着咱们家看。他一见到我就跑了。”

“啊……？”

可能俊郎的说法有问题，总之雪见突然感到毛骨悚然。

“难道是邻居？”

“不对不对，那人也一直盯着邻居家看。武内先生不是说，之前有人闯进他家院子里，他干脆买了条看门狗嘛。我猜那人应该是记者之类的，不过你带円香出去时，还是小心点好。”

“嗯……也对。”

换作平时，她可能会一笑置之，但现在雪见笑不出来。方才武内的视线，让她感到浑身发冷。

円香在起居室吃了一会儿葡萄，不久便昏昏欲睡，最后总算是睡着了。一直到五点过后，家里都很安静，老婆婆也没有叫过人。

雪见想着先做一道晚上的菜，待会儿就能轻松不少，于是用冰箱里的炸豆腐、芜菁和荷兰豆做了一道煮物。在锅里加入高汤酱油和味醂，先下薄切生姜中火煮沸，再加入切成适当大小的炸豆腐和芜菁等材料，小火炖煮一段时间，最后关火静置，让食材入味。

中午煮了五合饭，晚上应该够吃。然后就看婆婆会买什么菜了。

円香正好醒了，她便把剩下的芜菁拿过去，跟女儿分着吃了。

现在是白昼最长的季节，五点半了还没有傍晚的感觉。

“我要去院子里。”

円香像小猫一样扒拉着露台的纱门，抬头看向雪见。

“好呀。”雪见从玄关拿了円香的鞋子和沙池玩具，跟她一起去了院子。

円香蹲在院子中间，哼着乱七八糟的歌，用小铲子挖起了土。

她在沙池果然没玩够啊……雪见看着円香小小的背影，兀自思忖。

邻居家的院子里趴着一条杜宾犬。护栏处有个搭建了一半，但已经开始摆上花盆的高大台阶状花架。架子两侧也设置了临时栅栏，狗不会靠近那里。

但是为了保险起见，雪见决定再提醒一次。

“你可千万别到狗狗那边去啊。”

“嗯。”円香这会儿变得很老实，用力点了点头。

一阵清风拂过。

对了……雪见想起先前在玩具店得到了一份免费赠送的吹泡

泡玩具。当时円香还不到两岁，她觉得危险，就没有给女儿玩。现在只要好好教她，应该不用担心女儿误喝下去了。

母女两人在院子里吹泡泡，那光景多么经典又怀旧，让人很想尝试一番。

要不，去拿来吧?

路上，她看了一眼老婆婆的房间，老太太似乎睡得很香。再到二楼一看，俊郎也睡着了。

雪见从和式房的橱子里的纸箱中找到了泡泡玩具。

她觉得心里痒痒的，轻轻将玩具拿起，关上了橱子。

下楼吧。

那个瞬间，雪见的视线流向了靠阳台的窗户。那里能看见邻居家半个院子。杜宾犬就在那里。

杜宾犬的姿势让雪见心中一阵骚动。它两条前腿搭在花架的第二层，死死盯着円香正在玩耍的庭院，仿佛在观察猎物。

难道……可是，那台阶状的花架让她心中一惊。雪见的本能催动了她的身体。

她慌忙跑下楼梯。

跑进起居室时，露台外面已经不是円香的身影，而是杜宾犬油亮的身体。

雪见发出了撕裂空气的尖叫，猛地冲进庭院。猛犬已经逼近到触手可及的距离，绕着円香缓缓挪动。在那片杀意沸腾的异常空间中，円香呆站着，甚至忘记了哭泣。

杜宾犬蓄势待发的几秒钟……也许连几秒钟都没有……总之，

在那段如同空白的时间里，雪见挺身而出，死死抱住了円香。赶上了。身体的颤抖化作无意义的声音，从唇间滑落。

野兽的气息逼近到背后。与之面对面太危险了，她只能用背部充当盾牌。

下一个瞬间，粗重的低吼包裹了雪见的大腿，一阵尖锐的疼痛窜过神经系统。

她再次发出惨叫。在她的感染下，円香也响亮地大哭起来。雪见猛地甩腿，狗嘴被甩开了。可是犬牙好像挂在了半身裙的丹宁布料上，无论她逃向哪里，背后总有狗的气息在紧追不舍。

“不行！”

一声怒吼，人影越过了木围栏。是武内。他手上还攥着搭花架的建材。

武内来到雪见面前，面目狰狞地举起棍子。

“哼！”

他朝着杜宾犬的背部打了下去。

杜宾犬尖叫一声，紧追不舍的气息瞬间远离，雪见无力地靠在了房子的外墙上。

武内还在院子里打狗。

“哼！哼！”

亢奋的喘息冲出鼻腔，布满血丝的双眼圆瞪，牙关紧紧咬合，像是在对那条狗发泄强烈的憎恨。一记痛击打中了狗头，杜宾犬发出怪异的尖叫，如同痉挛般抽动起来。

武内还是没有停手。他不断发出着魔似的鼻息声，一言不发地挥动棍子。

雪见看着那光景，渐渐无法分辨自己此刻的战栗究竟因谁而起。

等到棍子打断，武内终于停下了手。杜宾犬已经不再动弹了。

那一夜，武内仿佛专门等到雪见从医院回来，卡着时间来到梶间家，顶着苍白的脸反复道歉。

武内说，由于今天时间太晚，他联系不上保健所，明天会第一时间把杜宾犬送走。可是照那个样子，雪见怀疑狗都不一定能活到明天。

雪见的大腿上除了被咬到的撕裂伤，周围还有一片紫色的淤血。所幸伤口不算太深。她在外科医院做了消毒，医生还给她开了止痛药和抗生素[1]。

武内的道歉主要由婆婆应对。公公和俊郎都在起居室，但除了打招呼就没再插嘴。雪见虽然是被道歉的对象，却也保持了一定距离。武内可能将其理解为态度的僵化，头压得越来越低，反反复复地说："真是太对不起了。"

这次的事情的确起因于武内散养大型犬并且疏于管理的过错，雪见心里也是有气的。一旦有什么差错，円香就可能成为牺牲品。然而，这并非她无法坦率接受武内道歉的唯一理由。说白了，雪

[1] 日本自 1956 年的人类病例和 1957 年的动物病例后，就未发现狂犬病病例，且国内已立法规定犬类的疫苗接种和检疫制度，目前一般建议出国旅行者接种狂犬病疫苗。——译者注

见有点怕他。

“唉，大家都不知道事情会变成这样。武内先生，你的心情我们已经很了解，你也别再纠结这件事了。”

婆婆始终对他温和有礼，反倒让武内更不好意思了。

“好在也没出什么大问题……”

说着，婆婆无奈地看了一眼不跟武内搭话的雪见。她这么一看，武内也跟着看了过去。那一刻……他似乎察觉到了雪见的冷漠，眼中闪过一道漆黑的阴霾。他略微眯了眯眼，像是在警惕什么。等到婆婆重新看向武内时，那些细微的变化已经消失无踪了。

武内在桌上留下了一个空白的信封。从头到尾，没有人说他一句不是。因为婆婆始终在创造友好的氛围，而且武内已经表达了足够的歉意，甚至有点烦人了。

“哎，你看这……”

婆婆收拾好茶杯后，拿起桌上的信封看了一眼，发出一声惊呼。

“看，怎么这么多呀！”

她从信封里抽出了一沓钞票。雪见本以为里面顶多就两三万日元，看到钞票的厚度，不由得大吃一惊。

“有三十万。”点完钞票，婆婆看了看周围的人，“他爸，这里面有三十万呢。”

“哦……”公公只是略显困惑地哼了一声。

“好啦好啦，人家给的，咱们就收下吧。”唯独俊郎满不在乎。

“要是我们去打官司，起码也能拿到这个数。那个人很会做。

虽然过错在他那边，但是他出这么多，咱们的确说不了什么。”

“是呀。虽说只是宠物犬，但也是他唯一的家人了。他做到这个地步，咱们反倒有点不好意思呢。”婆婆的语气明显在同情武内。

“反正听了他刚才的话，我觉得那人还不错。”

俊郎摸着下巴，兀自点了点头。据说他被雪见的尖叫惊醒，但是等到下楼时，事情已经结束了。真够悠闲的。妻子和女儿体会到的恐惧，在他眼里好像也事不关己。

“看来应该找个机会，还回去一点啊。”公公嘀咕道。他的思维好像也被那过于丰厚的赔偿占据了。

“咱们不必跟他客气。”

俊郎说了句理所当然的话。婆婆倒是赞同了公公的看法，答了一句“对啊”，接着看向雪见。

“雪见一定很生气吧，这我可以理解。可是人家上门来道歉，你多少也应付两句呀。”

“人家在行动上已经做到最好了。”俊郎插嘴道。

“嗯……”雪见承认了自己在闹别扭，又噘着嘴说，“可我有点怕那个人……”

“他可是个好人。”婆婆一本正经地纠正道，“不可以用有色眼镜看待别人。”

她似乎意指公公判的那桩冤案。

“你这样可当不了律师的妻子。”俊郎也开玩笑调侃道。

然而，雪见心中的龃龉只能说与之相似，实则完全不同。那是她凭自己的五感得到的真实感觉。

5 遗嘱

星期六，大姑子满喜子来到梶间家，家中顿时充满了一触即发的紧张感。

“妈妈怎么样？”

虽然每两天会打一次电话询问，可是她进屋后照旧用这句话充当了开场白。说话时，她的目光无比锐利，仿佛绝不会放过任何看护的懈怠。又因为她身材丰满壮硕，动作充满威压，现场的气氛更加紧绷了。寻惠面对这个俨然检察官的大姑子，不得不努力放松绷紧的表情。

“嗯，没什么变化，就是有点缺乏食欲……”

满喜子对待在自己房间里的勋简单打了声招呼，把提来的大包放在起居室，对正要去泡茶的寻惠开口阻止道：“不用了，你别跟我客气。”说完，她就去了婆婆的房间。

寻惠也跟了过去。婆婆醒着。

“妈妈，你还好吗？”

满喜子像哄孩子一样唤道。

“知道我是谁吗？”

婆婆蠕动满脸的皱纹，露出了高兴的表情。

“满喜……”

“对啦。”见婆婆神志清醒，满喜子也满意地笑了。

“满喜，我一直在等你呀。”

婆婆天真地说道。然而天真背后的冷漠，却刺中了寻惠的心。

“你在等我呀？对不起呀，让妈妈久等了。今天满喜子要跟妈妈睡，还要给妈妈做晚饭。满喜子给你吃好吃的菜饭哟。”

“一直以来谢谢你啦。”

原来这人还是会说谢谢的嘛，只是不对我说……想到这里，寻惠再也听不下去，便想默默地离开房间。

“等等啊，寻惠。”满喜子叫住了她，“这床被子有点潮啊，你有经常晾晒吗？”

“有啊，四五天前刚晒过……”

寻惠也摸了摸被子，的确不是很干燥的手感。可这床被子毕竟一天二十四个小时盖在人身上，难免会有点潮气。更别说婆婆连排泄都在床上完成，如何能完全避免潮湿呢？而且，垫褥不像被子那样能常常晾晒，上面的潮气也会转移到被子上。

满喜子见寻惠不说话，又开口道：

“这床被子让妈妈盖有点重了吧。你瞧，她都出汗了。天气已经暖和起来了。”

“是啊……”

“啊，对了。那床被子呢？我送的羽绒被。那床被子不太厚，也很透气。你怎么不用呢？”

“啊……”

这么说来，搬家时满喜子的确送了一床看起来很贵的羽绒被。记得是俊郎看上，自己拿去用了。

原来那是给婆婆用的吗？想想也是，只要动动脑子就知道了。可寻惠以为那只是普通的乔迁礼物，并没有往那处想。太大意了。

“你说那个啊，我这就拿来。”

尽管她强装平静，但连她自己都能听出声音里的狼狈。

走出房间，她不顾形象地跑上了二楼。也许试图消灭罪证的凶手，就是这种心情吧。她感到脑子发热，心脏扑通扑通跳得厉害。

“妈，你怎么了？”

円香正在午睡，雪见坐在旁边翻看育儿杂志，见她进屋便抬头问道。

寻惠没有回答她，直接打开橱子拽出了羽绒被。

“雪见，你快找一床新的被套。别人送的，还没用过的。家里不是还有几床吗？”

她一边拆被套，一边压低声音发出指示。

“那就是新的呀。”

“不对，要没用过的！”

“喂，那不是我的被子吗？”俊郎从隔壁走了过来。

“这不是你的！”

雪见从橱子下层找到了尺寸合适的被套。虽然粉彩色调不适合婆婆，但顾不上那么多了。她拆开被套包装，把羽绒被塞了进去。

呼——呼——

她开始喘不上气了。被套上下层粘在一起，羽绒被塞不到角落里。

为什么……喘不上……就这点事……

雪见看不下去，中途就过来帮忙了。用被套内侧四角的系带固定好被角，理顺之后拉上拉链。就这样，折痕清晰可见，显然刚从包装里拆出来的被套算是套好了。

可以了。

可是，她的呼吸异常紊乱，一时间无法动弹。若此时站起来，恐怕会眼前一黑。

“雪见，你把这个拿去奶奶那儿，别说是俊郎用过的……”

“知道了。”雪见领会了她的意思，抱起被子走向一楼。

应该能避免被扣分了。

若是被满喜子知道家里不顾老母亲，把好被子拿给蠢儿子用了，她不知会骂出什么话来。

寻惠正吹着纱窗外透进来的微风，雪见又上楼来了。

“她说怎么只有这样的被套。”

“就这句？”

“嗯。她还检查了里面的被子，但没什么反应。就是对对对的感觉。”

那床被套的确不怎么样。但是过后可以把俊郎用过的被套洗干净换上。

“还有，奶奶想看存折。”

又来了。寻惠接过雪见给的手帕擦了擦汗，下到一楼。

“存折一直是寻惠在管理吧。”满喜子一见到她就迫不及待地说。

其实存折就放在这间屋的柜子里，要是婆婆想看，她大可以自己去拿。然而满喜子坚决不碰。看来她在这方面分得很清楚。

“奶奶，存折上的钱都没变过呀。”

寻惠话音刚落，满喜子就替母亲争辩起来。

“她就是想看，就是看一眼而已。”

被她这么催促，寻惠只好拿出了存折。

婆婆的存折里已经存了五百多万的养老金。她也提议过把活期存成定期，但老人家不喜欢一眼看不出总额，就一直放在活期没动过。

寻惠摊开存折，摆到婆婆面前。

婆婆看了一会儿，满意地点点头，突然说了句很奇怪的话：“大家都过来。”

“我在呢。”满喜子应道，“满喜子和寻惠都在呢。”

“去把勋，还有小俊也叫来。”

这是要干什么？寻惠和满喜子对视一眼，但又不好刨根问底，于是她便叫来了勋和俊郎。雪见留在了二楼，但婆婆没说什么。

最近，婆婆几乎从不叫勋进屋。也许是为了给长子立威，她这个当母亲的也不怎么叫儿子做事。满喜子跟婆婆一样，也觉得梶间家的家主应该有家主的模样。最开始，勋也被卷进了究竟要送婆婆进养老院还是在家看护的问题，但是他辞去了法官的工作，在东京买房子定居，算是对家族有了交代。现在他自己也觉得完成了任务，成了彻头彻尾的旁观者。

“怎么啦，怎么啦？”

俊郎大咧咧地走了进来。勋也用询问的目光看着寻惠。

“妈妈，大家都来啦。”满喜子温柔地呼唤道。

“计算器，拿过来。”婆婆说。

俊郎转身离开，不一会儿就回来了。

“存折，给我看看。”婆婆又说。

寻惠又像刚才那样摊开了存折。

婆婆蠕动着嘴唇，似乎在积蓄话语。最后，她开口了。

“给满喜一百万……”

哦……

原来是遗嘱。

察觉到这一点时，寻惠觉得有些滑稽，又有点感伤。

婆婆也许还惦记着上个星期换荧光灯的事，一直等到了满喜子来的这天。

其实谁也没想着婆婆的遗产。看着婆婆煞有介事的模样，她不禁想会心一笑。

其实可以理解，她毕竟每天都要看看存折，对存款宝贝得很。现在，分了这笔钱，一定是想对家人表达谢意。正在一步一步迈向死亡的婆婆露出了孩子般的表情。想到这里，寻惠也不由自主地挺直了身子。

“给登一百万……”

登是勋的弟弟，住在千叶，平时不怎么露面。

“给小俊五十万……”

哦，给俊郎……不过他是梶间家的长孙，婆婆也很疼他。寻惠内心苦笑了一下。俊郎一反平时的轻浮，听得无比认真。

婆婆慢悠悠地继续道：

“给小望三十万……小胜三十万……小健三十万……小悦三十万……”

他们都是满喜子和登的孩子，现在已经长大成人。他们虽然从不来看望婆婆，但满喜子会时常汇报他们的情况，因此婆婆没有忘了这些孙辈。

“嗯……现在多少了？”

“我算算。”被婆婆问到，俊郎敲起了计算器，“三百七十万。”

剩下的二百万出头应该给勋吧。婆婆分配得还算可以。

然而，事情并没有到此结束。

“给寻惠三万……”

她没想到还会出现自己的名字，脑子里瞬间一片空白。三万这个字眼在大脑中不断膨胀，同时内心一度丰盈的东西迅速干瘪下去。

满喜子朝寻惠微微一笑。

“给小俊的媳妇三万……”

满喜子的微笑是什么意思？太好了？你瞧，妈妈在感谢你呢，真是太好了……她想这么说吗？

开什么玩笑，她无法这么理解。

“剩下的给勋。”

三万是什么意思？她为婆婆做的一切，换成金钱只值三万吗？她比那些亲生子女还要尽心尽力几十倍，就只值这个数字吗？

没有就没有了。她完全可以把分给勋的部分当作自己的。如果一分钱都没有，她还可以按照常识这样理解。

她为何非要单独提出三万这个可笑的数字，彻底践踏了自己一直以来的努力和辛酸？为何要如此贬低她的价值？

“妈妈，谢谢你。我会好好利用这笔钱。可是妈妈，你说这些还早呢。我还希望你长命百岁呀。”

满喜子抚摸着婆婆的手，夸张地道了谢。婆婆也笑吟吟地回答：“是呀。”

“我不要。”

寻惠体内的怒火熊熊燃烧，炼成了冰冷的话语。

“妈……我不要你的钱……不要你的钱。”

婆婆呆滞地看着寻惠。

“寻惠，”满喜子瞪大了眼睛，露出惊讶的神色，“你怎么能说这种……”

寻惠把存折放在婆婆枕边，转头就走。她推开勋和俊郎，走出了房间，并不去看二人的表情。

她流着泪穿过起居室，打开露台的纱门，走出了那座令人窒息的房子，最后蹲在院子的南天竹旁边，不受控制地抽噎起来。

“呜……呜……”

自从亲生母亲去世后，她就再未流过泪。此刻，豆大的泪水接连不断地滑落下来。长年积累的怨气溃了堤，化作汹涌的眼泪。

这种感受，恐怕没人会懂吧。

你对一个老太太这样，也太不成熟了。看护长辈是理所当然的，你还有所图吗？满喜子可能会这样谴责她。她从来只会说大道理，而寻惠讲的是情绪。日复一日，年复一年，从照顾吃喝拉撒到陪聊意义不明的对话，她一直把老太太放在优先于自己的位置。这种情绪，要如何化解？

不甘心。

真的好不甘心。

“夫人……”

护栏另一边传来了小心翼翼的呼唤。

她抬起满是泪水的脸，发现武内忧心忡忡地站在那头。

“您怎么了？”他柔声问道。

寻惠擦了擦眼角站起来。她尝试强颜欢笑，最终只摆出了扭曲的表情。

“你说，这世上怎么净是好人没好报呢？”

说完，泪水又不受控制地滑落了。

6 过劳

翌日白天，满喜子照顾完婆婆吃中午饭就回去了。自从昨天那件事后，她就一句话都没跟寻惠说，甚至没有看她。

昨天，寻惠被邀请到武内家，在起居室喝了红茶。

不愧是曾经从事欧洲杂货进口工作的人，他的起居室里摆着风格优雅的家具和小物件，给人清爽的感觉。

寻惠在那里坐了一个多小时，倾吐了积攒在心中的所有怨气。武内认认真真地听了。

“你会这么想一点都不奇怪。这是当然的。我很理解。”

他对寻惠的心情表示了共鸣。说话间，寻惠渐渐平静下来，至少回到了满喜子来之前的状态。

“要是您愿意，请随时找我聊天。我反正精力和时间都绰绰有余，您有事尽管找我。只要能帮上忙，我肯定在所不辞。”

寻惠离开时，武内笑着对她说了这番支持的话语，还送了她一个法国买的小收纳盒。

满喜子离开后，梶间家恢复了日常的生活。婆婆一副什么都不记得的模样，依旧使唤寻惠做这做那。

夜深人静之时，一家人都睡下了。寻惠在夜间都会把呼叫铃放在婆婆手边，但婆婆坚持要大声呼唤她。寻惠和勋的卧室就在婆婆卧室对门，一喊就能听见。寻惠即使睡着了，也会被惊醒。每次婆婆喊她，无非是要换纸尿裤，哪里痛了要揉，手脚冰凉要她想办法。她还经常要求寻惠开电视，问她中午饭怎么还没好，说些不知是老糊涂还是睡糊涂的话，剥夺寻惠的睡眠时间。

是夜一点时分，婆婆没有叫人，寻惠睡得正香。

电话突然响了。

寻惠正要起来，铃声就停了。过了一会儿，卧室门开了。是俊郎。看来他还没睡。

“满喜子姑妈打来的。”

寻惠没有吵醒勋，轻手轻脚地起身，来到了起居室。

屋里亮着灯。她看了一眼时钟，这么晚了……她叹了口气，打定主意绝不道歉，然后拿起了话筒。

“喂？”

“寻惠吗？”

电话里的声音极其愠怒，让她光是听到自己的名字，就无比沮丧。

“嗯，今天辛苦你……”

满喜子没等她说完，就继续道：“我啊，根本睡不着。昨天在那边过夜就没睡着，现在回来了，还是睡不着。我很生气，怎么想都想不通，所以睡不着。本来我觉得，那么没常识的行为，我才不要理会。可我就是无法原谅，所以才打电话了。真的，我都觉得自己要犯高血压了。一想到妈妈伤心的表情，我就忍不住流泪。我不知道你什么意思，总之，我一辈子都不会忘记。”

听到她前所未有的火药味十足的话语，寻惠心生反感的同时，更感觉到浑身的血液仿佛要冻结了。

“寻惠，你想要钱，就跟我说啊。你那么想要钱，我就把我那份给你。求求你，别用那么阴毒的方式欺负无辜的人。妈妈那是在感谢你啊。作为一个有血有肉的人，怎么能因为金额太少，就拒绝别人的好意呢？”

“不是这样的。我不是想要钱。”寻惠强忍着莫名其妙的颤抖说道。

“你就是想要钱。”满喜子不由分说地加重了语气，“你就是嫌三万太少，才会说那种话。”

“不是的，姐。我真的不要钱……”

“如果不是要钱，那你为什么说话那么怨毒？还不是嫌少，所以生气了？你少说这些大公无私的话粉饰自己吧，真难看。寻惠总是这样，说的跟做的不一样。一个人要堕落到什么地步，才能变成你这样啊。你心里可能把我们都当成了外人，可她是我妈妈呀。我把这么重要的人交给你，你就不能稍微理解一下我的心情吗？求求你，理解理解我吧。妈妈没多少时间可活了，我只想让她过得幸福呀。眼看着自己的母亲被人欺负，换成是你，你能保持沉默吗？真是的，这下可好，我算是看透了你这怨毒的本质，害怕得不得了。喂，你在听我说吗？难道我说错了吗？”

她为什么要说那么过分的话？哪怕说谎也好，干脆先道歉再说吧……

寻惠遭到话语这种凶器的打击，心中充满了不想在乎一切的失败感。

她突然想到，武内先生供述冤罪的时候，也是这种心情吧……

“寻惠啊……”

道歉的话语已经到了嘴边，门外传来了婆婆的呼唤。

“姐。”

“你干脆老实坦白自己的真正想法吧。”

“等等，妈在叫了。”

“……”

片刻沉默之后，满喜子留下清晰的厌弃声，突然挂掉了电话。

寻惠举着话筒，在静悄悄的起居室中发呆。她被那通单方面的谩骂夺走了所有的力气。

接着，她强撑着身体，走进了婆婆的房间。

开灯一看，婆婆微张着嘴睡得正香。甚至还发出了鼾声。

幻听啊……意识到这点，寻惠不禁愕然。

满喜子的电话宛如诅咒，一直萦绕在耳边。寻惠一刻都没能入睡，就这么熬到了早晨。雪见忙着照顾円香，她实在找不到帮手，一个人勉强做好了早饭。送勋出门上班后，她便拖着疲惫的身体，又一次躺在了床上。

尽管如此，她还是睡不着。体内奔涌着令人不适的热量，烦躁像是不断增殖的虫子，在身体每一个角落蠢蠢欲动。她强忍着坐起身来大吼大叫的冲动，用被褥裹住了自己。

门外不时传来婆婆呼唤寻惠的声音。那应该不是幻听，因为每次她都能听见对门开关房门的响动，以及开门前円香闹别扭的声音。

她觉得胸口憋闷，吃不下饭。到了下午，雪见的压力好像也越来越大，楼下不断传来语气强烈的责骂声，还有与之相应的円香凄厉的哭声。再加上婆婆的呼唤声，凌乱而吵闹的人声断断续续地持续到了傍晚。

寻惠觉得再躺下去也没用，便决定起床。可是，她的情况比早上还要糟糕。一站起来，她就觉得天旋地转，心情一片黑暗。突如其来的窒息感，呼吸瞬间乱了。

这下该住院了呀……她冷静地做出了判断。自己的身体恐怕已经濒临崩溃。

勋说今天不会太晚下班，应该快回来了。

“雪见，你去买菜吧。”

寻惠找到正在洗手间守着円香上厕所的雪见，对她说道。

“能行吗？要不今天就用现成的做一顿吧。”

“我没事，你出去多走走。”

“既然妈这样说……”

雪见担心地看着寻惠，微微点了点头。听说要去买菜，円香高兴地闹了起来。

“给孩子买点她喜欢的零食吧。”

“好。”

“还有……”

“……？”雪见讶异地看着她。

“等他爸回来了，我要去一趟医院。”

雪见顿时皱起了眉。“要不还是现在去吧。”

“不了。你顾着家里的事就好，这不还有円香嘛。老太太那边，让她独自待一会儿没什么的……别在意了，快去吧。”

“嗯……”雪见虽然不情愿，还是由着円香拉着她出门了。

寻惠决定坐在起居室休息一会儿。

在雪见面前，她多少有点婆婆的矜持。可现在独自坐在沙发上，那种矜持瞬间就瓦解了，只剩下无穷无尽的倦怠。不知为何，她得有意识地完成每一次呼吸，不得不集中精神才能做好吸气呼气的动作。就这样，她熬过了一段无意义的时间。

约莫三十分钟过后，勋回来了。她早已等得不耐烦。寻惠平时操持着家里的大小事务，到了不得不示弱求助的时候，她只对勋开得了口。

“他爸……你带我去趟医院吧。”

勋正在解领带，听到寻惠的话，不禁皱了皱眉。

“你怎么了？”

“我觉得全身无力……身体不听使唤了。”

勋盯着寻惠想了想，很快便站起来说：“那走吧。”

他又问：“雪见在二楼吗？”

“出门买菜去了，应该很快就回来。”

“嗯……那也行。”

寻惠从橱子里拿出保险证，做了出门的准备。这几年来，她几乎没上过医院。并非不需要，而是没时间。

关好门窗后，寻惠又去婆婆屋里看了一眼。她醒着。

“妈……我要去趟医院……会尽快回来……您当心点。”

她喘着粗气，附在婆婆耳边这样说道。婆婆非但没有点头，反而叫了她一声。

“寻惠啊，我昨天就觉得肚子胀，你帮帮我。”

啊，这么说来……想到这里，寻惠只觉得眼前一黑。

大约三天前，婆婆就没有排大便了。由于臀部力量减弱，只要大便稍硬，就会造成便秘。她本打算给婆婆多加点通便的药，但是满喜子一来，又出了那件事，就没能顾得上。加之满喜子总给婆婆塞两倍以上的食物，现在应该更胀了。

“给我灌肠吧。”婆婆声音沙哑地说。

只能这样了。说得也对啊。一旦便秘了，她一个人可拉不出来啊……寻惠这样想着，身体却动不起来。

“喂，怎么了？”

勋从门缝里探头进来，像在催促她。

“妈她……腹胀……要灌肠……”寻惠上气不接下气地回答道。

勋皱着眉，像是犯了难。“嗯……”他四下张望着，想了又想，最后还是看向了寻惠。

“没别的办法了吗？”

只能自己做了呀……寻惠早就知道，自己的选择只有这个。

“雪见还没回来吗？我打电话问问吧？”

勋压根没提由他来做。不过寻惠觉得这是理所当然的，也就没太失望。连纸尿裤都没换过的人，怎么可能知道如何灌肠。她都没让雪见做过这种事。满喜子也一样。全都是她一个人在做。

寻惠觉得推给雪见实在太过分，于是下定了决心。

“我来弄……你出去等着。”

她把勋赶到起居室，自己戴上了看护用的一次性手套。接着，她掀开被子，撑起婆婆的双腿，摘掉纸尿裤，并在周围铺上了厕纸。下一步，她先给婆婆的肛门涂抹润滑啫喱，然后缓缓注入了开塞露。

这事只能我做。

她不断在脑中重复这句话。

就算我快要死了，也得先伺候完婆婆的屎尿才能死。

呼……呼……

为什么呼吸这么困难？

婆婆放松了力气，灌肠液缓缓流出。她又等了一会儿，还是没有大便。

“不行？”

寻惠问了一句，婆婆只是皱着眉，并不说话。

“那……我用手指了。”

手指一进去，婆婆就发出了难受的呻吟。但这也没办法。指尖触碰到了硬块。

如何弄出来呢？

“能不能……再用点……力？”

手指动作稍微大一些，婆婆就痛得直叫。还差一点了，就是抠不出来。

呼……呼……

她觉得这种焦虑似曾相识，继而想起了换荧光灯那天。不对，跟那天相比，现在痛苦好几倍。

呼……呼……

她已经浑身是汗。汗水顺着额头渗进了眼睛里，她却没有手去擦。

呼……呼……

好不容易，总算抠出了一些。

这样应该可以了。

她感到意识模糊，光是站着就直犯恶心。

她跪倒在地。

奇怪的是，她并没有注意到大便的臭味。看来人们总说的“无暇顾及”，是真实存在的反应。

走廊上传来雪见的声音。她回来了。

雪见啊……她想呼唤儿媳，但是呼吸过于急促，很难发出声音。

好在雪见打开房门，伸头进来查看了。

“妈?!”

雪见看到满头是汗、呼吸困难、憋得面部扭曲的寻惠，表情一下僵住了。

“……雪……雪见……这个……冲……冲厕所……”

寻惠拼尽全力挤出声音，但雪见没有听她的，转身走出了房间。

“爸，叫救护车！”

走廊尽头传来了雪见慌慌张张的喊声。

那声音仿佛来自云雾中，没有一丝现实感。

寻惠被救护车送到医院，静养了三天。她的血压最高达到了一百五十，略高于正常水平，但除此之外，尿检、血检、X 光和心电图都没有查出异常。医生推测她是过劳，告诉她呼吸困难时可以用塑料袋罩住嘴巴。如果惊恐发作次数很多，最好去心疗内科或精神科看一看。

住院第二天，多亏了镇静剂，她断断续续地睡了几觉，状态稍有恢复。尽管她对自己的身体还是没什么自信，可是到了第三天，她就怎么也静养不下去，加上检查做完了，吊针也打完了，医生问她“打算怎么办？”，寻惠就主动提出了出院。

她叫雪见开车来接自己回家，进门就看见了满喜子。雪见说，满喜子虽然没去看望她，但是每天住在这边，接手了婆婆的看护。寻惠觉得欠下了人情，但此前那种什么都要自己一手包揽、做到最好的倔强不知何时消失无踪，连尴尬都稍纵即逝。

“哎，寻惠，你这就出院啦？没问题吧？”

满喜子第一句话还是挺关心人的，但结果证实，那是第一次，也是最后一次客气话，不过是走个过场而已。

“我星期六星期日刚来过，回去没多久又来了，折腾来折腾去，都快累死了。好在妈妈没什么问题，我还有工作，今天得回去了。”

满喜子笑着说出了巴不得赶紧丢掉大麻烦的话。

“谢谢。太不好意思了，剩下的交给我吧。”

寻惠也虚情假意地道了谢，把收拾好行李的满喜子送到门外。

满喜子走到外面，刚把手搭在院门上，又停下了脚步。雪见不在场，她的目光变得犀利了许多，浑身散发着决绝的气息。

“你以后别这样了。你一倒下，要给多少人添麻烦？自己的身体，自己要管理好。”

“对不起。”寻惠敷衍道，“你也要注意身体。”

“女人都有更年期，我在你这个年纪还不是一样，反正忍一忍就过去了。要都像你这样住院，那不就没完没了了。”

相比满喜子的口无遮拦，她想当然地将这种不适定义为更年期障碍，反倒让寻惠感到莫名地有说服力。寻惠当然知道女性在五十出头的年纪会迎来更年期，出现自主神经失调等症状，但她就是没有把脑子里的知识跟自己的身体联系起来，再加上每天忙于操持生活，无暇仔细思考。另外就是，她万万没想到更年期障碍竟会这么难受。这也许存在个体的差异，听满喜子的说法，她好像过得相对轻松一些。

“你该不会在报复吧？”满喜子的语气难以分辨是开玩笑还是认真。

“怎么会……”寻惠懒得与她争辩，随口应付道。

“那就好……本来我觉得我快病倒了，没想到在这节骨眼上，你竟然病倒了，真是吓我一跳。”

也许，这个人表面上活蹦乱跳，其实也绷得紧紧的。她不与公婆同住，但丈夫是税务顾问，她忙于协助其工作。满喜子觉得她当家庭主妇很轻松，寻惠是不服气的，但是说不定满喜子自己也焦头烂额。

现在，满喜子说话再怎么恶毒，寻惠都没力气反驳。她感觉自己整个人失去了张力。只要倒下一次，就很难重新振作了。

“今后电话联系，拜托了。”

满喜子背过身的瞬间，突然全身僵硬，像是看到了什么。

寻惠顺着她的视线望过去，发现是武内站在自己家的车库旁。他微笑着朝寻惠点了点头。

满喜子重新振作起来，对寻惠说了声“再见”，便快步离开了。

“昨天您专程来看我，真是谢谢了。”

寻惠对他鞠了一躬。

她被救护车送走时，武内正好在屋外，忧心忡忡地目送她离开了。昨天下午，他又去病房探望了寻惠，陪她说了一会儿话。

“您能走动了吗？”武内靠在围栏上说，“千万别勉强自己。”

“好的，不过应该没问题。”

“最后还是没查出什么？”

“对呀。我仔细一想，也许是更年期障碍。”

“哦，果然是这样啊。我昨天听您说完，又去查了几本书，就猜到会不会是这个。那种病归妇科管，听说不同科的医生给的诊断也不同。您稍等片刻。”

武内突然转身进屋，接着两手各拿着一个瓶子走了出来。

“这是石榴汁，据说对更年期障碍有好处。我从书上看来的。反正只是果汁，您可以试试看。”

他专门去查了资料，还买了果汁吗……如此体贴的关怀让寻惠感慨万分。

“哎呀，那我得给您钱。”

“不用不用，又不是什么很贵的东西。如果您喝得惯，以后就自己买。这两瓶就别跟我客气了。”

“是吗，那我就收下了。”

寻惠接过石榴汁。这时，武内又换上了煞有介事的表情。

“老太太那边的看护没问题吧？照您现在这样，恐怕会重蹈覆辙啊。”

“是啊……不过家里有儿媳帮忙，应该能应付过来。”

她听见自己的声音，也觉得很不确定。

“您儿媳还要照顾孩子，帮不上什么忙吧。”

对此，寻惠只能承认。

“这倒是真的。那孩子虽然任劳任怨，但是事情一多，就承受不了压力，忍不住吼孩子。我请她帮忙做事，确实要考虑到这个。”

武内似乎把情况理解得比寻惠感觉的更严重，抱着胳膊陷入了沉思。过了一会儿，他郑重其事地说：

“如果您有需要，白天我可以帮您看护几个小时。”

“那可不行，多不好意思啊。”

"不不不，刚才听您的话，这件事好像是夫人一手包揽了。您叫我怎么能坐视不管呢？我上初中时看护过父亲和祖母。他们一前一后都卧床不起了，家里那叫一个手忙脚乱。所以我也更理解夫人您的立场。"

"哦……原来有过这种事啊。"

这人看似过着悠闲自在的生活，但是深入了解之后，就愈加觉得他是个苦命人。

"反过来说，我有这方面的经验，应该不会完全派不上用场。您要是每天能休息个四五个小时，负担肯定会相对减少吧。"

见他如此体贴，寻惠真的感激不尽。

"我绝不会对外泄露您家的情况，何况我也无人可说。这点请您放心。"

"不，我本来就没担心这个……"

她的确认为自己不能第二次倒下了。如今她已然失去独自包揽的心情，又不想再欠满喜子的人情。如果不假思索地婉拒，以后可能会后悔。

"如果您不确定，不如跟梶间老师商量商量吧？"

武内说完，露出了笑容。

是夜，寻惠躺下后，对勋提起了武内的建议。说着说着，她就下意识地提示了自己的身体还没完全恢复，真的很需要帮忙的意思。

"嗯……"勋照旧发出了不知是赞同还是反对的沉吟，继而说，

“找看护服务怎么样？”

看来他不怎么赞同。

“可是上回我跟你姐提起，她很不情愿……”

勋在姐姐满喜子面前，也没什么话语权。

而且就算请看护服务，显然也要寻惠自己去调查并联系。眼前就有现成的帮手，所以寻惠不太积极。

“家里还有雪见，就算放一个男人进来，应该也不用担心。”

“我倒是没担心那个。”勋苦笑着说，“如果他跟老太太处不来怎么办？贸然请来一个熟人，万一不合适会很难请走吧？”

“那没关系。只要说我身体恢复了，感谢他的帮助就好。再说我也只打算让他在我还没恢复的期间帮帮忙。”

“嗯，有道理……不过请邻居实在有点……会不会太近了？”勋说了句奇怪的话。

“就是近才好啊。以前不都是左邻右舍的夫人太太和空闲的老人互相帮忙嘛。现在是同样的道理，怎么会太近呢……”

寻惠停下话语，看着勋。

“你是不是对武内先生有什么偏见？”

“话不是这么说的。没这回事。”勋略显强硬地否定了。

“我见他是你的熟人，才这么信任他。而且你还请他去大学讲课了，不是吗？你自己也说，他是个有绅士风度的人啊。”

“我当然是这么想的……只是觉得，会不会太依赖邻居了。都说世上最昂贵的东西就是免费，就算是别人的好意，咱们一股脑儿地接受会不会也……”

“我觉得不必在意这么多。武内先生可能觉得缺乏人生意义，才会想帮助别人吧。我看他的态度，只要包一顿中午饭，他就会很爽快地帮忙了。咱家也才刚买了房子，俊郎又是那种状态，花钱不能大手大脚，这样不是正好吗？”

勋又沉吟了一回，翻身背对寻惠。

“但你最好给人家相应的报酬，别欠太多人情。”

虽然不情不愿，但听他的说法，看来是同意请武内帮忙了。

7 助力

雪见牵着円香唱着歌从公园走回来，发现门口放着一双既不属于公公也不属于俊郎的男士乐福鞋。

像是来客人了。

雪见抬表看了一眼，确定现在是临近中午，便思考着要不要做客人那份午饭。她走进屋一看，客人正坐在起居室喝咖啡，与婆婆谈笑。

是隔壁的武内。他穿着一件白色薄款夹克，下身配宽松长裤。

雪见不自觉地握紧了円香的手，円香难受得挤出了哭腔。

“打扰了。”武内对雪见轻轻颔首。

“回来啦。”婆婆挂着谈笑中露出的笑容，对雪见招呼道，“从今天起，武内先生每天过来帮忙照顾一会儿奶奶。”

“啊……这样啊。”

雪见有点困惑地对他行了一礼。非常怕生的円香早已躲在了雪见背后。

“雪见啊，麻烦你把武内先生的午饭也做了吧。听说他喜欢拉面呢，家里放着的应该够。”

雪见一面摆脱不了震惊，一面又惊叹如此简单的午饭就行吗？

“劳烦您了。”

听了武内的话，雪见僵硬地笑了笑，继而匆匆离开了起居室。她送円香上二楼看动画片，自己则走进厨房，先做起了老婆婆的杂菜饭。

老婆婆平时吃的基本是她最喜欢的杂菜饭。虽然材料和调味会经常变化，但鱼肉和蔬菜细细切碎，跟米饭煮成一锅后，外表看起来都是一样的。吃完杂菜饭，还有加了药粉的果冻当点心。

由于是躺着吃饭，吞咽力量又很弱，即使是这样的饭菜，老婆婆有时也会呛着。杂菜饭虽然好吞咽，但汁水一多就容易呛，需要小心控制浓稠度。过去，老婆婆还喜欢吃南瓜和芋头，但是这类烂糊的食物可以说绝对会噎住嗓子，所以就算想给她吃也没有办法。

杂菜饭做好后，婆婆将其放在托盘上，端了过去。

“哎，夫人您快坐下，我来弄吧。”

“这……真的好吗？”

“那当然，我就是来帮这个忙的嘛。”

走廊传来这样的对话。

接着，雪见又开始煮速食拉面。等水烧开时，她有点放心不下，就调了小火，决定去老婆婆房间看看。

她刚才就觉得碗里盛的杂菜饭有点多了。如果是满喜子，会连哄带骗地让老婆婆吃下满满一碗，但雪见和婆婆都不会这样勉强。其实吃个半碗就足够了。婆婆她倒是不担心，只是有点担心武内会让老太太吃掉一整碗。

她探头看进房间。婆婆站在武内身后。老婆婆跟往常一样，用垫子垫高了头部。武内注意到雪见，歪头看过来，仿佛在问：有事吗？

“没什么，就是想提醒您别太勉强，老太太容易呛着。”

虽然看着没什么问题，为了保险起见，雪见还是提了一嘴。

“明白了。”武内笑着说完，仔细舀起一小勺杂菜饭，送到老婆婆嘴边。

雪见回到厨房，慢悠悠地做起了拉面，免得待会儿来不及吃都坨了。这个牌子的拉面她自己也很喜欢，味道应该没什么问题，但速食毕竟是速食。于是她放了不少蔬菜和煎肉片，想让它看起来丰盛一些。

拉面快做好时，婆婆进来了。

“奶奶好像把武内先生当成了医生，一直管他这么叫呢。换尿片好像也没问题，应该会顺利。”

“这样啊。”雪见应了一声，想起武内的穿着，顿时明白了。老婆婆应该是把他身上的白色外套当成了白大褂。这么一来，武内会不会故意穿了这么一身衣服呢……但她只是心里这样猜测，并没有说出来。

婆婆在餐桌上摆好了筷子。

“武内先生要在这儿吃吗？”

“起居室的茶几这么矮，恐怕不方便吧。”

“可是还有円香啊。”

雪见用円香当挡箭牌，实际上是她自己想避开武内。她心里很明白这点。

“哦，也对呀。那你在沙发前面放两块坐垫好吗？包括我的。”

到头来，武内和婆婆在起居室吃了午饭，雪见则跟円香一块儿，在餐桌上分吃了一碗拉面。

收拾好碗筷后，她牵着円香的手上了二楼。円香今天吃饭时很老实，但不知为何，雪见就是突然觉得不想待在一楼。

円香开始午睡后，她就用粘尘滚轮打扫起了二楼的两个房间。没过多久，房间就打扫完了，她就这么闲了下来。平时円香睡午觉，她总能找到好多收拾打扫的工作，今天却怎么都找不到。

心里有种奇怪的焦躁感。

她到一楼上洗手间，不动声色地瞥了一眼起居室，发现武内独自坐在沙发上看书。婆婆应该是回房休息了。

这下一楼更不好待了。雪见想着，又回到了二楼。

大约过了一个小时，円香睡醒时，雪见甚至想：孩子总算醒了。

“妈妈妈妈，我们到楼下玩捉迷藏吧。”

等到完全清醒了，円香开口道。她说的在楼下玩捉迷藏，就是敞开起居室和放佛龛的和式房大门，在那里来回疯跑。

“今天不能玩捉迷藏，在二楼玩吧。”

“为什么？为什么不能玩捉迷藏？”

“因为邻居家的叔叔在下面啊。”

“为什么邻居家的叔叔在下面啊？”

“他来照顾曾奶奶呀。”

“他什么时候走啊？”

“不知道。”

她也很想知道。

雪见为了逃避円香的连珠炮式提问，拿出了一张平时收集的包装纸，反过来摊在地上。

“妈妈跟你一起画画吧？”

“嗯，画画！”

円香高兴地拿起蜡笔，画起了根本不能称之为画的涂鸦。雪见正要去拿蜡笔，却被女儿瞪了一眼。

“妈妈不准画！”

虽然女儿无情，可一旦逆了她的意，孩子就要发脾气，于是雪见转而负责观赏。

“你画的是什么呀？”

“这个啊……”円香边画边想，“是小猫。”

“哦，是小猫呀。那这个呢？”

“是小兔子。”

円香一会儿就画好了完全看不出区别的猫、兔子和长颈鹿。画好后，她又在空白的地方涂上了新的颜色。一会儿用右手，一会儿又用上了左手。这孩子拿蜡笔的姿势也乱七八糟，但雪见没有管她。

很快，整张纸都被涂满了。円香似乎是心满意足，又好像是画腻了，开始摆弄别的玩具。

“不画画了吗？”

“嗯。”

雪见正要收起画纸，却被円香发现了。

“不行！”孩子歇斯底里地喊道。

“不行什么啊？”

“不准收起来！”

“玩完了就要收起来呀。”

“不要！”

又开始了。

“那円香自己收拾吧。”

“不要！”

円香一下就变了脸，开始掉眼泪。

“这孩子，你以为哭就能顺你的意吗？”

“我要找奶奶！”

孩子说起了毫无逻辑的话。

“说什么呢，奶奶在休息。”

“叫她起来！”

“怎么能叫起来呢？你再这样，奶奶又要住院了。”

円香的哭声越发尖厉起来，让她忍不住想捂起耳朵。她实在受不了这个声音。于是，雪见条件反射地动了怒。

其实她并非忍不住，但还是“啪”的一声打了円香的腿。她控制了力道，但故意摆出了夸张的怒容。

円香身体猛地一颤，哭声顿时收敛了。

“不准这样哭，听到没？”

虽然没有回应，但效果很明显。

婆婆住院那几天，雪见忙得跳脚时撞上円香发脾气，也对她动了两次手。每次都是一掌就安静下来了。她本来把这当成最后手段，不想频繁使用，但她又觉得，如果继续这样强行制止，会不会让女儿改掉这歇斯底里尖叫大哭的习惯。

她在公园问过其他孩子的妈妈，即使是很认真负责的妈妈也说：“我有时也会打孩子。毕竟孩子一股倔劲上来了，说什么也不听，只能这么做。”也许因为有了第三方的共鸣，或者渐渐习惯了这种行为，她也觉得自己对打孩子这件事不怎么抵触了。

但这依旧是最后的手段……她暗自提醒自己，同时松了口气。就在那时……

雪见背后突然传来了敲门声。

由于太过突然，她顿时全身绷紧，调动了所有警惕。

为了听见楼下的声音，房间隔扇是半开的。而且婆婆走路有脚步声，她一上楼雪见就能听见。可是在这个敲门声之前，她完全没听见任何动静。

她回头一看，原来是武内。

这人怎么回事，竟然上二楼了……

他的目光看起来格外锐利。那双眼睛的视线，从她身上移向了窗外。

“外面下起小雨了……我就想问一句，晾的衣服没问题吧？”

“啊，哦……”雪见不由自主地看向窗外。天的确是灰蒙蒙的。虽然看不见雨点，但那并不重要。浮躁的心情催动她站了起来。“我这就去收，您费心了。”

武内点了一下头，最后用令人毛骨悚然的动作缓缓看了一眼房间，把头缩了回去。雪见同样没听见他下楼的声音，还担心他是不是躲在哪里偷听，忍不住悄悄看了一眼楼梯，看来那人还不至于做出这种事。

衣服基本都晾干了，她把半干的浴巾和卫衣挂在屋里，剩下的都叠了起来。

她边叠毛巾边想……那人真叫人浑身不舒服。

虽然没什么特别的举动，只是雪见一回过神来，总发现他逼近到了足以引起五感强烈警戒的距离。正因为他的举动如此大胆，五感的警戒反倒更迟钝了，每次都匆匆忙忙地发出警报。只要跟武内接触，她就会有这样的感觉。

听婆婆的话，他好像是个热心肠的人，也许事实也是这样的。但是他的热心肠让雪见不胜其烦，总感觉带着一点令人不快的黏腻。

电话响了。

家中一楼的起居室和公婆卧房、二楼的和式房都装了电话。当然，线路是同一条。

婆婆还在睡觉，要是被吵醒了挺可怜的，于是雪见马上接起了电话。

“您好，梶间家。”

“雪见吗？是我啊。”

那没好气的声音让人不禁联想到一张板起的面孔。是她住在海老名的母亲。她刚觉得有点稀奇，又注意到电话里突然出现了一丝杂音，便走了神。

“什么事？”她闷闷不乐地问道。反正没什么好事。

母亲也不跟她客气，开门见山地说：

“你跟公婆同住，冰箱不是多出来了嘛。我家冰箱坏了，你给我送过来吧。”

虽然她说话不客气已经不是一天两天了，但雪见每次听到，还是非常烦躁。因为那是雪见成长的环境，是她满是叹息的少女时代的证明。

“才没有多出来。而且我买的东西凭什么给你啊。”

她听了母亲的话，早已怒火中烧。然而当着円香的面，她又不能太不客气。

“别这么说嘛。一个家里要两台冰箱，那不是多余吗？”

那台冰箱是雪见的嫁妆，搬家后一直放在餐桌旁边，主要用来储存饮料和冷冻食品，起一个辅助的作用。虽然三百升的容量不算小，但作为一家六口的冰箱还是不太够用，怎么都比不过公婆从宿舍搬到租住公寓时买的四百升五门大冰箱。若问是否有用，它的确派不上什么用场，但那毕竟是自己花十万日元存款买的东西，雪见对它多少有点感情。

同样是嫁妆的洗衣机实在没地方放，所以在搬家时送回了娘家。那边也许尝到了甜头，才会来要冰箱。

“你一直不回家，我也给你留了个房间呢。若是租给大学生，一个月至少能收三万的租金。你至少得给点东西补偿我吧。要不然，我可就把你的东西都扔了。”

这年头哪里还有大学生会租那种散发着霉味的破屋子。话虽如此，这人倒是真能做得出扔东西的事情来，雪见不能不理睬。

“你别乱碰我的东西，那些都很重要。”她压低声音警告道。

单身时代的东西拿到这里来只会占地方，但是扔了又可惜。普通人的娘家肯定不会唠唠叨叨，但她这个妈与众不同。

实在没办法，她只好答应考虑考虑。

“哼，那你好好想想。”

说完，电话就挂了。那人一句关心円香的话都没有。真是的，当反面教材也要有个限度。

不过话说回来……

雪见放下听筒，对通话中持续不断的杂音感到异常不愉快。

家里的电话机是满喜子那边淘汰下来的，在通话过程中拿起别的听筒，也能听见通话内容。她跟婆婆经常在一楼和二楼同时接电话，每次都能听见这样的杂音。

她不认为婆婆会偷听。

雪见轻手轻脚地走下楼，看了一眼起居室。武内还在看书，一副无事发生的样子。

应该不至于吧。一般人怎么会偷听别人家的电话呢。然而他刚才也一脸无所谓地上了二楼，雪见无法断言不可能。

她带着心里的疑惑，回到了二楼。

不久之后，楼下传来婆婆叫她的声音。看来她睡醒了。

“你快趁现在去买菜吧。”

“好。”今天能出门去，真的让她松了口气，“円香，去买菜啦，走吧。”

円香顶着哭累的小脸，点了点头。

“好啦好啦，去买菜咯。今天想去哪儿买菜呀？”雪见一边套上白色披肩，一边催促円香。

她不经意间看到了摊在地上的蜡笔画。那一刻，雪见一下就明白了円香刚才的意图。

“円香，你这幅画真好看，不如拿给奶奶看看吧？”

她问了一句，円香立刻用力点了点头。

“哇，画了这么多呀。这都是円香画的？真棒！”

孩子在楼下得到奶奶的夸奖，高兴得春风满面。

“这个是小猫，这个是小兔子，这个是长颈鹿。”

“真的呢，画得真好。”

雪见觉得对不起孩子，今天不该打她的。不过，既然円香已经高兴起来了，她也就不再多想了。

“妈，我买的那个冰箱，可以送回娘家吗？”

雪见故意唐突地说起了这件事。婆婆脸上闪过片刻的困惑，接着微笑道：

“当然啊，那是雪见自己的冰箱嘛……”

婆婆果然不知道这件事。雪见心里有了底，但武内还是一副不感兴趣、若无其事的模样。

“那边的好像坏掉了。”

“是吗？”婆婆面露同情，“既然如此，那就赶快请搬运公司来，给亲家送过去吧。咱家的冰箱大，一个就够用了。”

“嗯……那就这么办吧。”

“你妈妈精神不错吧？”

“嗯……”一提到生母，她就无法掩饰情绪。于是雪见随口应了一句，结束了话题。“好了，我出门去了。”

走到外面，她先把円香放到了车后座的儿童座椅上。

“妈妈，我们去哪里？”

“去哪儿呢？要去西友呢，还是洋华堂呢？”

她刚要开出去，路上就有一辆黑车驶过。雪见轻踩刹车，让它过去了。

等等，那辆车……

好像一直停在我们家门口，刚刚才开走……雪见看着远去的车辆，意识到这件事。

买菜回来的路上，円香睡熟了。雪见把车开进车库，决定让女儿继续睡。她刚才已经睡过午觉了，应该过不了多久就会起来。她照旧开了车窗，敞着玄关大门，走进家中。

“我回来了……”

映入眼帘的竟是她的冰箱，雪见不禁愕然。怎么这么快就搬到门口了？

她见门口那双鞋没了，猜测武内已经离开了。公公除非有特别的工作或应酬，基本在五点到七点之间回到家。俊郎一般也是傍晚就回来，所以武内帮忙的时间，可能也只到五点左右。

“这是武内先生帮忙搬的。”

婆婆坐在起居室，看雪见回来了，就对她说。

她早已猜到是这样，所以没怎么吃惊。只不过，她也没有感谢之情。虽说是得有人把冰箱搬到门口，但雪见其实不太情愿让他碰自己的东西。

“今天真是太轻松了！”

婆婆的声音听起来很高兴。

“爸知道这件事吗？”

“当然呀。这么大的事，我怎么可能瞒着他呢。”婆婆笑着说，“就是还没跟满喜子说。因为她还没联系过我。”

雪见想，那个人肯定有话要说。她是很典型的挑剔性格。

到头来，这个家的老人看护问题成了婆婆与满喜子的灵魂对决，婆婆与之殊死一战，悲壮地凋零了。

但雪见认为，这背后最大的问题，其实是公公事不关己的态度。婆婆总捧着公公，雪见偶尔说漏嘴提一句意见，她就会责备：“你不能对赚钱养家的人说这种话。”

尽管如此，当婆婆为照顾老婆婆忙得团团转，公公却慢悠悠看报纸时，雪见还是会想：需要看护的是他的亲妈，这样真的好吗？虽说她自己对亲生父母的态度也就那样，可是，公公应该不恨自己的母亲吧。何况就算是恨之入骨，也不能把一切都扔给妻子啊。

公公做着受人尊敬的工作，还买了一座能容纳全家人一起生活的崭新的房子。这都很了不起。可是，他对住在房子里的，最关键的家人正在面对的问题，似乎毫不关心。于是，婆婆成了独自承受这一切的人，扛起了所有压力，不得不独自忍耐。公公会不会压根没发现这一点呢?

正是这件事，让她难以释怀。

“这儿有饼干，过来吃吧。”

听见招呼，雪见坐到沙发上，拿了一块饼干。

“这也是邻居给的？”

“他很清楚哪里的东西好吃呢。”婆婆用这句话代替了回答。

不管是谁给的，饼干就是饼干。雪见把饼干塞进嘴里。的确很好吃。

“雪见啊，等你宽松一些，差不多能考虑一下了哟。”

“考虑什么？”她呆呆地看着婆婆。

“二胎。”

“哦……”

“円香一个人孤零零的也没个伴，多可怜啊。至于他奶奶，总会有办法的。”

“嗯……”

“俊郎的将来嘛，你也不用太担心。爸爸和我都不会让你们过苦日子的，尽管依靠我们吧。”

二胎……有件事她没对任何人说过。其实円香就是第二胎。前面还有个明日香，现在已经成了放在娘家的婴儿玩偶。她平时不怎么回娘家，但也不会彻底断绝联系，就是为了去看看那孩子。

所以老实说，她不想再生孩子了。现在光养育円香就够紧张的，而且她也很满足。

不过话说回来，婆婆这多管闲事的态度，让雪见不禁苦笑。

真的像个妈妈一样……

也许，这个人脑子里时刻都在想着家人。

雪见很庆幸自己嫁到了这个家，正因为有她这样的婆婆。坊间到处流传着婆媳不和的故事，但那都与雪见无缘。她的生母还在娘家，而且从小到大共同生活了许多年，可是，雪见还是在来到梶间家之后，才真正感受到了母亲的存在。不着痕迹的关心，不着痕迹的鼓励……虽然有时会觉得她多管闲事，但雪见至今仍在感慨，若是能让这样的母亲养育长大就好了。

“我可是说真的。”雪见好像忍不住勾起了嘴角，婆婆摆出了更严肃的表情，“这种话跟俊郎说，肯定也是被当成耳旁风，所以我才对你说的。”

“好好好，我知道啦。现在暂时还没那么宽松，您可别太期待了。”

“唉，我也不是在逼你，你别太有压力了。”

“不会的。反正顺其自然……”

雪见突然停了下来。

她发现，耳边一直萦绕着窸窸窣窣的人声，就是因为那声音渐渐远离了，她才突然注意到。

那声音很微弱，她本以为是老婆婆房间的电视机，现在看来，她猜错了。

雪见猛地冲出起居室，穿过走廊，在门口套上了凉鞋。接着，她飞奔过院子里的小路，跑进车库扑向卡罗拉的后座。

没人！

只剩下一个空荡荡的儿童座椅。

她感到浑身血液倒流，脑子一阵眩晕，像是浮在空中，双腿却无比沉重，动弹不得。

附近有男人的声音！

雪见踉跄着跑到了外面的道路上。

“这是最后一个啦……”

咫尺之外……円香就站在武内家门前。武内坐在她旁边，正喂她吃点心。

“怎么了？”

武内友善地笑着问道。他招呼得如此稀松平常，雪见一时间竟不知该不该发怒。

“啊……没什么……”

“円香妹妹，妈妈找到你啦。”

武内说完，円香就直直地看着雪见，也许想趁着妈妈还没发火，把手上的点心一口气塞进了嘴里。

别被几块点心就拐走了呀……雪见不禁感到脱力。随后，为了掩饰尴尬，她捋了一下头发说：

“我是前几天听先生说，周围有奇怪的人在徘徊……”

雪见说完，武内只是挑了挑眉毛。

“是吗？我见円香妹妹一个人在车上，实在放心不下。”

虽说她是一个人，可那也是自己家里面啊。再说了，这人哪来的权力乱开别人家车门？就算是一片好心，也要讲个限度吧。

“我平时都很注意的……不用您费心了。”

雪见觉得自己的话很干脆，但武内依旧看着她，并没有移开目光。他的视线何等清冷，像要看穿雪见心中的恶意。

“对不起，看来是我僭越了。”武内面无表情地说，“不过世道艰险，邻居之间还是互相注意一下更好啊。互帮互助嘛。”

说完，他总算把目光移向了円香。

“那明天见咯。”

他摸摸円香的头，走进了自己家。

8

武内在梶间家帮忙了一个星期，雪见不得不承认，压在婆婆身上的看护负担明显减轻了。因为白天有时间休息，即使夜间被看护工作打断睡眠，婆婆也不至于过度疲劳。自从上次发作以来，婆婆就再也没有惊恐症状，也没有呼吸过速。也许是在妇科开的女性激素药剂起效了，婆婆的倦怠和燥热似乎都暂时消失，又恢复了开朗自然的笑容。

那个星期一，满喜子说好了早上要来。

前一天她打电话联系，是雪见接的电话。

“其实我想双休日过去，但工作怎么都抽不开身。像我们这种自己搞经营的，根本不存在双休日啊。”

她说趁上午过来，照顾完晚饭就回去。满喜子很少在工作日过来，还要当天回去。雪见听了不禁想，她好像真的很忙啊。

“那个过来帮忙的邻居怎么样？没什么问题吧？”

“嗯，没什么。”

“他明天也要来对不对？没关系，别在意我，你们就叫他来吧。”

看来，满喜子想亲自考验这个叫武内的邻居，看他是不是真的能帮忙看护自己的母亲。几天前，雪见也接过满喜子的电话，被问到了对武内的印象。当时她含糊地应付了几句。满喜子也许敏感地察觉到了，所以一直惦记着。

“雪见，过来帮帮忙。”

这天早上，正在喂早饭的婆婆把她叫去，一起给老婆婆翻了身。

碗里的粥才吃掉一半，看来老婆婆今早没什么食欲。只不过老人家的心情和味觉都会影响到食欲，就算比平时吃得少，也不一定是身体不舒服。这种事只有本人才最清楚，老婆婆总说“够了”，却从来不说为什么“够了”。

“今天满喜子要来呢。”婆婆在老人家耳边说。

“哦？”老婆婆呆呆地应道，“医生呢？”

“医生也来。今天好热闹呢。”

“哦？”

老婆婆闭着眼，任凭她们两人挪动自己的身体。过了一会儿，她又蠕动起了嘴唇。

“明日漫步在——大海之滨……”

雪见与婆婆对视一眼。

“回忆那往昔——种种快乐……”

她在唱歌。沙哑的声音笨拙地哼唱着旋律。雪见从未听过老婆婆哼歌，不由得有些吃惊。

“今天挺高兴啊。”婆婆会心一笑，自言自语般说道。听她的语气，似乎想说对着这个老人家，还真的恨不起来。她回到厨房后，像被老人家传染似的，哼着《海滨之歌》收拾起来。

大约十一点，武内来了。

“我那住在川越的大姑子今天突然要来。”婆婆端了茶走进起居室，对武内说，“多了个人帮忙，本来不必劳烦武内先生，不过她坚持要当面向您道谢。”

“道什么谢啊。”武内挠了挠鼻子，“那我今天就多加注意，尽量不碍手碍脚。”

雪见刚上二楼，满喜子就到了。她觉得两人碰面恐怕会有场好戏，便无所事事地跟在了满喜子后面。

“哎，您正忙哪，家母真是受了您不少关照……”

“不会不会，我还差得远呢，很难称得上帮忙……”

双方扭扭捏捏地说着客套话，彼此行礼之后，初次见面的问候就这么结束了。

雪见转身离开，给满喜子泡了茶。待到端茶上去时，她已经在夹枪带棒地说话了。

“一开始听寻惠提起这件事，我还吓了一跳呢。我就想，她怎么叫了个男士来帮忙呢。这个看护啊，讲求的就是细致入微，处处照护嘛，不然哪能做好呢？现在叫一个男士过来，我就有点难以置信。要是我住在附近，也就不需要找别人帮忙了，无奈我家在川越，平时还有工作呀。所以也不是想来就能来的。说实话，我真的很痛苦。每次一想到母亲，那就是切肤之痛啊！”

她说话时笑容满面，内容却很不客气。

武内听了，虽然也在用微笑回应，但眼神中并没有笑意。

满喜子伸手拿起茶杯，婆婆趁机换了话题。

“今早我说你要来，老太太特别高兴，还哼起了歌呢。我头一次见到她那样。”

“哦？我也好想听听啊。”满喜子遗憾地说，“对了，我得跟妈妈打声招呼。”

说完，满喜子走进了老婆婆的卧房。很快，里面就传出了响彻整个屋子的说话声。

雪见把円香交给婆婆，走进厨房为中午饭备菜。今天吃饭的人多，她决定炸点吃的，说不定还能留一点到晚饭吃。

中途，满喜子也走进厨房，给老婆婆做起了杂菜饭。

“妈妈一直在念叨医生。”满喜子略显困惑地说。

“她是说武内先生。老人家第一次见他，就把他当成了医生。”

“这样啊。我还以为她老糊涂了，原来不是啊。”满喜子几乎快被说服了，但很快又不高兴地歪过头，“可是一直让她误会着，未免有点过分吧。这不就跟骗人一样吗？为什么寻惠没纠正她呢？”

雪见用苦笑敷衍过去，没有发表意见。

满喜子舀了一大勺饭放进锅里。

“啊，奶奶今早没吃多少。”

“嗯，我看她好像不太精神，可能一直被外人照顾，感到疲惫了吧。”

原来到了她那里，就是这样的逻辑吗？

不过，既然满喜子都觉得老太太没精神，也许她今天处在不太清醒的状态吧。所以才会哼歌。

“没关系，我喂她多吃点，把早上的量也吃回来。我做的杂菜饭味道可不一样，妈妈总说我做的最好吃。”

她每次都带自己做的高汤汁过来，还专门采购有机蔬菜和鸡蛋。虽然雪见吃不到，不清楚是不是真的更好吃，但可以肯定，满喜子显然是很上心的。

虽然她只是站在厨房里，但还是妨碍到了四处忙碌的满喜子，所以雪见的备菜工作没什么进展，倒是杂菜饭先做好了。

“雪见，你帮我把头垫高好吗？”

“好呀。”雪见闻言，停下手头的工作，跟着满喜子出去了。

走进房间时，武内正在给老婆婆捏脚。

“哎呀，妈妈，捏脚舒服吗？”

满喜子边说边把托盘放到床边的移动式小桌上。老婆婆点点头，沙哑地回答：“他是个好医生……”

“妈妈，这位不是医生，是邻居呀。邻居家的人。”

雪见觉得不需要专门纠正，便偷瞥了一眼武内。他一脸淡然，表情没什么变化。

听了满喜子的话，老婆婆愣了一愣，接着咧开嘴，露出了没有牙齿的笑容。

“你觉得我在开玩笑呢。”

满喜子见到母亲的笑容似乎也很开心，还调侃了一句。老婆婆的笑容很少见，雪见也忍不住笑了起来。

“好了，帮我一下吧。”满喜子对雪见说完，又转向老婆婆，

“妈妈，我给你把头撑起来吧。”

“要不我来吧。”

“不用了，不用了。”满喜子大声说着，没让武内上前。

满喜子抱起老婆婆的头和肩膀，雪见在下面塞了个厚垫子。以前，满喜子多次施压，要家里买电动升降床。但是老婆婆住院检查时用的就是电动升降床，发现躺在抬高的床上其实也需要体力，躺着躺着上半身就会侧着往下滑。婆婆和雪见都觉得既然这样，那种床买了也没有意义。后来因为公公一直顾左右而言他，满喜子也就不再说了。

“妈妈，满喜子给你做了好吃的杂菜饭，现在喂你吃哟。”

老婆婆开始用餐，雪见便回了厨房。肉饼、海蛎、肉片卷芦笋，这些都拿去炸熟，然后做一道沙拉。円香吃饭总会掉得满地都是，所以雪见还专门给她做了几个小饭团。

煮好味噌汤，只剩下盛饭时，武内端着托盘走进了厨房，看来老婆婆已经吃完饭了。他把托盘放在台面上说：

“不好意思，麻烦你了。”

“啊，好的。”

碗里只剩下一点杂菜饭，八成都被吃掉了。端了那么一大碗过去，回来只剩一点，不愧是让满喜子自我吹嘘的手艺。

她收拾干净碗盘，仔细擦洗了吸水壶的水嘴，其他部分只是简单冲刷了一下。

好了，家里这几个人坐在一桌吃饭，会是什么光景呢？最近她已经习惯了武内和婆婆在起居室吃饭的光景，不过今天满喜子也在，恐怕所有人都要上餐桌了。

她走进起居室，问了一声正在给円香念绘本的婆婆。她的回答是："也对，就这么办吧。"

"円香，去洗手啦。"

她带円香到洗手间，用肥皂液洗了手。

这时，满喜子过来了。

"家里有小块的毛巾吗？我要给妈妈擦脸。"

雪见从柜子里找了一块手帕大小的毛巾，正要在円香旁边打湿，却被满喜子叫住了。

"不用，等孩子洗完手吧。"

满喜子靠在一边，把玩起了円香的麻花辫，"円香呀，你的辫子好可爱呢。"

円香在镜中目不转睛地看着满喜子，但好像有点害羞，没有吭声。

"可以把靠垫撤掉了吧？"武内在老婆婆的房间门口问了一声。

"嗯，可以了。"满喜子头也不回地答道，继而嘀咕起来，"又不需要他动，可他非要那么积极。"

见满喜子看着她，仿佛在寻求赞同，雪见只好含糊地笑了笑。

"奶奶把早上没吃的量也吃掉了呢。"她一边给円香擦手，一边换了个话题。

"哪里，她还是没什么食欲，我好不容易才让她吃下去的。"满喜子走到円香洗手的位置，打开热水浸湿了毛巾，"她偶尔会这样。"

“不过吃下去这么多，已经足够了。”

“诀窍就是不能等她咽下去，要一勺一勺不停地喂。不过也就只有我能这么做了。”她得意地说。

武内走出了老婆婆的房间，雪见看向他说：

“午饭已经准备好了。”

“哦，每次都麻烦你了。”武内微微颔首，绕过雪见身后，跟在满喜子后面洗了手。

“姑妈，你也去吃饭吧。”

“好好好，等我弄完就去。”满喜子应了一声，拿着拧干的毛巾走进了老婆婆的房间。

雪见带円香走向厨房。

婆婆正在厨房里倒茶。

就在她抬脚要进去时……

身后传来了满喜子的叫声。那声音有点破音，分不清在叫“啊”还是“哎”。

一开始，雪见只是回头看了看。毕竟满喜子平时就吵吵嚷嚷，她也没太在意。

走在雪见身后的武内也只是回头看了一眼，没有太大的反应。

“来人啊！”

满喜子的叫声再次响起。这回她明显在呼救，还带着非同寻常的紧迫感。雪见看向婆婆，发现她脸色也变了。

她紧跟在武内身后，走进了祖母的房间。

最先映入眼帘的，是手足无措的满喜子。她徒劳地跺着脚，双手无意义地摆动着。

另一头，老婆婆双眼瞪得老大，下颌阵阵抽搐，嘴边还沾着疑似呕吐出来的杂菜饭。

“噎着了！”

婆婆在雪见身后喊道。

包括雪见在内，好几双手伸向老婆婆的嘴边。但是仅靠人手很难撬开老人的嘴。

“姐，去拿汤匙！”

被婆婆的声音一震，呆立在三人身后的满喜子慌忙走向了厨房。

他们用满喜子慌慌张张拿来的几把汤匙撬开了老人的嘴，又将堵在嘴里的杂菜饭挖出来。然而堵塞物迟迟不能被全部挖出，他们只能干着急。老人被噎得阵阵作呕，神情十分痛苦。

她渐渐翻了白眼，面色死灰，显然出大事了。

“雪见，救护车！”

婆婆一喊，雪见马上行动起来。

“我……我来……我来打……”

满喜子表情异常僵硬地说着，可雪见担心她说不好这里的地址，还是自己冲向了电话机。

等救护车到达时，老婆婆嘴里的食物基本都被挖出来了。可是，老婆婆已经没什么反应了，连呼吸都很难辨明。她手脚发绀，双眼湿润，一行泪水滑落到了鬓角。

不一会儿，婆婆和满喜子呼唤老人的声音，就被救护车的警笛声盖了过去。

*

寻惠和满喜子并肩坐在抢救室外的等候区。

救护车开走时，满喜子坐了上去，寻惠则管雪见要了卡罗拉的钥匙，一路跟到医院。她让雪见留在家中，并叫她请武内先回去。

满喜子上车时，急救队员正在车上为老婆婆做心肺复苏。那一刻的光景，毫无真实感。

等寻惠赶到等候区，满喜子转过一张快要哭出来的脸，她不由得想：啊，是不是不行了。不过那只是寻惠想当然的猜测，医生还什么都没说。接着她意识到，自己竟已设想到了最糟糕的结果。她转开目光，不去看满喜子脸上的悲痛，在她旁边坐了下来。

“是我……是我不好。我不该硬塞给她吃。怎么办？是我害死了妈妈。”满喜子说着令人不忍细听的话。

“怎么会呢。再说了，结果还不清楚呢……”

寻惠实在说不出“不会有事的”这种话。

“妈妈在我面前突然吐了出来……她看起来好痛苦，我却什么都做不了。”

“那也是没办法的事情。”

“我看她没什么食欲，就比平时少喂了一点。可我……可我还是太勉强她了……唉，我怎么……”

满喜子双手掩面，肩膀微微颤抖着。

女儿特地做的杂菜饭，婆婆想必也吃得很努力吧。这能怪谁呢？连她自己喂饭的时候，都总是心惊胆战，害怕发生这种事，所以此时完全没有责怪满喜子的想法。就算真的出现了最糟糕的结果，那也是母女俩的问题，她这个外人不好插嘴。

“梶间曜子的家人在吗……”

抢救室门打开，一名年轻的男医生走了出来。

“在……”寻惠和满喜子同时站起来，被医生请了进去。

她们被领到一个设有办公桌、类似诊室的空间。

“请坐吧。”

医生开口后，寻惠把圆凳让给满喜子，自己坐在了折叠椅上。

“是这样的，根据急救队的报告，梶间曜子女士今日十二点半左右在病床上吐出了中午吃的杂菜饭，呕吐导致咽喉堵塞，进而陷入呼吸困难的状态，是这样没错吧？”

寻惠只用“对”回答了医生平淡的话语。

“后来急救队赶到时，老人家已经没有呼吸，也几乎没有心跳了。运送过程中，队员一直进行人工呼吸等急救措施……运送到这里的时间大约有二十分钟……他们一直进行急救措施，可是心脏始终没有恢复自主跳动的迹象，这个……”

寻惠感到空气变得异常沉重，身体动弹不得。

“非常遗憾……现在只能询问家属意见，看要不要结束抢救……”

“那怎么……”满喜子硬挤出了声音，“没有别的办法了吗？”

“如果有办法，我们当然会用。”医生很为难地说，“咽喉堵塞导致死亡的确让人很难接受，但事实上，这是老年人常见的死因。毕竟老人家的吞咽力量和呕吐力量都很弱了。曜子女士已经八十多岁，又过着卧床不起的生活……只能说，她已经很努力了，不如让她少受点折腾吧。”

既然医生都这么说了，证明真的已经没办法了吧。寻惠心中有了唯一的答案。她对紧紧咬着嘴唇不回话的满喜子说：

“姐……就这样吧。送她走吧。”

满喜子满脸沉痛地点了一下头。

“那请两位到这边来吧。”

医生站起身，引导二人走到帘子另一侧。

另一侧是抢救室，油毡地板反射着冷冷的微光，随处摆放着各式医疗器械和氧气瓶等物品。房间深处是婆婆躺着的轮床，周围站着好几名医生和护士。

寻惠和满喜子来到婆婆身边，背后的帘子被拉上，正在做心肺复苏和人工呼吸的人都停下动作，后退了一步。

婆婆微微睁着眼，面上已是一副死相。

这个人已经不知道自己躺在这样的地方了……寻惠看着那具没有了灵魂的躯壳，暗自想道。

“心脏已停止跳动。”

医生郑重地宣言，然后看了一眼墙上的时钟。

“死亡时间，一点十五分。”

他用履行事务的语气说完，微微低下了头。

“妈妈！妈妈！”

满喜子扑在婆婆胸前，发出呜咽。

寻惠只是默默地看着这一切。原来现实生活中，真的存在如此戏剧性的场景啊……她故意在心中默念着这句冷静的观察。如果不这样，她就难以抑制内心不断涌出的情绪。

医生放弃了兀自沉浸在悲伤中的满喜子，转向寻惠说：

“从情况来看，老太太应该是呕吐物导致的窒息死亡，但为了保险起见，这边还是要提取一些未消化的胃内容物以检测毒性。之后会为老太太擦净身体，请你们在外面稍等片刻。”

寻惠猜测这就是常规操作，便答应了。

“另外，如果有更换的衣物，可以拿过来。”

“啊……那我去买睡衣吧。”

说完，她伸手掏了掏挎包，钱包在里面。

她搂着不愿离开的满喜子离开了抢救室。

随后，她独自走向了大楼里的小商店。

她在店里买了一套樱花图案的浅红色睡衣。

捧着睡衣回到等候区的路上……

寻惠终于崩溃了。

她坐在旁边的长椅上，拿出手帕盖住面孔。

她本来是如此巨大的存在。

她本来是自己赌上灵魂全力碰撞的对手。

自己的战斗骤然落幕，寻惠被一股由心而生的虚脱笼罩了。她深深体会到这场战斗既没有胜者也没有败者，只有无尽的空虚。

直到最后，她都没听到一声谢谢。

我只想知道，她究竟有没有认可我啊。

一切……就这么结束了。想到这里，她就空虚得难以自持。

她们带婆婆回家，让她头枕北方躺在佛龛前。被褥是雪见铺的。急急忙忙联系完殡仪馆后，满喜子暂时回了川越。

寻惠在医院打电话联系了大学，结果勋还是等到下了班，五点多才到家。

他穿着上班时穿的西装走进安置婆婆的房间，宛如吊唁的客人端坐下来双手合十。最后，他看着婆婆上过妆的安静睡脸沉思片刻，叹了口气。寻惠只能把那声叹息当作他的感伤。

“想开点吧，奶奶至少是在你买的房子里走的。”

寻惠低声说着，他只用了一个发自胸腔的“嗯”来回答。

守夜定在明天，葬礼定在后天，地点都在附近的殡仪馆。这是寻惠、雪见、俊郎和殡仪馆商定的结果。对此，勋只是看了一眼日历，没有发表意见。

勋起身回房时，寻惠跟了上去。她很想听听丈夫的声音，哪怕是一句“怎么就走了呢”“亲戚都联系了吗”“照片选好没有”，什么都好。她想跟丈夫谈谈婆婆的事情，共享这份丧失感。

勋脱掉外套放在床上，自己也坐了下来。接着，他一边松开领带，一边看寻惠。

“武内先生，”他甚是为难地说出了唐突的话语，“你去跟他说说，叫他别来参加守夜和葬礼吧。”

“啊……为什么？”

他皱起眉。“你想啊，肯定会有法院的人过来吊唁，最好别引起不必要的误解吧。”

“误解？”

“为什么曾经是被告的人会参加做出判决的审判长家的葬礼。跟我一起审判的纪藤先生可能也会来。如果武内先生在场，他肯定会觉得奇怪。要是被人误以为我们在审判前就有关系，那多不好。”

寻惠很不服气。

“你说的是有道理，可是拒绝一个没有做错什么的人出席，这实在……”

武内帮忙照顾过婆婆，在婆婆被送回来后，他也专门过来，流着泪为她祈祷冥福。他甚至提出愿意在葬礼上帮忙做任何事情。寻惠也已经答应了。

因为一个莫须有的罪名，他就要这样避人耳目，实在是太可怜了。而要求他这么做的，就是对他做出无罪判决的人，何等讽刺。

“你只要好好说，他会理解的。快去吧。”

那你怎么不自己去呢？寻惠这样想着，却没有力气反驳，只好走出去，按了邻居家的门铃。

也许是因为邻居家出了大事，武内来开门的神情格外肃穆。在寻惠磕磕巴巴地说出勋的安排时，他的表情慢慢变成了微笑。寻惠一眼就看出那是强装的笑容，不由得心里一紧。

“那没办法了。我很明白梶间老师的顾虑。”武内故作爽快地说，“唉，这就像我命中注定的东西。虽然很遗憾……真的很遗憾……但我恐怕一辈子都要背负这个宿命……”

武内保持着笑容，眼中却泛起了泪光，寻惠忍不住低下头，避开了他的视线。

“真的太对不起了。”

“别呀，夫人您不必向我道歉。这种事谁都很无奈。我知道了。给别人添麻烦，我自己也会很痛苦。既然如此，那我明天和后天就不过去了。”

“太对不起了。”寻惠只说得出这句话，并且不断向他低头道歉。

“如果今晚是私下守夜，我过后能去看一眼吗？”

“好的，请您一定要来。”

武内拍了拍寻惠的肩膀。

“夫人，老太太一定是明白的。您很努力了。这么尽心尽力，她怎么可能不明白呢。虽然很突然，但这就是寿数啊，谁也改变不了。现在您就专心送她走吧。只要再坚持一段时间，您就能迎来新生活了。这次您一定要为了自己而活。我会一直支持您。”

听了他的话，寻惠不由得眼角一热，再也无法看武内的脸，头也不抬地向他行礼，转身回家了。与她并肩作战的战友果然什么都明白。他的鼓励让寻惠感激不尽。

僧侣来念完枕经，一家人吃过晚饭，也联系完朋友熟人，结束了最初的忙碌，到了九点多钟，家中开始荡漾着忧伤的空气时，武内上门了。

他对勋简单表达了哀悼之意，在婆婆枕边放下吊唁的点心与奠仪，手握念珠祈祷了很长时间。随后，他又与念枕经前赶到家中的勋的弟弟登交换了几句问候。

“听说老太太今天早上还高兴地唱了歌……没想到竟会变成这样。”

“哦，妈妈唱歌了？她也许是感应到什么了吧。毕竟她向来有很强的直觉……不过还真奇妙啊。”

武内与他闲聊了两句，适可而止地结束了话题，安静地说：“那我就先告辞了。”

武内一走，盘腿坐在起居室沙发上的俊郎就迫不及待地站起来，拿起了他放下的奠仪。

“哇，又是厚厚一沓。”他不合时宜地惊呼一声。

“快放下。”寻惠说了他一句。可是，勋却皱起了眉催促道：“打开看看。”

跟上次杜宾犬伤人一样，奠仪的袋子里也装了三十张一万元钞票。

9 疑云

“我们回家吧？”

円香完美着陆后，雪见觉得差不多了，便对她说。

“我还要玩。”

円香一口否决，又爬上了滑梯台。雪见无奈，只好扶着孩子的背，免得她踩空掉下来。

円香渐渐习惯了这个公园的滑梯，一得意起来，就滑个没完。尤其是今天刚下完雨，别的孩子都没来，她就能放开玩了。雨后的沙池又湿又脏，她就一个劲地玩滑梯。

进入梅雨季节，没几天就迎来了短暂的晴朗，今天白天一直是好天气。曾祖母的葬礼和阴雨绵绵的天气凑在一起，円香早已憋坏了。无论做什么，孩子都会歇斯底里地抗拒，拍大腿只能管得一时，下次还是照样尖叫。这个撒手锏的缺点就在于虽然能即时起效，但作用不长久。雪见觉得这招已经快要不管用了，最好让孩子一口气发散掉憋在家里的郁闷，便咬咬牙带着她来到了到处都是积水的公园。虽然円香一直在玩滑梯，但鞋子还是很快就沾满了泥水，连长筒袜都被溅了许多泥点子。

“好了，再玩一次就回家。”

“不行！”

“那就再玩两次。”

平时，就算孩子还没玩够，只要雪见一直催促，她也会妥协。

又滑了两次，円香觑着眼睛看向雪见。

“不滑了？”

雪见一问，孩子慌忙摇头。

“那就只能再滑一次。”

円香老实地点点头，爬上滑梯台。雪见一边庆幸孩子终于答应了，一边走上去护着她。

就在那时，她注意到円香身后……

有一道男人的目光。

那个男人坐在公园路边停放的车上，注视着雪见。

他被发现后马上移开目光，关上了车窗。

那个人的眼神极其阴暗，仿佛在窥伺猎物。

他坐在一辆黑色的车子里。

雪见感到背后发冷。

“妈妈，再滑一次可以吗？”

円香扯着她的裙子，让她回过神来。

“不行，不行。你看太阳公公生气了，把你的小手都晒红啦。我们回去吧。”

她比刚才更急着想回去了。

“抱抱。”

円香狡猾地提出了条件。雪见选择妥协，抱起了円香。走出公园，离开泥泞的土地后，她马上放下了孩子。

“好，抱抱完了。”

虽说并非做不到，但一路抱着円香回家实在是太累人了。

所以，她牵起了孩子的手。

“到我家来做客呀，到我家来做客呀……”

她跟円香边唱边走。

背后隐约传来了柏油路面的沙粒被碾压的声音。

她回过头，发现背后站着一个陌生男人。由于他站得太近，雪见吓了一跳，险些叫出声来。

“打扰了。”那人绕到雪见面前，挡住了她的去路。雪见条件反射地拽住円香，把她藏在身后。

“您知道我是谁吗？”

素未谋面的男人说出这句话，让她甚为诧异。他该不会是变态吧？

男人见雪见不回答，便把手伸进了外套口袋里。

“我是报社的记者。”他大咧咧地说着，递过了名片。

名片上写着《关东日报》记者寺西某某。既然是记者，她怎么会认识呢？

雪见不明白他要干什么，一直保持着警惕，没有接名片。

她注意到寺西的眼神，知道这人就是在车上注视着公园的人。他看起来四十多岁，肩膀宽厚，面相凶恶。与其说是记者，倒更像是刑警或军人，给人一种凶神恶煞的压迫感。

“您是梶间家的人吧？”

他的语气很不客气，跟措辞形成了怪异的反差。他似乎把雪见的沉默当成了认可，继续说道：

“请问去世的梶间曜子女士与梶间勋先生是什么关系？”

“……是他的母亲。”雪见被他的气势压倒，不情愿地回答道。

“她去世的原因是什么？”

就算对方是记者，这都是她必须回答的问题吗？结合他的语气，雪见更觉得这人厚颜无耻了。

“你问这个干什么？”

雪见一反问，寺西就哽住了。他像是烦躁地挠了挠头，面容越发凶煞地逼近过去。

“请回答我！”

“不好意思……我赶时间。”

雪见正要绕开，却被寺西一把抓住了肩膀。她奋力一挣，那只手松开了，可是他又绕到前面挡住去路，布满血丝的双眼直勾勾地看着她。

“可……可疑之处……死因存在可疑之处吗？”

这人在说什么呢……雪见马上答了一句“没有”，再次绕开了他。

“武内真伍不是经常出入你家吗？他跟梶间曜子女士之间是否发生了什么？”

困惑与反感同时涌上心头。最后，反感胜了一筹。

“请你不要偷窥别人家里。”

“梶间曜子女士去世前，武内就在你家，对不对？”

未等她反驳，记忆就闪过脑海。雪见一时间失去了语言。

寺西突然往旁边一看，继而完全转了过去，仿佛瞬间对雪见失去了兴趣。

旁边是一段狭窄的石阶小路，武内提着便利店的塑料袋，正沿着台阶往上走。

“下次见……”

寺西冷冷地说完，原地掉头，缓慢地走回了公园。

武内已经快要走上来了。雪见知道以円香走路的速度，他迟早会追上来，干脆停在原地等待。

他走到最顶端，对円香笑了。

“円香妹妹，要不要吃点心呀？”

说着，他手伸进口袋里，拿出了一看就是买给円香的小熊饼干。

円香抬头看向雪见。

无奈之下，她只好答应了。“快说谢谢。”

“谢谢。”円香小心翼翼地接过了武内手上的点心。

“上次真是劳您费心了。”

这是老婆婆去世后，雪见第一次见到武内，于是她道了声谢。

“哪里。”武内淡淡地应了一声，与雪见擦肩而过。

“刚才那个人……”他侧着脸说道，“很危险，最好别跟他接触。”

她忍不住盯着武内的背影。而武内则若无其事地向前走着。

某种不像是风的东西，轻轻拂过了雪见背后。

第二天，雪见接到了满喜子打来的电话。

“啊，妈正好去理发了。”

“没关系，没关系。雪见听就好了。”

满喜子的声音很疲惫。葬礼那天，她十分憔悴，令人不忍直视。她不仅寡言少语，连眼窝也深深凹陷下去了。

“您身体还好吧？”

雪见关心了一句。她叹着气回答：

“我一直躺到昨天，今天也是强撑着起来的。”

她的语气孱弱得像变了个人，雪见不禁有点同情。她虽然不太喜欢这一类人，但也知道她很珍视自己的母亲，现在母亲又是这样去世的，她一定很受打击。

“您还是别想太多了。”

“嗯……”又是一声叹息，“可是雪见，你怎么想？你也觉得是我错了吗？”

“怎么会呢，这事没有谁对谁错……”

“唉，我知道肯定是我错了，可是每次想起来，我都会忍不住想，真的就只能这样吗？其实若不是许多巧合重叠在一块儿，应该不至于变成那样啊。”

“也对啊。只能说运气不好吧。”雪见顺着她的话安慰道。

“那个武内先生……那天他来问能不能撤掉妈妈的靠垫，然后就撤掉了。就因为这些细节……他真的没想到撤掉靠垫会让妈妈不舒服，搞不好会吐吗……不过是我说可以撤掉的，也不能怪谁。谁能想到结果竟会是那样的呢？等我看到时，妈妈已经在吐了。如果他能早点发现异常，说不定还有救啊……”

听着满喜子的话，雪见也觉得心里莫名躁动不安。她想起了昨天那个姓寺西的记者说的话——“死因存在可疑之处吗？”

“对不起啊，我知道这事不能怪别人。你还是把它忘了吧，别对寻惠说。”

“哦……”

“可我实在太难受了……也不强求你理解……只是想找人诉说一下。你就忘了吧，好吗？”

“好……”

“我不确定能不能每七天过去一次，但尾七那天一定会去。那就这样吧。”

通话结束，雪见放下了听筒。

武内当时的确在场。可是，仅此而已。

既然仅此而已……那她为何会觉得难以释怀？

满喜子打电话的这天，雪见收拾完中午的碗筷，就带着连连大叫“公园”的円香出门了。

现在这个时间，幼儿园和小学都没有放学，留长发和染头发的两个男孩也不在。许多家庭上午已经带孩子去过公园，现在这里正好是没什么人的空窗期。

最让她担心的，就是昨天碰到的那个寺西。他会不会今天也守在公园旁边？如果真的在，该怎么办？要不要换到远一点的公园呢？

雪见有点想听听他的话，看他究竟打的什么主意，但她也想尽量置身事外。

她知道武内的无罪判决引起过激烈的议论，也知道公公就是那场判决的审判长。她还在电视新闻里看到了公公身穿法袍，一脸威仪的模样。

他说他是记者，那么应该是因为那件事，执拗地在武内周围打探。武内究竟有什么东西值得他这么做呢？

看到转向公园的交叉路口，雪见停下了脚步。

路口的另一头，停着一辆车头朝前的黑车。

会不会是他……雪见警惕地重新迈开步子，黑车突然动了起来。

那辆车渐渐开远，顺着道路拐弯，最后从雪见的视野中消失。

不是啊……

还是说，车上的人通过后视镜看见了这个方向的情况，才会离开？

雪见转过头，身后没有人。

都是些莫名其妙的事情。

来到公园一看，周围并没有黑车。她让円香自己玩了一会儿，同时警惕着四周，连经过公园的黑车都没看见。

她觉得松了口气，又有点意犹未尽。这种感觉太奇怪了。

今天，円香也独占了她开始喜欢上的滑梯。可是刚玩了没有十分钟，就有另一个妈妈带着跟円香年龄相仿的孩子来了。

“你好。”

对方走近雪见，先开口打了招呼。雪见看她像是个性格内向的女性，因此有些意外。而且，此人的衰老情况让人看不出真实年龄，又是以前从未见过的人，感觉像在勉强自己跟她打招呼，于是雪见猜测，她应该是最近搬家过来，第一次带孩子到这个公园。

“你好。”雪见先温和地应了一声。

“你好——”

连孩子都对她打了招呼，雪见吓了一跳。很难相信，这个年龄的孩子会主动对初次见面的人打招呼。仔细一看，他是个眼睛又大又水灵的可爱男孩子。

“小朋友会打招呼呀，真棒。你几岁啦？”

“三岁。”男孩子竖起三根手指头。他的母亲补充道：“这个月刚过生日。”

那就是跟円香同岁。雪见不禁感慨，这孩子真棒啊。再问其姓名，孩子回答“Matsuikazuto”，雪见自己将读音理解为了“松井和人”。

“姨姨，我也想滑滑梯。”

姨姨……听了和人君的话，雪见不禁苦笑。但她还是开朗地答应道：“好呀。”

她的回答跟和人君的妈妈完全重叠了。

“啊，不好意思。”她磕磕巴巴地说，“这是我妹妹的孩子，我在帮她带。”

“哦，这样啊。”雪见笑了笑，以缓和尴尬。

这么一说，的确有点道理。因为第一眼看到这名女性时，雪见就觉得她全身散发着一种浑浊的气息，不像是在带小孩子的妈妈。她虽然并非令人讨厌的类型，但空洞的眼神潜藏着不轻易与人交心的暗淡。

和人君跟姨妈不同，性格活泼又懂得自制。可能见到又来了一个人，円香好像有点着急，竟坐在滑梯台上不敢下来了。她磨蹭了很长时间，和人君也没有抱怨，而是乖乖地等着。

雪见上去帮円香滑了下来。

“円香还要大两个月，和人君却更乖呢。”

一番交谈后，雪见得知，和人君的妈妈生孩子前一直做保姆工作，很习惯带孩子。她试着问了一句，这样的人会不会打孩子呢？和人君的姨妈笑了笑，回答说从来没看见过。雪见顿时很想找那位妈妈学点育儿经。

“那个……”和人君的姨妈略显犹豫地开口道，“请问你过后有空吗？”

“呃……有事吗？”雪见奇怪地反问。

“如果你不介意，我们到附近的咖啡厅坐坐吧。”

“可是円香才刚来。”

“那就让她再玩一会儿。”

她觉得这个邀请既唐突又勉强。雪见也有点怕生，觉得这个一看就很不擅长与人打交道的人竟会主动邀请刚认识的人出去，实在是太奇怪了。

“不好意思。”直觉让她没有点头答应，“今天家里有点事，婆婆还等着我呢……要不下次吧。”

虽然看护祖母这把家传宝刀再也不能用了，但她猜测只要说家里有事，对方应该会让步，于是决定先用了这招再说。

“那……就下次吧。”和人君的姨妈露出了热浪般缥缈的笑容。

*

“雪见……？”

寻惠听见二楼有动静，便走上楼查看。俊郎早上出门了，雪见应该也带着円香去了公园。莫非她们已经回来了？可是怎么没听见円香的声音呢。

“雪见？”

寻惠缓缓踏上台阶。

楼上又传来了微弱的响动。

西式房是俊郎学习用的书房，现在房门敞开着，一看就知道没人在里面。

和式房的隔扇拉开了一半，里面吹出带着潮气的风。

她完全拉开了隔扇。

房间的窗帘在风中飘荡。

风穿过纱窗吹进屋里，挂在床边的塑料筐被吹落在地，晾衣夹散落在地板上。

风不知不觉变大了，也许又要开始下雨了吧……寻惠想着，拾起地上的晾衣夹，又收了晾在阳台的床单，把纱窗关了一半。每次円香身子发痒，雪见就说那是病态建筑综合征，所以最近寻惠都很注意通风，不会把窗子完全关起来。

叠好床单后，她下到一楼。正要走进起居室时，寻惠停下了脚步。

露台外面……

院子里有个人。

一个男人的背影，蜷缩在庭院角落。

寻惠走上露台，拉开落地窗。

那个人……武内听见动静转过头来，捋了一把被风吹乱的头发，朝寻惠笑了笑。

“我看见大花蕙兰倒了。”

他双手掬起撒在地上的培养土，堆到花盆里。

“哎呀，不好意思，麻烦您了。”

“没什么。我一下没忍住就过来了，请您原谅。”

她跟武内一起把花盆移到了背风的地方。

结束后，武内抻了抻腰，寻惠郑重地向他低下了头。

“前些天真是太感谢您了。托您的福，葬礼已经顺利结束。”

“那太好了。”武内微微颔首。

“还有，您的奠仪……”

“那是我的心意，请别在意。今后可能还会有请您帮忙的地方，算是互相帮助吧。您也不必回礼了。”

“这……这怎么行呢？”

武内安静地摇摇头，结束了话题。

“现在应该平静下来了吧。”

“是啊。不知该说平静，还是脱力……”

“夫人肯定要不了多久就能恢复活力了。这么说可能有点冒犯，但您已经恢复自由了呀。得抓紧时间享受生活。”

武内说完，自己倒像是害羞起来，耸了耸肩膀。接着，他又说了一句“失礼”，撑着围栏像孩子一样翻了过去，落在除了顶棚已经大致完工的花架旁，他露出了调皮的笑容。

“头发的颜色很不错啊。”

“这个啊……”寻惠抬手捋了一下被风吹乱的发型，“理发店的人一直推销，我就做了。但是并不明显，只在光线下能看出来。”

“这个颜色很柔和，非常适合您。”

由于家里只有雪见夸了两句，寻惠听了就更高兴了。

“哦，円香小妹妹。”武内看向寻惠身后，“你好呀。”

円香从公园回来，走到露台探出头，正朝这边看。

“等等啊。”武内说着走进屋里，很快又出来了，“来，请你喝饮料。”

他递给円香一瓶养乐多。円香一副不知所措的样子，寻惠就替她接过来，撕开了盖子。

“说谢谢了吗？”

“谢谢。”円香用几乎听不见的声音道过谢，美美地喝了起来。

武内眯着眼，高兴地看着孩子。

那天晚上，寻惠刚睡着就醒了。她恍惚间觉得婆婆在叫她，但很快意识到那不可能。

楼上很吵，还传来了円香的哭声。她看向时钟，早已过了十二点。

“怎么了？”

她走进二楼和式房问道。里面亮着灯，円香躺在被窝里，用尽全身力气哭喊。

雪见坐在旁边，一脸烦躁。

“这孩子……完全不睡。”

“不睡？她今天中午也没睡吧？”

她摸了摸円香的脖子，担心孩子发烧，但感觉很正常。由于円香一直躲，寻惠就收回了手。

“真搞不懂她。”雪见说。

仔细一看，孩子额头满是汗水。屋里开了风扇，可是二楼总比一楼要热一些。

“是不是有点闷热啊，要不开空调吧。”

孩子哭得这么厉害，自然会出一身汗。也许只能这么做了。

寻惠回到一楼卧室，勋睡得可香了，还发出阵阵鼾声。

円香的哭声又持续了二十多分钟，一直没停下来。

寻惠又走了上去。

“到楼下哄孩子睡吧，别影响俊郎学习。”

雪见虽然气哼哼的，还是听了寻惠的话，推开起居室的茶几，铺上了円香的被褥。她自己似乎打算睡在沙发上。

孩子又闹了一会儿别扭，倒是寻惠先睡着了。

翌日早晨……平时七点就在家里吵吵闹闹的円香一直在起居室中间睡成大字，九点多都不醒。

“凌晨两点，两点才睡啊。”雪见顶着水肿的双眼抱怨道，“今天不带她去公园了，我要睡午觉。”

“这孩子将来恐怕是个喜欢夜游的女人啊。”俊郎毫无责任地说了句玩笑话，就出门学习了。

这天直到傍晚都下着雾一样的细雨，就算雪见有精神，也没法去公园。

四点过后，寻惠留雪见和孩子在家，自己出门买菜去了。她想着偶尔吃一顿寿喜烧，买好牛肉走出超市一看，雨已经停了。太阳还从云雾间探出头来，东边架起了清凉的彩虹。

回到家里，她喊了一声雪见。

“雪见，外面有彩虹，快带円香去看呀。”

雪见坐在起居室昏昏欲睡，听见她的声音便抬起头来。

“嗯，刚带她看过了。”

“円香呢？”

“院子里吧。”

她走到露台上，发现除了円香，武内也在围栏的另一头。

“看，彩虹。”

武内看见寻惠，指向了天空。寻惠笑着点点头。

円香毫不关心彩虹，正专注地喝着养乐多。

10

雪见摸了一把铺在起居室的円香的被褥，失望地想：又来了。

这一个星期，円香已经尿床三次了。而且在此期间，她每天熬到半夜两三点都不睡觉。现在，每天在起居室睡觉已经成了理所当然。由于円香害怕放着佛龛的和式房和曾祖母睡过的房间，不能在二楼睡，那就只剩下起居室了。

她脱下円香的睡衣和内裤，连同床单和被套一块儿扔进了洗衣机。

接着，她又面向円香，给孩子穿上干净内裤。

“今天睡觉时，穿上纸尿裤再睡好吗？”

她叹息着问了一句，円香可怜巴巴地说了一声“不要”。

“那怎么办，円香会尿床呀。”

她觉得对这么小的孩子说也没有用，但又忍不住不说。

“不尿了。”円香哭丧着脸说。

孩子当然不是想尿床才尿床的……她本以为成功戒掉了纸尿裤，现在一倒退，反而更失望了。

雪见的困惑与其说是针对孩子，其实是针对自己。这一个星期，她对育儿的自信已经完全崩溃了。

在此之前，就算孩子会调皮不听话，她也认为自己在大事上管好了円香。她遇到什么事情心里都有办法，而且只要细细思考，也能想到孩子为什么发脾气。

可是最近这几天，她连续遭遇了好多次令她不知所措的失控情况。孩子总是放声大哭，无法沟通。骂也不行，哄也不行，碰也不行，离开也不行。孩子像是变了个人，远远超出了她以往积累的经验和理解，雪见也不知如何是好了。

円香最近都是临近中午起来，到傍晚都比较正常。虽然多少有些调皮闹脾气，也还在能够理解的范围内，身体看起来也不错。可是一入夜，雪见试图把她摁在被窝里睡觉时，孩子就会手舞足蹈拼命挣扎。给她唱儿歌、讲故事，她都不愿意听。到最后更是放声大哭起来，只要雪见一生气，就变成了火上浇油。好不容易等她哭累了睡着，又会尿床。

难道曾祖母的死导致了孩子情绪不稳定吗？还是感觉到了俊郎开始准备论述考试后全身散发的烦躁感？抑或只是孩子成长的一个过程……

总而言之，根据以往的经验，她完全无法应付。这几天连雪见自己都睡不安稳，只要一听见円香的哭声就会猛然惊醒。当孩子开始号啕大哭时，她甚至会产生恐惧。

不仅如此，她还生出了难以置信的冲动。每当円香哭泣不止时，她就忍不住想捂住孩子的嘴。她唯一能做的，就是压抑那股冲动。除此之外，她就是一个毫无办法，只能放弃理智育儿的母亲。跟孩子死磕到底的决心早就无以为继，她开始抵触难题，动不动就想扔到一边。

这天是老婆婆二七法事的日子，十一点，寺院的住持就来念经了。满喜子还是没来，只有婆婆和俊郎端坐在祭坛前。公公昨天以带队老师的身份去参加大学的司法考试学习集训，暂时回不来。円香不知是害怕遗像还是骨灰盒，一步都不愿意踏入和式房。雪见抱着孩子在起居室等待法事结束，然后负责端茶倒水。

“请问……什么时候能下葬呢？”

听了婆婆的问题，正在喝茶的住持回答道：“最近一百天下葬的家庭比较多，如果大家的时间能凑到一块儿，尾七那天也可以。”

“就尾七那天吧，让奶奶早点跟爷爷团聚。”俊郎提议道。

婆婆似乎没什么别的想法，就决定尾七那天下葬了。

吃过午饭，婆婆在露台窗边看了一眼天气，然后转向雪见和俊郎。

“今天去扫墓吧，顺便到附近的石材店请人在墓碑上刻戒名。”

“我也去？”俊郎带着笑意问道。

“偶尔去一趟也好啊，让爷爷奶奶保佑你考试合格吧。”

被母亲这么一说，俊郎只好缩着脖子回答：“知道啦。”

“円香，今天要出门哟。”

“去哪里？”

听孩子这么问，她随意糊弄了几句。墓地肯定不好玩，但回来可以带她去逛超市。

一家人穿戴整齐走到外面，隔壁的武内正在车库洗车。

“你好呀。”俊郎轻飘飘地打了声招呼。

“一块儿出门啊？”武内笑着问。

“嗯，去趟墓地。”婆婆平静地回答。

“哦，去多摩野灵园啊。那你们路上小心。”

雪见听了很无奈，暗自嘀咕婆婆怎么什么都往外说。刚买下墓地时，满喜子唠唠叨叨地埋怨过她，说：“你怎么不跟我商量，就买了这么远的墓地。”雪见就听婆婆抱怨过几次，想来她也对武内抱怨过吧。

梶间家的墓地是十五年前老公公去世时建的。那时，公公还在横滨地方法院的相模原支部工作。兴许是打算将来在神奈川或东京西部定居，才把墓地买在了多摩野西边的郊外。

“奔驰真不错啊。”俊郎停下脚步，羡慕地看着武内的车，“我也想买奔驰，但是都说律师不能开好车，会让客户反感。不过倒也不是不行，只要上班别开就好了。”

那不就是我的车子了。雪见在心中淡淡地幻想道。

“你如果想试试，随时可以拿去开呀。”武内说。

“嘿嘿嘿。”俊郎听了特别高兴，用手指了指武内，仿佛想说我可记住了。然后，他便笑着坐进了自家车里。

俊郎负责开车，婆婆坐在副驾，円香坐在后座的儿童座椅上，雪见陪在旁边。

“卡罗拉还是不行啊。空间太小了，坐进来三个成年人，提速就提不上去。”

俊郎驾驶着卡罗拉，跟自己从未开过的奔驰做起了比较。

车子开上连通东西、横穿多摩野市的多摩野街道，一路向西行驶。

円香半路上就睡着了。这样安安静静的挺好，可是一想到晚上，雪见就高兴不起来。她轻抚着円香的头发想：这孩子睡着了明明这么可爱，怎么会这样呢。

不到三十分钟，他们就到了灵园。下车后，一行人走进花店，买了两束供花。灵园里放眼望去都是墓碑，景象堪称壮观。俊郎开着车在狭小的通道上左右穿行，最后在梶间家墓地所属的区域前停了下来。墓地就在不远处，他们下车时留着空调没熄火，让円香继续在车上睡觉。

用灵园配备的桶打好水，三人走向了墓地。

“哎呀，果然长满了草。”

由于彼岸[1]过后就没有人来过，杂草钻过梶间家墓地的卵石沙砾，长得格外旺盛。就算三个人一起上阵，一时半会儿也拔不完。

“哎，这是什么？”

俊郎刚出声，雪见也发现了异常。

墓碑旁边有个小小的地藏。

[1] 彼岸：以春分或秋分为中日，前后各三天，合计一个星期的时间。是日本人祭祖扫墓的日子。——译者注

“怎么回事，这儿有个水子地藏[1]。”

婆婆说完，雪见顿时感到全身血液倒流。

“你瞧，墓碑上也有。”婆婆指着墓地前方打横立着的墓碑说。

墓碑上刻着老公公的戒名和姓名，还有卒年月日。旁边多出了另一个人。

明雪水子……明日香……卒年月日正是雪见一辈子都忘不掉的六年前的那一天。

明日香的“明”，雪见的“雪”。

“这怎么办，是不是别人家弄错了呀？”婆婆无奈地说。

“这下不得把墓碑整块换掉了。”俊郎也很生气，“去找刻字的石材店赔吧。”

俊郎说要去附近的石材店问问，开着车走了。

其间，雪见一直陪着婆婆拔草。她已经被吓得双腿发软站不起来了，正好能掩饰过去。

可是……

究竟是谁……

“雪见，你没事吧？脸色好差啊。”婆婆敏锐地察觉到了雪见的异常。

“是吗？”雪见假笑着搪塞道。她猜想，自己脸上肯定没有了血色。因为她觉得脑袋昏昏沉沉的，还有点恶心。

---

[1] 水子地藏：“水子”指出生不久就夭折的婴儿或未能出生即被流产的胎儿。水子地藏为供养这些孩子的雕像。——译者注

能瞒过去吗?

明显有人知道真相，并且试图用充满恶意的方式揭穿她。

不……

她虽然一直都把这件事放在心里，但真的有必要隐瞒吗?

很快，俊郎回来了。

“找不到啊。我问了两家，都说不知道。”

“会不会附近还有一家姓梶间的墓地啊。”婆婆说。

“你说有人弄错了吗?是可以找找，可找到了也联系不上人家啊。”

“问问管理处呢?”

“啊，也对。可以叫他们找。”

雪见实在忍不住，就站了起来。

“我要回娘家一趟。”

“你怎么突然来这一出?”俊郎惊讶地看着她。

“妈，麻烦你带带円香。”

“雪见……”

“我回去再说。”

说完，雪见就走了。她像个梦游症患者似的走出灵园，拦下计程车坐到西多摩野车站，乘上电车后，在座位上长叹一声。

那时……

是不是该跟俊郎商量商量，再去打掉孩子呢?如果当时这么做了，至少现在就不会如此担惊受怕。

然而也只有现在，她才会感到后悔。换作当时，她眼前只有这一个办法。

四年前她怀上円香时，因为不想再掐断生命的萌芽，便告诉了俊郎。他很干脆地提出结婚，后来得到公婆的支持，一直让她惴惴不安的生活也有了保障。那时雪见曾经感叹，啊，好歹是稳定下来了。她还猜测，如果第一次怀孕就告诉俊郎，是否只会让这个结果提前两年到来，根本无须恐惧。

只不过，正因为第一次怀孕时感觉不到一丝可行性，她才不得不选择了那个方法。

二十四岁和二十二岁……雪见想，当时的俊郎和自己都太年轻了。他从不去想找工作的问题，成天游手好闲，而且为人轻浮，把所有沉重的话题都谈成了笑话。只要跟他在一起就能看出，这人根本没有结婚的打算。

雪见自己也无法想象养育孩子的生活。她很害怕为一条生命负起责任。所以在左思右想之后，她得出了现在不该生孩子的结论。

她下定决心后，又开始担心万一跟俊郎商量，他想也不想就说“生下来”怎么办。结合他的性格考虑，他很有可能会这么说。

所以说，她可能应该独自解决这个问题……这就是判明怀孕一个月后，雪见做出的决定。

她不断安慰自己，杂志的读者投稿中也有不少打掉过孩子的人的经历。她就这么走进了手术室。手术很不舒服，结束后却显得不算什么。尽管如此，她心中还是没有丝毫解决了问题的释然。罪恶感渐渐蚕食着她的内心。她竟然因为一己私利，就夺走了一条无辜的生命……这句只有局外人才说得出口的话，不知不觉成了刺痛她的利刃。雪见用那把尖刀，反复戳刺着自己的心。

如果是个女孩子多好啊……在她烦恼的一个月里，也曾有过这样的想法。可以给她取个用平假名写的名字，比如“明日香”，或者“円香”……她曾经这样幻想过。

拿到手术费的收据时，她一度觉得烫手，但为了惩罚自己，她还是将它夹在了手账本里。

打掉孩子几个月后，雪见在街头的杂货店发现一个婴儿的人偶正看着自己。那时她已经快忘了这件事，因此突如其来的打击显得更为强烈。她觉得，人偶就是那个孩子。这孩子怎么在这里——她抱起人偶，义无反顾地买了下来。回到家中，她给人偶的小围兜绣上了 ASUKA（明日香）的字样，又把手术收据放在围兜口袋里，将人偶摆在桌上。明日香坐在一堆动物玩偶中间，看起来很高兴。

我不会让你的悲剧重演……我要连你的份儿一起疼爱她。雪见带着这个想法生下的円香，早已长成了超过明日香的大孩子。

那孩子是不是生气了，怪我没带她去梶间家。雪见突然这样想。那孩子无论多么怨恨她，她都无法反驳。

可是，这不对。这明显是别人干的。这是活人行使的肮脏手段。

究竟是谁？

位于海老名的娘家杂草丛生，比梶间家的墓地还夸张。那是座又破又旧的独栋小楼。雪见走进玄关，在昏暗的换鞋台上脱了鞋，归拢到一旁。

家里弥漫着男人的气息，她又跟哪个男人同居了吗？这不重要。雪见想着，探头看了一眼传出电视声的厨房。

“怎么，是你啊。”

母亲歪歪斜斜地坐在一张餐椅上，正忙着吞云吐雾。枯草般的头发里添了几缕花白，全无妆容的脸看起来灰蒙蒙的。

“来之前至少打个电话啊。”

雪见没有回答，而是直直地凝视着母亲。

“我问你，你对我家……对梶间家的墓地做了什么？”

“嗯？什么做了什么？”

母亲半张着嘴看着雪见。从她的表情就知道，这事不是她干的。这人什么都不知道。她有可能发现了雪见的秘密，只不过这个母亲本来就对自己的孩子毫无兴趣。

“够了，没什么。”

“你突然跑过来说什么胡话呢，有病吗？”

“骂人有病的人才真有病。”

雪见顶了一句，突然注意到厨房角落的旧冰箱。

“这怎么……我的冰箱呢？”

“卖了。”

母亲毫不遮掩地回答道。但是对上雪见凶恶的目光，她又辩解道：“这冰箱拍一拍又能用了，正好又有个朋友想买冰箱。”

果然又是这样。雪见彻底失望了。其实她早就猜到会这样，但还是忍受不了这种被欺骗的感觉。她本以为自己的母亲只是个不给女儿置办嫁妆的家长，没想到她其实是个变卖女儿嫁妆的人。

她想看看洗衣机是否也一样，然而现在去看了只会更生气，便打消了念头。现在顾不上这个。她叹了口气，走上二楼。

和式房一角的小桌子、壁橱里的几个纸箱子，这就是雪见在此处生活过的痕迹。房间整体空空荡荡，角落里还堆着灰尘。看来母亲没有说谎，她的确没用这个房间。

她抱起了坐在桌上的明日香。只要抱起它，就该有围兜里放着纸片的手感。可是现在没有。它被拿走了。

果然是因为这个。

如果不触碰，恐怕没有人会发现里面的收据。但完全有可能因为偶然的触碰而有所察觉。所以肯定有这么个人，展开收据看过后，露出了奸诈的笑容。

那人好像还执拗地翻了她的桌子。

打开抽屉，里面少了好几本笔记和手账。这时雪见才意识到，她好像在手账本上写了一些关于打孩子的话，但是具体内容记不清了。丢失的笔记本也都是用不着的东西。话虽如此，她还是感到毛骨悚然。

现在可以肯定，有人闯进过这间屋子。

她看了一眼落地窗，转锁没有锁上。

外面有个小阳台，只要有心，从底下爬上来不算难事。母亲很少晾晒被褥，也就是说，这里很长时间都处在可以被擅闯的状态。

雪见扣上了转锁。

然后，她抱紧了明日香。

不是这孩子，是另一个人在针对我……

她一直待在娘家等母亲的男人回来。因为她怀疑，可能是那个人翻了自己的桌子。但是那个满脸胡楂的邋遢男人回来看到她，对母亲说的第一句话是“怎么，原来你有个孩子啊？”听完这句话，雪见连招呼都不打，头也不回地走了。

晚上八点多，雪见才带着明日香回到了梶间家。

梶间家充满了难以言喻的沉重气氛。雪见坐在起居室，对三个面容严肃的人坦白了六年前的事。虽然没有人责怪她，但仅仅是说出事实，就让她痛苦不堪。不知不觉间，她已经热泪盈眶，声音哽咽。

“你怎么一个人憋着呢？”

婆婆心疼地说。雪见点点头，泪水顿时淌了下来。

“你想不到是谁做的吗？”

默默倾听的公公只问了一句话。雪见也只能点点头。

一家人商定，在尾七之前换掉原来的墓碑，那水子地藏不知是谁放的，为了保险起见，还是拿掉为好。婆婆还说，如果雪见愿意，他们可以跟寺里商量，重新供养那个孩子。

“雪见，你来一下。”

漫长而沉重的谈话过后，俊郎走上二楼时，叫了她一声。他的声音很阴沉，雪见几乎从未听到过他这样的声音。

关上二楼西式房的门，俊郎转过椅子，面朝雪见坐了下来。

“你为什么不告诉我？”他恶狠狠地问。

“对不起。”她只能这样回答。

“这种事只要想办法总能解决的啊，为什么轻易就打掉了呢？”

“我没有轻易就打掉。”

“那你是想说我这人靠不住吗？”

“没有，我只是觉得这种事不能随便做决定。”

“我什么时候随便做过决定了？”

“你这人不就是嘴上随便说说，能负责的就负责，负不了责的就扔下不管吗？”

“干什么，你反倒对我有意见吗？”

“什么反倒对你有意见，你生气什么啊。我一个人烦恼痛苦了那么久，凭什么你要生气啊？”

“我就是气你一个人瞒着问题不告诉我啊！”

俊郎不服气地说完，装腔作势地叹息一声，换了话题。

“我记得在我之前，你还有过一个男朋友吧。好像姓中野。”

突然听见那个名字，雪见一时不知说什么好。

“你还跟那家伙有联系吗？”

“怎么可能有，都多少年了。”

“但是你跟我刚在一起时，不也经常跟他见面嘛。”

“不是跟他见面，是被他纠缠。你明明知道的。”

说着说着，她也觉得中野的确有点可疑。他可能就是闯入她娘家，又破坏了梶间家墓地的人。

大约十年前，她跟中野交往过一段时间，但是在认识俊郎后，雪见开始讨厌他缠人的性格，几乎一直在躲着他。而他不依不饶地纠缠着雪见，单方面给她写信，还像个跟踪狂一样到处跟着她，令她不胜其烦。

那个男的确实可能做这种事。可是雪见已经七年没见过他了。过了这么久，他怎么会突然来这一出呢？话说回来，在俊郎提醒后，她一直保留着中野塞给她的信和她交给中野的警告书的副本。不知道那些还在不在。搞不好那些证据就放在抽屉最深处，也被闯进她房间的人拿走了。

雪见转念又想，很难确定是不是中野干的。一想到有可能不是，她就不太敢质问中野本人。因为好不容易才跟那个人断了关系，她不想轻举妄动。

“我问个严肃的问题。”俊郎双手置于膝头，稍微前倾身体，“六年前那个孩子，真的是我的吗？”

“……你什么意思？”

“我只是想，从可能性而言，那也可能不是我的孩子，对不对？所以你才打掉了，不是吗？”

雪见意识到俊郎思考的方向跟自己完全不同，顿时惊呆了。他在怀疑那是中野的孩子。

“你胡说什么呢？”

她毫不犹豫地否定了那荒唐的猜测，但俊郎还是一脸不愉快的表情。

11

听见门铃响起，正在打扫厕所的寻惠摘掉了橡胶手套。

“来啦。”她嫌走到门禁对讲机那里麻烦，直接去开了门。

院门外站着一对中年男女。女人戴着圆形眼镜，微笑着向她鞠躬，继而顺着小径走了过来。男的穿着一身朴实无华的西装，跟在后面。

寻惠保持着从门里探头的姿势，默默地看着那两个人，猜测是不是来上门推销的。

“您一定很忙吧，打扰了。”圆眼镜的女人殷勤地说，“我们是儿童援助中心的工作人员。”

她向寻惠递了一张名片。后面的男人也点头行礼，拿出了名片。由于从来没跟儿童援助中心打过交道，寻惠猜不透他们上门的意图，接过名片后，只“哦”了一声。

“请问您家是不是有个小孩和年轻的母亲？”

圆眼镜的女人问道。看名片上的字，她姓稻川。

“是的，没错……”

“不好意思，请问您是孩子的……？”

“哦，我是孩子的奶奶。”

“这样啊，那请问这里住着……”

寻惠如实回答了家庭成员的姓名和年龄。

“请问，円香小朋友和雪见女士今天在家吗？”

“不，她们出去了。”

今天，雪见早晨八点就强行叫醒了最近生活节奏紊乱的円香，说要带她到游乐园玩一天。想必是希望円香玩得筋疲力尽，今天好早早入睡。另外，雪见自己也需要出去散散心，所以寻惠做好两人的便当，送她们出去了。

“哦，原来出门了呀。不过没关系。”稻川保持着微笑说，“不好意思，能让我们进去看看吗？就在门口看看也行。”

寻惠还是不明白他们想干什么，不过这两个人看起来并不可疑，俊郎又在二楼，所以她退到换鞋台的位置，让他们进来了。

等身后的男性关上房门，稻川便开口了。

“是这样的，我们接到匿名举报，说你们家的円香小朋友被妈妈……也就是雪见女士……怎么说呢，遭到了她的虐待。”

“啊？”寻惠大吃一惊，忍不住发出了惊呼。

“说虐待可能有点夸张……就是……最近家长管教孩子的行为过于暴力的问题，正在引起社会上的议论。所以只是为了保险起见，我们要上门看看。”

说着，稻川朝寻惠身后点了点头。她回头一看，原来是俊郎。

“不对吧，一定是那个人搞错了。”

寻惠虽然一点都笑不出来，还是笑着回答道。

“是啊是啊。”稻川点头应和道，“如果是搞错了，那就没问题。但我还是要例行公事问一下。请问您最近是否注意到了什么变化，比如在円香小朋友身上看见淤青之类的？”

“我从来没……”寻惠刚要否定，却停了下来。应该没有淤青。寻惠也时常给円香穿衣服，如果有，肯定会发现。但是被她这么一说，円香最近确实有点奇怪。那孩子晚上不睡觉，情绪变得特别不稳定。雪见像是挠破了头也不明白到底怎么回事。

“总之，请您留意观察一段时间，如果有什么异常，请马上联系我们，不必客气。您可能觉得家里的事情不好对外人说，可是这种问题一旦听之任之，后果可能不堪设想。尤其是年纪较轻的母亲，常会出现这种情况。她们什么事都想自己解决，最后努力反倒造成了反效果，而且越陷越深。”

寻惠不禁想，雪见也许是有点那种倾向。她几乎从不送孩子去托儿所，一天二十四个小时围着円香转。她经历过看护婆婆的辛苦，非常明白什么事都想包揽的危险。

“那我们会保持联系，还请您多留意了。”

“知道了。”

送走稻川一行，寻惠正要回房，却碰上了俊郎欲言又止的表情。

“这事你来开口反倒说不清楚，先交给我吧。”

寻惠警告了一句，俊郎只好耸耸肩，嘀咕着“那家伙最近有点奇怪”，转身回房了。

*

円香在游乐园玩了一天，晚上八点钟果然沉沉睡去了。第二天整天都在下雨，孩子也闹了不少别扭，但还是在睡了午觉的基础上，晚上八点半又睡熟了。

又过了一天，雨过天晴。雪见带孩子去了公园，散了步，还买了菜，傍晚婆婆又带她到院子里玩了很久。可是到了晚上，円香故态复萌，在被窝里不停闹腾，哭到了将近两点。

雪见已经不知道该怎么做才好，越发没有了自信。

除此之外，家里还泛起了以前从未有过的气氛。她总觉得谁都很生疏，还好像被人远远地监视着。莫非打掉孩子的事情看似过去了，实际并没有？雪见想，包括她自己在内，这个家的人明显产生了变化。但她不知道那个变化将会走向何处。

这天天气阴沉，仿佛随时都会下起小雨，雪见给睡到十一点多才起床的円香吃了早饭兼午饭的饭团，十二点半便拿着伞带她去了公园。

她在路上又碰到了停在十字路口另一头的黑车，但她拐了个弯，没有太在意。自从那天之后，她就没见到过那个叫寺西的记者。

因为是星期六，她本以为公园里会有几个小学生，没想到空无一人。正值中午时分，也没见到妈妈带小孩子来玩耍。

不过，円香玩了一会儿滑梯后，和人君和他的姨妈手牵着手走进了公园。

“啊，你好呀。”

这种时间……雪见觉得奇怪，但还是打了声招呼。和人君也乖巧地问了好。

加上今天，她已经是第三次看见这两个人了。第二次见面，雪见就觉得有些奇怪，今天则彻底起了疑心。

他们总在雪见带孩子过来后不久出现，而且专挑除了雪见和円香没有别人的时候。第二次见面，和人君的姨妈也腼腆地邀请她去咖啡馆坐坐，同样被她找借口搪塞过去了。

不知为何，那个姨妈似乎特别喜欢雪见。她甚至怀疑对方是不是住在哪座能看见公园的公寓高层，每次都看准了时机来找她。

和人君迫不及待地上了滑梯台。円香似乎习惯了和他玩耍，两个孩子很是默契。虽然孩子之间没什么问题……

和人君的姨妈还是一副灵魂出窍的表情。她们聊了聊天气这些不痛不痒的话题，很快就没话说了。雪见能感觉到她在旁边盯着自己，又不想跟她对上目光，只好专注地看着孩子们。

“你好像……很累啊。”她突然低声说。

“是……是吗……？”

虽然她说中了，但雪见并不想被她提醒。她不是更应该担心一下自己吗？

“是不是有什么烦恼？”

被她这么一问，雪见犹豫了片刻，但是中断聊天可能会很尴尬，于是她决定随口应付。

“最近円香不爱睡觉……”

她把孩子到凌晨一两点才睡，还特别闹腾、没法管教的事情说了出来。雪见暗自猜测，这个人自己也许有更年长的孩子，说不定能以过来人的身份提点建议。

“那可真奇怪啊。”

和人君的姨妈说道。如果她说“真头痛”，雪见还能理解，可是“真奇怪”这个说法让她觉得有点不对劲。

她只给了这么一句感想，就没再说话了。雪见有点失望，随后又想，这对外行人来说可能是有点难了。也许她该找专业的医生问问看。

然而，就在雪见打算不再提起这件事时，和人君的姨妈突然阴沉沉地开口了。

“你孩子……该不会被谁喂了东西吧。”

“啊？”

那句话显得如此唐突，雪见只能呆呆地看着她。

“比如含有高浓度咖啡因的东西。市面上有卖咖啡因丸剂，说不准有谁用它兑了水给孩子喝。”

“什么？”

这人怎么突然说这种话……雪见惊呆了。如果对方的语气不是那么认真，她几乎要一笑置之。究竟是什么人，为什么要对円香做那种事呢？她这种想法究竟从何而来？

“请你仔细想想，周围有没有可疑人物？”

“不会……”雪见夸张地歪着头，表达心中的困惑。她觉得这人好像有被害妄想。

“那个……待会儿一起去喝杯茶吧？”

怎么又突然说这个……这人连换话题的方式都很生硬。

“不好意思，今天我跟家人有事要出去。”

雪见婉拒之后，那人本来就不怎么好的脸色更添了几分失落。

“哦，这样啊……”她没精打采地嘀咕道。

雪见不禁觉得她有点可怜，心想下回应该答应她了。

到了一点钟左右，几个小学生骑着自行车进了公园。孩子们在广场上的玩闹声和说话声稍微缓和了她们之间的尴尬气氛。

没过多久，一个年轻男子独自走进了公园。他穿着棉布 T 恤和牛仔裤，个子很高。雪见漫不经心地看了他一眼，发现他竟朝着自己走了过来。于是，她仔细打量起那个人。

高挺的鼻梁，略宽的眼距……无须逐一对照特征，她一眼就认出了来者，不由得倒抽一口冷气。

是中野佳树。

不会有错。

怎么回事……她觉得会不会跟墓地那件事有关，可是脑子一片混乱，不知如何是好。

而且，他脸上还带着笑。

“好久不见啦。”

中野在雪见眼前站定，笑容越发灿烂起来。

雪见不知道该说什么。她吓了一跳，同时也发现自己对这人的厌恶丝毫没有减轻。那装腔作势的声调和虚假的笑容，依旧散发着让人讨厌的黏腻气息。

“有什么事吗？”

她只能这么说。

“你还问我有什么事。”他仿佛听了个笑话，“难道你想说，没想到我真的会来吗？我当然会来，那还用说吗？因为我根本忘不了雪见。”

她完全弄不清这个人在说什么。他只把自己的一厢情愿带到了这里来。

“我问问你，”雪见选择开门见山地询问，掌握主导权，“我家墓地是你干的吗？”

“墓地？你说什么呢？”

中野给出了跟她母亲一样的反应。

令人费解。

“你……”说到一半，雪见看了看和人君和他的姨妈，“不好意思，能麻烦您看一下円香吗？”

她又吩咐円香跟和人君好好玩，接着走到了公园角落的长椅旁。中野跟着她走了过去。雪见一坐下，他也在旁边坐下了。瞅准这个时机，雪见站起来，绕到中野面前俯视着他。

“你没摸进我娘家当小偷吧？”

“啊？你一直在胡说什么呢？”

他这副样子不像在装傻。雪见打出的牌，他一张都没接。无奈之下，她只好询问中野为什么过来。但是还没来得及开口，中野就抢了先。

“你叫我来就是为了问这些？不对吧？”

“等等，我根本没叫过你。”

不顾雪见斩钉截铁的否定，中野笑眯眯地说：“你净给我来这套。”

什么“你净给我来这套”，雪见全然无法理解。

中野的目光突然移向雪见身后，然后定住了。她回头一看，又一次震惊不已。俊郎竟然走了过来。

他不是去了市立图书馆吗……不对……在极度的混乱中，雪见好不容易想到了一种可能性。原来，是俊郎叫来了中野。她万万没想到俊郎会如此怀疑中野，但只能这样解释了。

“你好。”俊郎来到二人身边，开口道。他的语气没有了平时的轻浮，声音压得很低，明显酝酿着敌意。

“你好。”中野回了一句。

雪见瞪着俊郎，叹着气抱怨道：

“你别搞这种把戏行不行？为什么不能相信我呢？”

俊郎反倒笑着叹了口气。

“等等啊，听你这说法，怎么好像我一直在监视你似的。我只是碰巧路过而已。”

雪见怀疑自己的耳朵出了问题。他们的对话完全对不上号。而且，俊郎的话还彻底打碎了雪见的理解。如果他不是故意说假话，那么这番话就没有任何逻辑。

“话说那一位，怎么跑到这里来了？”俊郎用压抑了感情的声音问中野。

“是雪见叫我来的。”中野挑衅地回答。

“我才没叫你。”雪见气急败坏地否定道。

“不知道怎么回事，她一直在演戏，还演得挺逼真。”中野看着雪见，会心一笑。

这家伙胡说什么呢……雪见气得脸颊发烫。

“别脸红啊。”中野轮流看着雪见和俊郎，笑眯眯地从手提包里拿出一张折叠的纸，“我不清楚你们是否和好如初了，但真的是雪见叫我来的。这么做可能对雪见不好，可我得证明自己的清白不是？”

说着，他把那张纸递给了俊郎。

俊郎展开了那张纸。雪见也走到旁边去看，发现那是一张信纸的复印件。

好久不见，你还好吗？我写这封信时，正在回忆过去的种种。

当时发生了好多事，但也有很多快乐的回忆，让人无比怀念。

我在想，那时我也许选择了错误的人生。现在，我的生活充满了烦恼，好想回到结婚以前。我和他早已渐行渐远，只剩下表面美满的关系了。

我能跟你见一面吗？说说话也好。但我不能告诉你联系方式。你能理解我吧。

我每天都带孩子去公园。多摩野市的新山公园。你双休日应该有空吧，我可以有所期待吗？时间大概是一点，如果当天有特殊情况不在，那么请原谅我。

希望会发生奇迹。

致怀念的人。

雪见

在看完全文后，雪见依旧呆站在原地，对那令人肉麻的文字感到哑口无言。

“这是你的笔迹吧。”俊郎冷冷地看着雪见。

“我没写过这东西。不可能写。”

雪见断然否定，可俊郎并没有做出反应。

“就是这样。”中野得意地说。

“我说你啊。”俊郎盯着中野，“就算雪见叫你来，她也还是我老婆，你能别随便见她吗？现在我正式警告你，甚至可以向你发出书面警告，今后若再对雪见出手，我就要你赔得连裤子都不剩。”

“都说了我没叫他来。”雪见的辩驳徒然消失在空气中。

“‘还’是你老婆对吧。那如果离了婚呢？”中野说。

“随你的便。”俊郎短促地回答。

“那就祝你们白头偕老。”中野哼笑一声，留下讽刺的祝福，转身走了。

“我问你。”俊郎远远地叫住了他。

中野回头，露出疑问的表情。

“六年前你搞大了雪见的肚子，你有印象吗？”

中野挠了挠高挺的鼻梁，像是思索了片刻，然后回答：

“有可能。”

这回他没再停下脚步，径直离开了。

什么“有可能”。雪见翻了个白眼，对俊郎摇摇头。

“他，他那种玩笑话，你别当真啊。”

俊郎只是冷漠地瞥了她一眼，没有说话。

“円香，跟爸爸回家吧。”

他无视了雪见，抱起滑梯底下的円香，走出了公园。

他离开的方向……

有一辆白色奔驰。

俊郎打开了副驾驶席的车门。

武内坐在里面。

他把円香放到武内腿上，自己绕到了驾驶席那一侧。

俊郎是开那辆车过来的吗？话说回来，武内确实说过他随时可以拿去开……

奔驰缓缓开走了。

“那个……”

不知何时，和人君的姨妈来到了她身边。

“出什么事了？肯定出事了吧？”

她的语气透着一丝期冀，仿佛希望她出事了。雪见明显感到了这个人的异常。

“不如跟我说说吧？我们去咖啡店吧？”

她喘着粗气说完，用力拉着雪见的手要往外走。雪见想甩开她，她反倒咬紧牙关死拽着不放。

“跟我走吧，求求你了。好吗？好吗？”

“请放开我。”

一番挣扎过后，雪见总算抽回了手。因为反作用力，和人君的姨妈猛地跌坐在地。

这人怎么回事。

雪见压根不想扶她起来，专注地让自己保持平静。

“我现在顾不上这些，所以很抱歉，我不去了。”

说完，她微微点头，转身就走。这时，身后传来了迫切的恳求。

“那个！那下次一定要答应啊！好吗?!”

她假装没听见，就这么离开了公园。

*

傍晚，寻惠走出院子，武内正在隔壁搬动兰花盆栽。他要把原本放在院子角落的盆栽都移到自己搭的花架上。

“哎，这架子搭得真不错。”

寻惠从旁边探出身子，打量着花架。这花架有四层，在寻惠头顶的高度搭了顶棚的骨架，上面铺着遮挡日光的寒冷纱。武内把大花蕙兰、君子兰、卡特兰的大花盆一趟一趟地往上搬。将近三十盆兰花，似乎都能放得下。

“这下子就能放心度过夏天了。”

他像是很无奈地说着，笑容里却透出了一丝得意。

“真希望您能把花架搭在另一头，这样我也能看到花了。”

寻惠半开玩笑地说完，武内大笑起来。

“您可以随时过来看。我打算在另一头做个花坛，已经堆好土了。”

“您真细心啊。”

“不用看护老太太之后，我的空闲时间就多了不少。哪怕只是莳弄一下花草，也能打发时间。”

“也是啊。”寻惠理解地点点头。

“如果您不嫌小，我也帮您弄一个带遮阳棚的花架吧？”

“真的好吗？就算是小花架，肯定也很费功夫吧。”

“举手之劳而已，正好材料还剩下不少。”

说完，武内的笑容转了个方向，柔声说道：“你好呀。”

寻惠转头一看，円香正急急忙忙地穿鞋，想到院子里来。孩子最后踩着鞋跟跑了过来，寻惠便弯下身替她穿好了。

“要喝养乐多吗？”

武内问了一句，円香点点头。

“这孩子真是的，都养成习惯了。”

最近这段时间，円香只要看见寻惠和武内在院子里说话，就会跑过来蹭养乐多喝。

寻惠从武内手上接过养乐多，撕开盖子递给了円香。円香理所当然地大口喝了起来。孩子这副迫不及待的模样显得有些滑稽，寻惠跟武内相视而笑。

“好喝吗？”

武内接过空瓶，朝円香挥挥手，做起了跳绳一样的动作。円香高兴地模仿了他。

“真奇怪。”

不知怎么的，这一老一小好像成了很好的朋友。

接着，寻惠手持耙子，在院子里拔了一会儿草。円香模仿她蹲在地上，兀自玩着泥巴。

“哎……”

正当寻惠专心拔草时，突然听见武内发出疑问的声音，便抬头看了过去。

“円香的腿好像很不舒服啊。”他摸着下颏，若有所思地说。

寻惠觉得奇怪，便看向孩子。

“你怎么啦？”

円香摇摇头。

“我刚才看她好像有点痛，是不是被虫子咬了？”武内说。

“让奶奶看看？”

寻惠微微掀开円香的小裙子。

“啊……”

孩子左边大腿外侧有块五百日元硬币大小的淤青。寻惠忍不住要摸上去，武内及时制止道：“最好不要碰那个地方吧。”

“这里痛吗？”

寻惠摸了摸淤青的边缘，然后问道。円香只是摇头，没有抬眼看她。问她在哪里碰的，她也是一会儿摇头，一会儿歪着脖子，怎么都说不清楚。

“不痛那就没关系，过两三天应该能好。”

虽然武内这样说，寻惠心里还是留下了难以释怀的疑虑。

她是不是该质问雪见呢？但她也很希望这只是个意外。要不还是不着痕迹地问问雪见，看这究竟是哪儿来的淤青吧。一旦考虑到问题的严重性，她就有点不知如何是好。如果这么问，就算雪见回答了，她也要怀疑那答案是否可信。

还是再观察一段时间吧。

由于实在想不出最妥当的办法，寻惠只能暂时按兵不动。

*

太阳下山时，雪见大致完成了晚餐的准备，上二楼查看独自玩耍的円香。

她拉开隔扇一看，円香正抓着明日香的手，转着圈挥舞。

“你干什么！”

她大喝一声，円香停止了动作。如果孩子不停下来，她就要上手打了。

“你这样欺负玩偶，它会很可怜啊。”

円香一副欲言又止的表情。也不知这孩子究竟听懂没有，是不是该用疼痛来教育她呢？

“妈妈，这是隔壁叔叔送的吗？”

円香开口问道。

“不对，这是妈妈的东西。如果円香要玩，妈妈可以借给你，但是你得爱惜它呀。”

说到这里，她猛地抬头看向窗外。

邻居家的窗后似乎闪过了人影。等雪见定睛查看时，人影已经消失了。

她关窗上锁，又拉上了遮光窗帘。

晚饭后，雪见正在二楼准备自己和円香的换洗衣物，俊郎有气无力地走了进来。

“你今天在楼下睡吧。”

他一开口就是这句话，雪见忍不住走了过去。他一手叉腰，重心倾斜地站着，脸上满是怨气。雪见不禁感慨，原来一个人的表情和态度能让他显得如此疏离。二人之间像是隔着一道透不过任何感情的烟幕，让她感到心冷。

“可以，反正最近经常在楼下睡。不过你能不能别把中野君的话当真？我和他，你究竟相信谁？”

“那你说说这到底是怎么回事？中野今天到那个地方去，还拿着那封信，全都是那家伙自导自演的吗？”

“那还用说吗，他还溜进我娘家翻了我不少东西。”

“哦？难道那封信就放在你娘家的书桌里？再说了，他突然跑来找你，非要说你写了信，这种谎话对他有什么好处？”

“我怎么知道，你问他啊。”

雪见只能这么回答，并再次意识到自己的立场十分危急。在俊郎心中，这个疑惑恐怕已经无限接近于黑色了。

“我马上要参加论述考试了，正是关键时期呢，拜托你别整这种事烦我好吗？”

不用他说，她也会下楼睡觉。不用他说，她也知道现在正是关键时期。她很想顶几句，但俊郎肯定又会说她搞事情烦人。这样争辩下去只会没完没了，于是她控制住了自己。

“要不是为了円香，我都想干脆把你赶出去了。”

俊郎恶狠狠地说完，走进了隔壁房间。

她凭什么要被赶出去……雪见觉得这一切都缺乏现实感。

今天她独自从公园回来，发现俊郎在发火。准确地说，等她上到二楼时，一切已经结束了。但是从他房间地上散乱的书本可以看出，俊郎刚发过火。円香发脾气的时候也会打翻自己的玩具箱，这点像了她爸爸。

这应该算是婚姻危机吧……雪见心里想着，却没什么现实感。她明明什么都没做，危机却自己跑来了。只用不凑巧很难形容这种状况。这简直就像恶魔的安排。

雪见又想，原来人心可以如此轻易地产生隔阂。她觉得远离的人不应该费力挽留，却又不知如何是好。

她带着阴郁的心情下了一楼，跟円香一起洗澡。

“円香，今天能好好睡觉吗？”

她一边给孩子冲澡，一边问道。

“不知道。”円香左一下右一下地歪着头。

“如果円香不好好睡觉，妈妈也会累啊。”尽管她知道自己在对孩子抱怨，还是继续道。如果这孩子能让她少费一点心，她就能更从容地面对自己跟俊郎的问题了。“如果円香不当好孩子，妈妈可能要离开家啦。”

“为什么？”

“因为円香不听话啊。”

其实这个理由根本说不通。

不过，她还是想为难一下円香。想在育儿中得到回报也许是不对的，但她已经在全心全意、跟前跟后地照顾孩子了，自然希望自己的工作得到认可。她希望至少这孩子能站在自己这边。只要円香不愿意妈妈离开，那就够了。她只想让孩子用这句话安慰自己。

“那妈妈要去哪里呀？”円香有点不安地问道。

“去円香不知道的地方。”

“公园那个大哥哥那里？”

她说的应该是中野。雪见不禁苦笑，原来这孩子看得明明白白。

她正要给孩子清洗，目光突然落在円香的腿上，顿时吓了一跳。

这是什么？

円香左边大腿上有一块青色。她之所以吓一跳，是因为那块东西乍一看就像被殴打的淤青。可是她摸了摸那块地方，孩子似乎不觉得痛。

她往毛巾上挤了一点沐浴液轻轻揉搓，那块颜色渗透得异常牢固，很难搓掉。不过毛巾也染上了青蓝的颜色，她可以肯定那不是淤青。

也许是円香不知在哪儿蹭到了油漆或颜料。会是滑梯上吗?

她反复搓洗冲刷，洗了三遍才让颜色淡去了将近一半。雪见意识到这块东西可能要两三天才能完全洗掉，便停下了动作。

12

还是跟中野再见一面，让他收回之前的话吧。如果她威胁要报警告他非法入侵，对方也许会改变态度。届时让他写下保证书，再拿给俊郎看，事态可能会有所好转。虽然她没有任何保证，但也不愿一直被冤枉，而且为了円香，她不能什么都不做。

第二天是星期日，雪见下定决心后，趁円香还没起床，出门到车站门前的公共电话亭联系了中野。既然他坚称那是雪见寄的信，证明他的联系方式还没有变。虽然完全不值得夸耀，但她依旧记得中野的电话号码。

她只在电话里说了“我想跟你谈谈昨天的事”。而且，她控制住了攻击性的口吻。也不知中野究竟在期待什么，他一口答应下来，并要求在町田车站附近的咖啡厅见面，时间定在下午两点。

打完电话，雪见又去了一趟公园。那里有五个妈妈在带孩子玩耍。

“关根女士，你今天下午要出门吗？”

雪见叫了一声同样住在新型住宅区的小梓的妈妈。

“不啊，我老公今天要加班，没打算出去。”

小梓的妈妈是个性情温和的人，雪见怀疑她就算一整天待在家里都不会感到压力。

“是吗？那如果方便的话，能不能让円香下午去跟小梓玩两三个小时呢？我有点抽不出身。”

“可以呀，你要出门？”

“嗯，有点事。”

她不知道这次跟中野能谈成什么样，所以决定不告诉俊郎。如果事先跟他说了，俊郎肯定不会让她去。这样就无法解决问题。她只能瞒着家人，假装带円香出去玩。

小梓是个还在学走路的一岁孩子，以前跟円香在沙池玩过。相比孩子们的相处，雪见觉得跟她同龄的小梓妈妈最好说话，所以才来拜托小梓妈妈。

十一点开始的法事结束，吃过午饭后，她对婆婆说带孩子出去看动画电影，然后去了小梓家，把円香托付给小梓妈妈。

一点五十分，她来到了中野指定的咖啡厅。进店前，她想起中野以前很喜欢看女性扎马尾辫，就在门外解开了头发。

进门后，她看见中野已经坐在靠窗的座位上，正喝着手里的冰咖啡。这是一间高档的咖啡厅，丝毫不适合两人见面。店铺在大楼二层，透过窗户可以看见下方的道路。路上有许多衣衫单薄的年轻人来来往往。

“对不起啊，休息日把你叫出来。”

雪见用这句话代替了问候，在他对面坐下。她自认为这句话透露了今天要跟他冷静交谈的意图。

“不会不会。”中野笑着回答道。看到他那装模作样的表情，雪见很想皱起眉头，但勉强忍住了。

“是这样的。”她点了一杯冰咖啡，开门见山地说，“我希望你站出来澄清，昨天说的那些话都不是事实。”

“不是事实？”他煞有介事地反问道。

“就是我写信给你那件事。还有……明明是百分之百不可能的事情，你却要说什么‘有可能’，你这不是给我添乱吗？”

“你叫我来就是为了这种事啊。”中野耸耸肩，“我还以为今天是我们的第二次开始呢。”

“别说了——”真恶心。后半句话险些冲口而出，但她还是咽了回去。

“那我要怎么做？给梶间君打电话赔礼道歉？”

“那倒不至于。你只要写下来就好了。”

“既然是雪见的请求，我可以答应。”

虽然不想细究他的说话方式，但他好歹是答应了，这让雪见暗自松了口气。

然而，雪见点的咖啡端上来后，中野又开口了。

“那么，你要拿什么报答我？”

“报答？”她气不打一处来，赶紧喝了一口冰咖啡保持冷静，“没有。我怎么可能报答你？”

“你想得也太好了吧？”中野觑着眼睛盯着她，“我当然可以答应你，现在就写也没问题。我就写‘我没让雪见怀孕，但的确收到了信’。你啊，不就是寄了信之后反悔，想当作一切都没有发生过，还把这些都怪到我头上吗？你怎么不考虑考虑我的立场呢？现在我答应了你的无理取闹，要回报不是理所当然的嘛。如果你觉得我用词不好，那我改口，想看看雪见的诚意，怎么样？你不表示一下诚意怎么行？”

“你还坚持是我寄信给你的吗？”

“你不也死不让步？”中野无奈地笑了笑，从手包里拿出信封，“我猜事情可能变成这样，就带来了……你看这邮戳，是你那边寄出来的吧？在你寄信之前，我压根不知道你搬到那边去了。”

雪见只看了一眼，就瞪向中野。

“你说不知道还不是一面之词，谁能证明啊。”

就算他拿这种东西出来，事情的真伪也是不会动摇的。那他为什么还要坚持撒谎呢？

难道这都是为了管她要“回报”的自导自演吗？如此一来，俊郎说的那句“他觉得用这种方法就能追到你吗”，也就有了解答。他一开始就没打算追到她，只是为了要挟。

“你偷偷摸进了我妈家，对不对？要是不想被告，你应该先道歉吧。”

“那我是真没做过。这次我不会说‘有可能’了。”

莫非他知道自己没有证据，才会如此淡定？

“昨天那封信的原件，让我看看。”

就算再怎么模仿笔迹，仔细查看应该会有细微的差别。雪见决心要找出那个差别。

“昨天那个就是原件，还让梶间君拿走了。他可能想拿去当打官司离婚的证据，但那是我的纪念品，你去要回来啊。”

“那不是复印件吗？”

“信封里装的就是那个。你不是复印了一份，把那份寄给我了吗？那原件肯定在你自己手上嘛。”

“你说什么呢……太假了吧。”

他坚持说自己只有复印件，不就等于承认了背后有鬼吗？但是中野一直装傻，她也没办法证明这一点。

简直是没完没了。

最后，她还是没能让中野写下保证书。因为他不断改变说辞和态度，执拗地问她要“回报”，最后雪见被说得直犯恶心，干脆离席而去。

她拒绝了中野请客的建议，单独支付了自己的账单，离开咖啡店。

“这就回去了？”走在楼梯上，中野问道。

“当然要回去，反正不回去也是浪费时间。”

“下次啥时候能见到你啊？”

“一辈子都别想。”

她冷冷地说完，下巴突然被中野掐住，强行拧了过去。下一秒，他的脸就填满了她的整个视野。

“放开我！”

雪见转过脸，潮湿的触感从唇边滑向了脸颊。她推开中野，恶狠狠地瞪着他，全身散发着厌恶。

“我都到这里来了，至少得有这点回报吧。”中野满不在乎地说，“我可不介意亲口对梶间君说，为了雪见我会奋起战斗，这次还有胜算呢。”

他一脸得意的表情让雪见气不打一处来。她竭尽全力甩给他一个轻蔑的目光，随后不理睬他的纠缠，快步走向车站。

只是被亲了一下……她心里虽然这样想，却难以抑制喷涌的怒火。这就是所谓怒火中烧的感觉吧。她觉得自己被玷污了，内心万分不甘。

她在车站的洗手间清洗了嘴唇。完全洗掉口红后，她又重新补上了。

真是的，我究竟干什么来了。

雪见这一趟出门毫无收获，反倒让心情更郁闷了。下午三点半稍过，她来到小梓家，准备接走円香。

“哦，这么快呀。”

小梓妈妈见到她，露出了微笑。听她的语气好像没什么问题，但雪见还是客套地问了一句：

“孩子乖吗？”

“呃……嗯……”小梓妈妈突然变得吞吞吐吐。她先回头看了一眼屋里，然后把雪见推出门外。

“出什么事了？”雪见有点不安。

“不不不，也不算什么大事。”小梓妈妈强颜欢笑，稍微压低了声音，“我对円香妹妹说：‘要跟小梓一起玩哟。’所以她特别配合，像个大姐姐一样，小梓也很开心。”她越说越为难，脸上的笑容也渐渐扭曲了，“她还拉着小梓的手蹦蹦跳跳。可是我稍微离开一会儿，小梓就哭了。我猜，应该是円香妹妹拽得太用力，把孩子拽痛了。”

“哎呀，真对不起。”

由于没有亲眼看见当时的场面，雪见很难判断实际情况如何，但她实在想不到円香会故意伤人。应该是玩的时候没有控制力道吧。她当然不能这样辩解，只能先道歉再说。

“我本来以为没什么，可是小梓难受了好长时间，我婆婆就说，孩子会不会脱臼了。”

“啊？”雪见忍不住惊呼一声。

“不，真的没什么。后来小梓不哭了，手也能正常活动。可我婆婆就是个爱操心的性格，觉得万一有什么事就不好了，刚刚带小梓去看休息日的急诊了。”

“这样啊？”雪见觉得这不是能一笑置之的话题，不由得沮丧起来。小梓才一岁，家长免不了会多担心一些。

“真的没什么，你别在意。我只是想说，我婆婆反应太夸张了，真是对不起。”她为难地笑了笑，反而对雪见道歉了，“你可千万别责备円香妹妹。因为我们刚才手忙脚乱的，她现在好像也没什么精神了。”

得到这样善解人意的体谅，雪见连连鞠躬道：

“没想到会变成这样……真是太对不起了。”

“不不，应该是我向你道歉。我婆婆实在太夸张了。”小梓妈妈不好意思地继续道，“不知道你见没见过那种人。她搞不好会到你家去说点什么，但那只是做做样子，希望你别介意。”

雪见暗道不好。

“我过后会正式上门道歉的。”

听了雪见的话，小梓妈妈摇摇头。

“你真的别介意，她只是做做样子。因为她觉得自己是一家之主，有事情也该跟对家的婆婆说。我实在是拉不住她，真对不起。”

“这样啊……”

雪见的心情顿时沉重了许多。然而一直在这里纠缠没有用，雪见接回円香，离开了小梓家。

正如小梓妈妈所说，円香没什么精神。因为走回去只需一两分钟，雪见干脆抱起了孩子。円香也像考拉一样紧紧抱住了妈妈。

“听说小梓喊痛啦？我们对小妹妹要温柔哟。”

円香没有回答，而是把脸伏在了雪见的肩膀上。

雪见很希望这只是偶然。这孩子在公园里也没欺负过别的孩子。她愿意分享自己的玩具，也愿意排队玩滑梯。雪见认为自己在这方面教育得很成功。

为了保险起见，还是再教一次吧。

回到家中，婆婆正在打扫浴室。

“怎么样，好看吗？”

她应该是问电影的事情。

“嗯……我本来想去的，但是临时有事，就把孩子送到关根家了……”

她觉得应该马上说清这件事，但对方不一定会来，干脆搪塞过去吧。

她带円香上了厕所，回到二楼开始教育。

“听好了哟，对小弟弟小妹妹应该这样。”

她把明日香摆在円香面前，摸了摸人偶的脑袋。

“真可爱，真可爱。就像这样，你试试看吧。”

“我要吃点心。”

回到家后，円香又有了精神。

“等会儿再吃，你先照妈妈说的做。”

她又示范了一遍，円香有样学样地照做了。

“没错。要夸弟弟妹妹可爱，动作还要很温柔，明白了吗？”

“我要吃点心。”

“嗯，那我们下楼吃点心吧。要分给宝宝吃哟。”

她带着怀抱明日香的円香下了一楼，给孩子端来饼干和橙汁。

“来，喂宝宝吃。”

“啊——”

“做得真棒。你对宝宝温柔，宝宝就会很高兴的。”

正在吃点心时，门铃响了。她正要赶过去，却被婆婆抢了先。

“你好，我是关根家的。”

果然来了。那人是小梓的奶奶，戴着一副宽大的有色眼镜，面相一看就是很小气的人。她甚至开始同情小梓妈妈，不得不每天跟这样的人生活在一起。

“今天真是太抱歉了，我实在不知该如何表达歉意……”

雪见先发制人地道了歉。婆婆呆呆地站在一旁，不知发生了什么事。

“啊，不用了不用了，我是来跟夫人说话的，媳妇可以退下了。”

雪见被拒绝，只好垂头丧气地回到了起居室。

互相替熟人照顾孩子的事情并不稀罕，孩子之间产生矛盾也是家常便饭。虽然对方上门来抱怨了，但事情本身并不严重。尽管她一直这样劝说自己，还是甩不掉心中的内疚。今天一天她奋力解决问题的结果，竟然是这么一个烂摊子。跟昨天相比非但没有好转，反而徒增了烦恼。

雪见感到心力交瘁，靠在沙发上休息，只感觉疲劳一点点侵染了全身。即使她每天把孩子哄睡要熬到凌晨两点，七点也要照常起床。天天只睡五个小时，身体实在受不了。

过了一会儿，外面传来开关门的声音。她以为关根家的婆婆走了，正要站起来，却听见俊郎说了一声“你好”。看来他参加完模拟考试回来了。

她探头看了看走廊，没见俊郎过来。意识到他应该在门口加入了谈话，雪见的心情更加郁闷了。

两三分钟后，俊郎走进来，对她招了招手。雪见一言不发地跟他上了二楼。

“你搞什么？瞒着我妈把円香放到别人家，下午一个人出去了？”俊郎开口就是愠怒的语气，“去哪儿了？”

“我……”

她有些犹豫，不知如何回答。因为小梓的事情，她知道自己寄放円香早晚要被发现，可是她真的应该说实话吗？正因为今天毫无成果，她很难开口。

雪见一犹豫，俊郎就继续道：

“去找中野了？”

被他说中后，雪见莫名感到尴尬。当然，俊郎肯定是心里有偏见，才会这样诘问她的。

她想，现在慌也没用了。

“我去找他是想要他写保证书，说明昨天那些话都不是事实。”

“哦？”俊郎哼笑一声，“那他写了吗？”

“没有。简单来说，那人无法沟通。”

他冷冷地摇头。“我想不通啊。首先你因为这个就瞒着所有人去找他，这说不通。最后他还没写保证书，这不就让你昨天的嫌疑加重了吗？为什么你第二天就急着去找他？这也太奇怪了。你干脆说实话吧。”

“我说的就是实话。你不是想不通，而是不想理解我。”

雪见非常气愤，不想再跟他说下去，径自下了楼。强加在她身上的嫌疑简直太荒唐了，她只想让它尽快结束，就算到最后都没说清，她也顾不上那么多了。

她看了一眼门口，婆婆正在独自整理鞋架。小梓的奶奶已经回去了。

“她说什么了？”她假装若无其事地问道。

“雪见啊，你以后有事出去，不用麻烦人家，把孩子放在自己家就好了。”

“嗯……就是顺势而为，我也没多想。”雪见含糊地回答道。

“那位奶奶是教人穿和服的老师，还说雪见如果感兴趣，也能去学学。”

“哦，是吗？”

可以猜测，小梓应该没什么事。

尽管如此，人家既然找上门来了，肯定会说一两句尖酸的话。婆婆似乎把那些话都收在了心里。

雪见松了口气，返回起居室。

她看见円香的瞬间，骤然停下了脚步。

円香抓着明日香的手，正在用力甩动。

雪见惊呆了。

下一刻，熊熊燃烧的怒火直冲心头。

这孩子什么时候变得这么粗鲁了。

反复说了多少次不行，她怎么就不听呢。

円香浑然不觉有人在看，依旧得意忘形地甩动人偶。那小小的背影，似乎散发着恶魔的气息。

如果円香对人偶这样，今后还会引发跟小梓一样的事情。原来那并非偶然，而是注定。

她必须阻止孩子，否则就来不及了。

她想不到训斥的话语。一开始只是出于惊愕，但她很快就放弃了靠话语教导。只凭借话语无法向円香传达她强烈的失望。

雪见走向女儿所在的露台旁，将所有感情的爆发力集中在了手上。円香面朝着窗外，丝毫没有发现她。如果突然挨打，孩子可能会吓得哭起来。可是她不哭，就记不住教训。

她一手按住円香的肩膀，间不容发地用力拍打了她的腿。她用上了迄今为止最大的力道，激起一声脆响。

都因为孩子不听话。

“雪见！”

背后突然传来雷鸣般的怒吼，射穿了雪见的心。

她猛地回头，看见婆婆站在起居室门口。

婆婆愠怒地看着她。

她第一次看见婆婆如此生气。雪见不明就里，脑子一片空白，双腿瑟瑟发抖。

婆婆走过来抱起放声大哭的円香，又跟雪见拉开了距离。她抿着嘴唇，表情严肃地看着雪见。她看起来就像变了个人。

可能是听见了声音，俊郎走下楼来查看，公公也出了房间。难怪他们会这样，因为婆婆刚才的怒喝充满了气势。

三个人的目光都集中在雪见身上。

“你究竟是怎么了?!”婆婆的语气依旧很强烈，“儿童援助中心的人都来家里，问你是不是在虐待円香啊！”

她感到天旋地转。

虐待?

这是虐待?

这不是虐待。她知道什么是虐待。因为她小时候没少被母亲虐待。才不是这样的，这算不上虐待。

那这是什么？管教……对了，是管教。

管教不是虐待。

她这么做，都是为了円香好……

不对……

她自己都无法肯定这个答案，并感到浑身战栗。因为她每次都觉得自己并非为了円香，而是想尽快消除内心的气愤，尽快解决眼前的问题，才选择了最容易的方式。她每次都有难以抹去的罪恶感。

“还不是因为你这样，円香才变得越来越奇怪。你怎么就没发现呢？”

雪见看着气得眼眶发红的婆婆。

这其实是虐待吧……她渐渐改变了主意。既然婆婆说了，应该没有错。其他孩子的母亲虽然口头赞同自己的想法，但实际上应该没有对孩子做到这个地步吧？

那么，円香最近的奇怪举动就能够解释了。所谓即时起效不过是虚假的效果。如果孩子不断受到压力，行为当然会越来越有问题。

“你已经没用了。”俊郎全盘否定了雪见，“给我走。连円香都照顾不好，要你还有什么用。”

没有人提出异议。包括雪见自己。

她的能力有限……得出这个结论，雪见彻底丧失了气力。她本想温柔地抚养円香长大，可是她自己从未得到过温柔的抚养，所以能力有限。她不知如何是好，不知不觉间，已经把童年遭受过的痛苦施加给了円香。

她从未学到过爱与被爱……她一直带着这样的自卑。她不适合养育孩子。

“雪见……”婆婆的声音稍微缓和了，“你一定是累了。把円香交给我，回娘家冷静几天吧。”

听到逐客令，雪见无力地点点头。婆婆露出了悲伤的表情。她意识到，那是因为自己露出了同样的表情。

“那……円香就拜托了。”

最后，她勉强挤出一丝微笑，离开了起居室。

上到二楼，她往旅行包里胡乱塞了几件衣服和日用品。

她想起来，自己小的时候，曾经几次看着母亲像这样离开家。尽管那是个不称职的母亲，但她第一次离开时，雪见还是彻夜难眠，不知道这个家会变成什么样。后来，她渐渐习惯了，最后甚至觉得母亲走了更好。有其母，必有其女。

俊郎走上楼来，只对她说了一句话。

“车钥匙留下。”

不知是否故意，他的语气极为冷淡。

“我放在这里。”

雪见头也不抬地说着，把车钥匙放进了抽屉。

接着，她走到阳台，打算把今天洗了晾出去的衣服也带走。

她看见了站在隔壁窗后的武内。

武内对她微微一笑。

雪见想，那应该是在打招呼吧。可是回到屋里，她又开始疑惑那究竟是不是在打招呼。

再看向窗外，武内已经不见了。

她觉得无所谓了，装好衣服后拿起了旅行包。

“那……你考试加油。”

俊郎没有回答。雪见说这句话时也没有看着他。

婆婆在门口送她。她已经恢复了平时温和的表情，只是多少残留着阴影。

“手机带了吗？”

听她的语气，像是过几天就会叫雪见回来。

雪见想，她真的还能回来吗？

这个家已经没有自己的立足之地了。

由于太痛苦，她故意没有看円香。

她走出了房子。

走了几步，她回过头去。

搬到这座房子，不过四个月。

虽然房子很气派……

也许并不适合她。

早知道把帽子也戴上。

实在没办法，她只好拿着手帕，边走边擦眼泪。

顺着缓坡向下走，路过小梓家门前，经过石阶前方，拐过十字路口。

停在对面的黑车缓缓驶离了。

13

"那个……那个……"

刚拐上站前大路，她就听到背后传来喊声。雪见正好觉得旅行包没背好，便暂时放下包，回头望了过去。

喊她的人是和人君的姨妈。她伸长了手，像是在追逐云彩一般，晃晃悠悠地走了过来。

"出……出什么事了吗？我看你眼睛很红……肯定是出事了吧？"

若是在公园也就算了，雪见万万没想到会在这里碰见她，不由得吓了一跳。

"啊，你别误会，我只是刚才碰巧看见你……发现你的样子不同寻常……"她气喘吁吁地解释道。

这人在哪儿看到我了？雪见并没有看见她。

"我……我们聊聊吧。就一会儿，好吗？"

她又像前几次那样凑了过来。雪见完全没心思应付她，暗自感到为难。

"今天我妹妹就在附近。我把她也叫过来，好吗？"

雪见记得她妹妹是当保姆的。既然如此，不如干脆咨询一下吧。若是一味拒绝，再像昨天那样纠缠起来也不好。円香也不在身边，她再也不需要忙着做什么了。

“那个……我今天要在朋友家借宿，刚刚准备打电话呢。”

她完全不打算回娘家去。以前在运动用品店打工时结识了一个朋友，雪见准备问问能不能在她那里借住几天。

“那……那不如在我家住吧。”

“不，不麻烦了。”

雪见斩钉截铁地拒绝后，掏出了手机。对方说只要是晚上，随时都可以过去。

“那我就跟你聊聊吧。”

雪见这样回答后，她连连点头，还露出了扭曲的笑容。

接着，她一副坐立难安的样子带着雪见走进了开在地下的昏暗咖啡厅，把雪见推到里面靠墙的座位，塞给她一份菜单说：“随便点些什么吧。”然后，她拿出手机，用十分生疏的动作按了几下按键，焦虑地抓着头发，一会儿站起来，一会儿又坐下。

“哎，怎么没有信号啊……我出去一下……啊，没事了没事了。”

她兀自嘀咕了一会儿，又把手机放到了耳边。

“啊，是我。在咖啡厅呢。这里是……呃，叫‘日落’……不对不对。成功，很成功。跟我在一起呢。你快点，快点过来。”

她兴奋得声音都变尖厉了。

这人怎么回事啊……雪见看着她，越发觉得有些害怕。她坚持要拉自己过来，看来并不是为了能有个聊天的朋友。难道是推销？如果真的是，她马上就走。

和人君的姨妈结束通话，对雪见挤出了笑容。

“别光点饮料，吃的也随便点。”

她硬要雪见点了三明治、意面和蛋糕，接着突然陷入了沉默。

“别着急，很快就来了。”

她试图只用这句话来拖延时间。这人好像打定主意要当她妹妹的中间人，完全看不出她究竟想干什么。

等到服务员端来冰奶咖，她喝了一口的时候，咖啡厅的门开了。但走进来的是个男人，所以雪见只是瞥了他一眼。

可是，和人君的姨妈却朝门口挥起了手。

雪见重新打量起那个男人。

这不是那个叫寺西的记者吗？

寺西瞪着布满血丝的双眼，大步朝她们走了过来。

“你好，你好。”他语气很冲地说完，坐在了和人君的姨妈旁边。

“那个……我妹妹有点急事……所以丈夫来了。”

和人君的姨妈艰难地找着借口。寺西拿起她的擦手巾，擦了擦满是汗水的脖子。

“这是怎么回事？”

雪见毫不掩饰自己的气愤。虽不知道他们想干什么，但很明显，自己被骗了。

“冷静点，你冷静点。”和人君的姨妈战战兢兢地说。

“不好意思，我要走了。”

雪见正要站起来，却被寺西按着肩膀坐了回去。

“你很快就知道为什么了。我们愿意向你坦白一切。”

雪见被这二人病态般的执着镇住了。

寺西一口气喝掉服务员端上来的冰水，不顾旁人的目光，死死盯着雪见。

“我姓池本。”

雪见惊得张大了嘴。

“你上次的名片……”

“那是骗你的。我不是记者。”

“老公。”和人君的姨妈看了一眼服务员，催促他点单。

看来这二人真的是夫妻。谎称寺西的池本睨了一眼服务员，语气僵硬地说：“冰咖啡。”

“你为什么说谎？”

池本双手扶着桌子，露出了惭愧的表情。

“对不起，真的对不起。我实在不知道该怎么接近你。在此之前，我不知被媒体强硬地采访了多少次，所以我才想，如果假装成记者，应该能强行接近你。那张名片是以前来找过我的记者给的。我因为他吃了那么多苦头，还假装成他欺骗你，真是太过分了。结果害你也提高了戒心，得不偿失。所以这次我就让内人来接近你了。”

“那和人君呢？”雪见看向池本夫人。

“啊，那的确是我妹妹的孩子。每次我都在中午前后把孩子借来，坐在你去公园的必经之路的车上等着。每次看到公园里只有你和円香妹妹，没有其他人的时候，我才开车绕一大圈，在稍远的地方下车走过去。”

原来是他们三个人坐在那辆黑车上。雪见内心感到震惊，同时疑虑更深了。

“你们为什么要想方设法接近我？”

“因为我们不知道你们一家人谁会帮武内，谁会站在我们这边，所以才不得不采用了这么迂回的手段。要是被你拒绝，我们就完蛋了。而且，武内有可能察觉到我们的行动，并着手排除可能成为对手的人。”

雪见听得不明就里。

“既然不是记者，那你们跟武内是什么关系？”

池本回答问题之前，又是一口气喝干了服务员端来的冰咖啡，抬手擦掉了嘴角漏出的液体。这个人的动作看起来很神经质，仿佛濒临崩溃。

他喝完咖啡，便把双手放在腿上，绷紧了身子。

“我们是武内那起案子的被害者亲戚。”

“哦……这样啊。”

面对他们如此特殊的身份，雪见有点猝不及防。

“被杀害的妻子是我的妹妹。我们原本跟母亲一起生活在妹妹一家隔壁。因为妹夫的场是外地人。”

“可是那起案子武内先生不是被判无罪了吗？”

“就是他干的。”

“你有证据吗？”如果有证据肯定不会判无罪，但雪见还是问了一句。

“需要什么证据，他当时就在现场。”

“可他也是被害者之一吧？”雪见回忆着新闻的内容，继续问道。

“那都是他自导自演的。”

“哦……”记忆渐渐清晰起来，“但我记得新闻上说，他受了无法靠自己制造的重伤啊。”

池本一下就哽住了。“嗯，话是这么说……可他是个很狡猾的家伙。”

雪见不禁怀疑，他可能只是毫无依据地记恨着武内。

“那个……你知道我公公是谁吗？”

“当然。我知道他是那起案子的审判长。”

“你怨恨他吗？”

“我们？怎么可能。刚宣判无罪时，我们的确很混乱，觉得不可理喻，但从来没有记恨过他。何况这次可能轮到你们成为被害者。不，有可能已经是了。”

他的话让人毛骨悚然。

雪见对武内并没有什么好印象，但只是厌烦他那过于热情的态度，又有点排斥他偶尔露出的神情而已。从行为举止来说，那人的确是个彬彬有礼的人。突然被说成被害者，她不知该做何感想。

“他搬到你们家隔壁，就足以证明你们被盯上了。”

“可他说过那是巧合啊。”

“怎么可能？”池本涨红了脸，“法官和被告成为邻居？世上怎么可能存在这样的巧合？他只是喜欢上了给自己做出无罪判决的梶间审判长，才故意接近你们的家庭。他觉得梶间家是他的支持者。”

“请等一等。为什么他喜欢的人会变成被害者？”

“因为武内就是这样。他只要喜欢上什么人，就会竭尽全力地讨好。或是送礼物，或是帮忙干活。但与此同时，只要他觉得周围存在妨碍他的人，他就会想尽办法排除。结果就会导致那个人的人际关系，甚至家庭关系完全破碎。然后，武内就会乘虚而入，打造出最让自己舒心的、周围只有支持者的环境。”

她无论如何都不敢相信武内竟是那么极端的人，然而心里实在有太多对得上号的场景，让她感到不寒而栗。

“我们回过神来时，也已经跟隔壁的场家彻底决裂了。他对我母亲灌输了许多谎言，促使母亲疏远了我妹妹夫妻俩。而我妹妹则认为我操纵母亲疏远了他们家，想在母亲死后独占遗产。这就是他实施的奸计。”

“就是这样，就是这样。”池本夫人在旁边一个劲地帮腔。

池本向前探出身子，继续道：

“不仅如此。他真正危险的地方，会在他极力讨好的对象开始躲避他的时候表现出来。只要跟他有来往，早晚会觉得他的热情过于腻人，并逐渐感到这是个奇怪的人，心中越来越厌烦。这对他而言，是不折不扣的背叛。那个人不仅狡猾，而且在察觉到背叛的瞬间，还会突然行凶。我妹妹一家三口就这么成了牺牲品。”

这话题已经不适合在咖啡厅聊了，所幸周围没有别的客人。

“你们对警方说过他是这么危险的人吗？”

“我们当时都没有发现。两家的关系真的在不知不觉间就破碎了。即使在凶案发生，武内承认罪行被逮捕后，我们还觉得这不可能。因为送的领带没有用过这点小事就发展成残杀一家人，实在是太匪夷所思了。但是现在我可以肯定，武内正是这样的人。他的自白根本不是被逼迫的，而是句句属实。我发现他的异常性格和奸计的存在后，总算想通了我们两家的关系为何会崩溃至此，但那时审判已经接近尾声了。后来二审的焦点也集中在能否证明他的伤是自导自演，我的想法完全被定义成了毫无依据的被害妄想。”

“你们没有证据，是吧？”

雪见故意直指问题的核心。因为他们的行动实在太可疑，她不能轻信。

“如果因为没有证据就坐视不管，最后只会落得无可挽回的下场。”池本坚定地说，“你家老太太去世，也是他干的。”

“你怎么知道呢？”

“武内搬过来不到三个星期，老太太就去世了。那肯定是他干的。”

“这也……太胡扯了。”

“武内跟老太太肯定有接触。他绝对做了手脚。”

“他的确帮我家照顾过老太太。”

“你瞧啊，你瞧啊！”夫妻俩不约而同地指着雪见说。

“但老太太的死因是吃了杂菜饭呕吐，堵住嗓子了呀。”

“是谁做的杂菜饭？”

“是姑妈，老太太的女儿。”

“是谁喂老太太吃的？”

“也是姑妈。”

“你家姑妈跟武内是什么关系？”

“那天是他们第一次见面。”

池本一下一下地握着拳，表情渐渐狰狞，像是在努力思考。

“但是，武内当时在场吧？”

无奈之下，雪见把当时的情景说了一遍。因为她那天的确有点疑惑，现在又想起来了。正如满喜子在电话里说的，老婆婆被呕吐物噎住的前一刻，房间里只有武内一个人。

池本听完，猛地拍了一下手，两眼几乎要射出光来。接着，他又摆出奇怪的手势开始嘀嘀咕咕。池本夫人则默默地看着他，像是在分担痛苦。

不一会儿，池本的动作停了下来。“武内那天肯定有机会接近你家姑妈做的杂菜饭吧？”

“不，姑妈亲自做了杂菜饭，自己端进屋里喂的。”

池本的表情和身体都扭曲了。“不可能。肯定让他钻了空子。”

雪见脑中突然闪过那天的一个场景。

“吃完后，是武内先生把碗端回的厨房。”

池本骤然瞪大了眼睛。

“吃剩下了吗？”

“嗯……剩了一点。”

“没错了！我知道了！”池本像触电似的绷直了身子，“他假意把碗端回厨房，在走廊上把杂菜饭用手装进了塑料袋或自己的兜里。老太太肯定吃剩了不只那些。等到武内跟老太太独处一室时，他就撬开老太太的嘴，把杂菜饭塞进去。一个卧床不起的老人，咽不下去也吐不出来，只能窒息死了。这就是他干的！”

雪见听了这番胡言乱语，不知该如何作答。她突然想起了一个奇怪的细节，那天武内走出老婆婆的房间，去洗手间洗过手。

“看护老人是你们家的重担。至少武内是这样想的。所以他把老太太排除了。”

婆婆的确因为看护和应付满喜子而日渐憔悴，最后甚至弄垮了身体，才接受了武内的帮助。

“这真是太可怕了，你得尽快告诉家人。”池本夫人一脸惊恐地对她说。

“可是没有证据啊。”

她真的能用单纯的可能性指控一个出于好意帮忙看护老人，还包了三十万日元奠仪的人是杀人凶手吗？当然不能。家人也不会相信她。

“上次还有一个男的到公园来，跟你先生发生了争执对吧？当时武内也在车上。那肯定是武内安排的。你快说说看吧。”池本夫人催促道。

雪见虽然很不情愿，但敌不过他们非同寻常的气势，只好把打胎和墓地相关的事情都说了出来。

“这太简单了。”池本面目狰狞地想了一会儿，露出病态的笑容，“闯入你娘家偷东西的当然是武内。按照武内的性格，他肯定还闯入过你们的新家，寻找可以钻的空子。得知你是在婚前打的胎，他就定做了一个水子地藏，想以此动摇你。然后，他又从你保存的中野先生的信件中得知他曾经对你纠缠不休，就模仿你的笔迹给中野写了一封信。你说还丢了一些笔记本，他很有可能从上面剪下了需要的文字，排列成文章后拿去复印了。武内肯定事先调查过中野先生的长相。那个星期六下午，你带女儿去公园后，武内就在图书馆的停车场守着中野先生。那当然是因为你先生在图书馆，而且停车场位于车站到公园的路上，中野先生肯定会经过那里。等他经过后，武内就走进图书馆，假装偶遇了你先生，问他要不要开车散散心，然后说刚才在公园见到了你和円香妹妹，不如接她们一块儿去兜风。你去逼问中野先生，当然不可能问出真相。把武内放进去考虑，一切就说得通了。”

“武内先生为什么要做那种事？”

如果完全归咎于中野，的确存在着很多疑点。对此，雪见其实也早有感觉。然而按照池本的说法，武内为何要冒这么大的风险做这些事呢？想到这里，她就不得不打个问号。

“当然是为了排除你。武内认为你不会成为他的支持者。他有可能看到了你跟我们的接触，也有可能感觉到了你的警惕。那家伙很敏锐。总之，你被视作了障碍。”

“円香妹妹最近也很奇怪，对不对？”池本夫人不断提出疑点，

“那也是武内干的。我猜他一定是给孩子喝了什么。”

“円香是吃过他给的点心，但是饮料……”

“肯定有。”池本斩钉截铁地说，“他是为了让你日渐憔悴，最后引发事端。他干得出这种事。我就是想提醒你这点。只要知道了，就能应付。”

“但是……已经出事了。”

“什么?!”池本夸张地发出惊呼，声音还带着颤抖，“怎么了？出什么事了？”

“不，这跟武内先生没有关系。是我自己家的事。我管教円香的时候养成了打孩子的习惯，结果円香非但不听话，性格还越来越坏了。她总是抓着人偶甩来甩去，最后甚至使劲拽小朋友的手……”

“你打孩子的时候，被武内看见过吗？”

“这……他好像在隔壁二楼看见过。”

“有，对吧？那就是武内没错了。你让他发现了弱点。他一旦咬住别人的弱点，就不会松口。然后呢？”

“都说了跟他没关系。后来円香又使劲甩人偶，我就打了她的腿。当时正好被婆婆看见，她发了好大的火。”

“你可能觉得这是自然而然的发展，但其实这都是武内的精心安排，发生这一切只是时间问题。他肯定还在背后对你婆婆说，你平时总是偷偷虐待孩子。”

“不对，我婆婆是听了儿童援助中心的人……”

说着，雪见突然有了疑问。是谁向援助中心举报的？不等她反应，池本就回答了。

“是武内举报的。这下你知道了吧。”

“不，可是我也对公园的人说过这件事……”

“是武内，就是他！教孩子甩人偶的也是武内。”池本夫人宛如亲眼见过那个场景一般肯定道。

“不可能的。那个人偶平时放在二楼，我从来没带出去过。”

“老……老公，你快帮她想想。”

在夫人的催促下，池本再次陷入沉思。

“那人偶长什么样子？”

“就是刚才我提到的婴儿人偶。”

“是吗？那他肯定是故意教円香妹妹粗暴地对待人偶，以求激怒你。请等一等。”

池本俨然装模作样的假通灵师，一会儿看天，一会儿看地，双手动作不断，身体也一个劲地扭动。

“你有没有见过武内拿着类似的人偶？”

“啊，不……可是……”

“可是什么？”

“円香问过我，说人偶是不是隔壁叔叔送的。我当时觉得很奇怪。”

“啊，果然是这样。武内也买了一个婴儿人偶……那么，武内家二楼也有一扇窗户对着你家，是吗？”

“是的。”

“我明白了。武内肯定一直守在窗边，等独自跟人偶玩的円香妹妹看见他。接着，他就让孩子看到自己的人偶，表示他也有个一样的。因为他平时会给孩子零食吃，孩子不会怕他。这时候，武内就会抱着人偶，或者晃着人偶玩。孩子见他好像玩得很高兴，就模仿他。武内渐渐加大动作，抓着人偶使劲甩。对孩子来说，抓着东西使劲甩肯定是好玩的，所以円香妹妹会高兴地学他。就这样，他教会了孩子粗暴的玩法。孩子并不觉得自己做错事了，她只是在玩耍。”

“对，就是这样。这下你婆婆应该也会明白的。”

“怎么可能这么简单呢？”

连雪见自己都半信半疑，婆婆更不可能相信了。她的确动手打了円香，到头来只会被指责转嫁责任。

“我们这就到你家去吧。”池本喘着粗气说，“你只要带路就好。”

“请等一等。我刚刚才被要求冷静冷静，从家里出来呀。”

池本闻言，表情扭曲地挤出一句“太晚了”，接着一拳打向桌面，“那怎么办？我们该怎么办才好？该怎么对付武内？”

你别问我呀……看着垂头丧气的池本，雪见不知如何作答。

“自从武内搬家，我们就一直在附近监视，想等他露出马脚。可是如果要继续深入，必须从他打算亲近的梶间家的人入手。所以我们才会每天到那个公园去，试图联络上最容易接近的你。”

“那个……你不用工作吗？”

“谁还顾得上工作啊。不仅是的场家，我们家也变得支离破碎了。母亲在那起案子之后，因为伤心过度而去世了。讽刺的是，我们确实得到了她的遗产，并能靠那些钱生活。但除此之外，我们失去了一切。所谓‘一切’，指的是‘幸福’。就算能维持生活，但我们也没有了活下去的意义。唯一支撑我们走下去的，就是遗恨。你能明白靠这个咬牙活下去的人是什么心情吗？不，你不用明白。但是至少请你帮助我们，揭穿那个人的丑恶。

“我们既没有与他对抗的方法，也没有力量和才能。我们只是性格内向、低调生活的普通人，现在却被强行冠上了被害者亲属的名号，你叫我们该如何是好？照这样下去，我只能杀了那个武内。可是，我有个正在读高中的孩子，我不能让她变成杀人犯的女儿。我每天都生活在这种矛盾的情绪中。

“我每天漫无目标地坐在车上监视，谎称自己是记者，派老婆和外甥到公园去接近你。你可能觉得这种行为没有意义，是无谓的挣扎。但我无法对此一笑置之。这是我再三思考、迷惘许久之后做的决定。我只能这样做！”

雪见听了池本的坦白，内心万分震撼。因为她彻底明确了对这些人的印象。

池本那布满血丝的双眼。池本夫人空洞病态的眼神。两人乍一看截然相反，其实完全一样。

这些人……已经快变成废人了。

究竟是什么逼这两人走到了这个境地？

被害者的亲属，竟会如此悲惨吗？

她甚至无法轻易同情他们。

而且……老实说，在这一刻，雪见不知道能为他们做什么。

进一步说，她必须慎重考虑几个问题，比如他们虽然处在这种状态，但很可能走上了正确的方向……比如她的确应该怀疑武内。

“那个……事情我都清楚了，可是我刚离开家，脑子还很混乱，请给我一点时间，让我想想自己能做什么。我还想多了解了解当年的案子。”

“是吗？”可能因为完全说出了自己的想法，池本稍微恢复了冷静，“但我必须说，现在法律已经无法制裁武内对我妹妹一家的凶行。基于一事不再理的原则，即使发现了新的证据，也无法制裁已经获得了无罪判决的武内。”

“啊，原来是这样。”

话虽如此，由于给出判决的正是公公本人，若不能发现足以颠覆无罪判决的证据，肯定很难说动那一家人。

“所以现在最有希望的方法，就是证明他杀了老太太。”

“不，我认为那不可能。”

雪见担心他们过度期待，便明确地说道。

池本沮丧地长叹一声，摇了摇头。

“那就只能放长线钓大鱼，等他露出马脚了。而且，我们要赶在下一个被害者出现之前揭穿他的真面目。虽然很难，但也只能这么做。如果放任不管，他尝到了一次甜头，必然会犯下第二次、第三次罪行。”

“那个……话虽如此，我觉得在车上监视没有意义，所以请你们不要这样耗费自己的精力。”

“也对，你说的有道理。”

池本好像此刻才意识到这件事，弓着身子露出了明显的疲态。

后来他们又交换了手机号码，雪见才总算被放走了。

听了这种事，她又能怎么样呢?

虽然她或许能通过这件事挽回正常的生活……

她在不久以前，明明还过着普通的生活啊。

14 参战

雪见在川崎多摩区的女性朋友家里借宿了三天，每天都到附近的图书馆和日比野的图书馆查资料。所幸只要她每天负责做晚饭，那个朋友就很愿意收留她。每天晚上，她也忙着查阅在图书馆复印的案发当时的报纸和杂志文章。

到了第四天，她再也无法从那些资料中获得新的信息。就这样，雪见了解了案件的始末。

关于案件的报道普遍倾向于连幼小的孩子都不放过的冷酷凶残罪行，当初唯一的生还者，也被视作被害者的武内的目击证词得到了极大的重视。但是由于与之相应的周边目击信息和物证的缺乏，警方的调查陷入了僵局。

一部杂志以独家爆料的形式放出了调查主力将注意力转向生还者的消息，其他媒体迅速做出了响应。事实上，警方那段时间的确对武内展开了接连不断的自愿配合式审讯，没过多久他就开始招供了。“自导自演”“动机不明确”的特异性吸引了媒体的进一步关注。

报道还记载了池本亨的证词。正如他本人所说，当时他觉得武内“一点都不像会做那种事的人”。可是他现在却断言“他做得出那种事”，可见人的想法都是会改变的。既然一开始他说了这样的话，若中途突然提出截然相反的观点，肯定只会让周围的人感到异常，无法得到信任。

案发时，池本下班回家，正好听见了警车的警笛声。当他看见警车就停在自家隔壁时，内心一定异常惊慌。如果他早二三十分钟回家，也许就能察觉到异常，并阻止凶手行凶。他是否有过这样的悔恨呢？雪见甚至想，这可能就是他一直走不出案子阴影的原因之一。

池本夫人……池本杏子也一样。她已经表达了自己的后悔，认为自己在院子里听见隔壁的声音和响动时，应该更紧张一些。可是在平平淡淡的生活中，隔壁的房子里传来一两声惨叫，人们也很容易将其想象成看见了蟑螂或不慎摔破了杯子，谁又能责怪她呢？即使有亲戚关系，他们也只是两个独立的家庭啊。

也许人面对着逼近眼前的灾祸，有时也很难分辨出来。

她还查到了追溯武内过去的报道，得知他从少年时期就没多少朋友，以至于未能找到与他亲近之人进行采访。那些关系较为疏远的人都认为少年时期的武内是个“很有领导力的优等生类型”。他的父亲还是村会议员，深得众人信任。武内是他父亲五十五岁那年得到的孩子，所以在他上初中时，父亲已经七十岁了。一次，武内的父亲罹患重病，没过多久就去世了。家中留下的母亲是与武内没有血缘关系的后妈。而这个继母也在武内上高中时遭遇事故死亡了。

后来，武内考上了东京的大学，毕业后进入一家中型贸易企业工作。周围的人都认为他平易近人，工作勤奋。又过了一段时间，武内辞去工作创业，大约十五年前跟一个英国女性结婚，但在案发三四年前离婚了。是否因为这次离婚，让他开始渴望友情和人性的温暖了呢？

在了解案情概要的过程中，最让雪见觉得奇怪的地方，就在于武内和的场夫妻是在国际航班上结识并开始来往的，但双方的住处其实离得很近，只有五分钟的步行距离。

这究竟是怎么回事？不太像是巧合。虽不能完全肯定，但武内有可能是在认识的场夫妻后主动搬到调布去的。按照调布那一带的住宅区布局，就算有意识地寻找某一家人附近的住处，也难免要找到五分钟脚程之外的地方……事实是否如此呢？

雪见没有找到有关这点的报道。这并不难理解。既然两家人关系好，那么即使不是巧合，彼此住处离得很近也并非怪事。想住在离好朋友近的地方，这种心情应该称不上异常。这个案子本身只是好朋友的关系破裂导致的悲剧。

可是，他现在又一次搬到了熟人家附近。这已经是第二次了，再加上前一次他的熟人遭到灭门残杀，这就让他的行为有了别样的意义。如果这不是巧合，那就足以称为可怕。池本用了“盯上”这个字眼，也许他说的完全正确。

可能因为连续读了许多众人都相信武内就是真凶时期的报道，她的想象一直在往坏的方向发展。尤其是六岁小孩也惨遭毒手的事实让她这个母亲感到了强烈的不安。虽然她觉得那个笑眯眯给円香点心的武内应该不会如此凶残，但这并不是可以乐观对待的问题。

翻开无罪判决之后的报道，论调不约而同地转向了指责警方调查不力的方向。无罪判决的决定因素，果然就是辩方提交的鉴定结果，证实武内背上的伤并非自己能够制造的。除此之外，调查当局还有强迫武内招供的嫌疑，以及本人供述的动机不够充分等疑点。

动机不够充分是个无解的问题。一条领带引发惨案是否合理，受到主观的影响很大。池本就认为这个动机非常符合武内的性格。当然，动机肯定不只是一条领带，而是此前种种小事的积累，若是能证实武内的异常人格，那池本的说法并非不可能成立。

武内背后的伤似乎是审判长，也就是公公最大的疑问。如果能推翻他的判断，这也是能够反向证明武内行凶的重大问题。

反持金属球棒殴打自己背部并不困难，并且也能留下相应的伤痕。但鉴定报告显示，武内背上的伤并不是小力道反复多次殴打所致，而是受到了十次到二十次的强力冲击。

话虽如此，如果一个人疯狂到自残的程度，那么让自己身负重伤也就不那么难了。连检方都未能有效立证，证明这个问题恐怕不是普通思考模式能够解开的。不过，如果换一种思路，或许能够解答。

要证实老婆婆的死是武内所为，无论怎么想都不可能。如此一来，能从一系列怪事中抓住对方马脚的，就只有墓地那件事了。离开家第三天夜里，池本正好打电话来询问情况，于是雪见拜托他把城里所有石材店都调查一遍。如果能在这件事上证明武内从中作梗，应该足够让家人相信他的异常了。

离开家四天，雪见越来越相信武内是个危险人物。且不管她能否再回到那个家，她还是应该提醒一下家人。

只不过，她必须极为慎重地考虑方法。公公是判决武内无罪的审判长，婆婆跟武内相处融洽，也很信任他。而且在俊郎的论述考试结束前，她不应该节外生枝。

第五天，婆婆给雪见打了电话。她说自己住在向丘游园的朋友家，婆婆便提出在那里碰面。两人约了四点钟，雪见留了张字条对朋友说出去买菜，然后走出了公寓。

婆婆牵着円香的手走出了车站。其实仔细想想，家里能照顾孩子的只有婆婆，她会带孩子来很正常。不过雪见作为被指责虐待孩子，因此离开了家的人，还是没想到自己能见到孩子。正因为没有想到，见到円香时她高兴得眼泪都要流下来了。

不过，眼泪是円香的特权。两人碰面的瞬间，円香有点不知所措，但是在雪见坐下来向她招手后，孩子就哭着扑了过去。

“别哭啦。”

她把孩子抱起来，轻轻摸着孩子的头。久违地抱着孩子柔软的身体，雪见顿时感慨万千。她不想放开孩子，听见孩子在耳边哭，也没有烦躁。她反倒很高兴，円香竟会为她哭得这么伤心。

“这孩子可烦人了，每天都喊妈妈。”婆婆笑着说。

“您带她来看我吗？”

之前还因为那种理由让她离开。

“那当然啦。雪见要是看到只有我一个人来，肯定也很失望吧。”

婆婆的态度很温柔，仿佛忘记了五天前的事。

接着，婆婆提议去店里喝点东西，三人一起走进了附近的咖啡店。

雪见抱着已经停止哭泣的円香，让她坐在自己腿上。她实在太想念孩子了，一刻都不想放开。她给円香点了芭菲，还一口一口喂给孩子吃。

“我以为你回娘家了。”

婆婆喝着红茶，关心地说。

“我不太想回去。”

雪见含糊地应了一声，婆婆了然地点了点头。

“既然如此，我也想让你早点回家，可俊郎还在闹别扭。”

雪见猜到了。他恐怕压根不打算跟她和好。

“您愿意让我回去啊？”

“那有什么愿不愿意的，我都说了，只想让你冷静冷静。我可没说不能理解你的烦恼啊。毕竟我也一手带大了俊郎，而且只要看看円香，就知道这孩子没有真的被虐待。我知道你是个容易努力过度的人，才觉得这是最好的办法。”

“这样啊……”

意识到自己并没有被抛弃，雪见感到很高兴。

“我看到了你的努力，你可别觉得委屈啊。要是方法不对，我当然会生气，也会去纠正，但这都是因为认可了你啊。我很感谢你愿意嫁给俊郎，家里也很需要你呀。”

“嗯……我知道了……”雪见的情绪已经膨胀到了极致，好不容易才挤出几个字来。

“俊郎那边我会继续劝。不过那孩子快要考试了，什么也顾不上。所以雪见你就再忍耐一段时间。我还会带孩子来看你的。”

“嗯，谢谢。”雪见忧伤地笑了笑，拿起纸巾给円香擦掉嘴角的奶油，“这孩子怎么样，晚上还闹吗？”

“你不必担心。不是妈妈带，孩子多少会发脾气闹别扭，但已经不像之前那样了。晚上也睡得很香。”

“是吗？……円香真棒。”

老实说，她并没有单纯地松一口气，反倒心情复杂。离开她后，円香的生物钟和情绪就恢复正常了。莫非她的管教方式真的给孩子造成了过大的压力？还是说……

“妈，我想问个问题，您可能会觉得奇怪……”

“嗯？”

“武内先生给円香喝过东西吗？”

她的问题很突然，但可能因为语气比较随意，婆婆的表情没什么变化。

“哦，有啊。他经常给円香喝养乐多。”

“啊？”虽然是自己问的问题，但雪见万万没想到会得到这个答案，不由得大吃一惊，“什么时候开始的？”

“我也不太记得啦。円香知道只要傍晚在庭院见到武内先生就有的喝，最近都学精了……不过你问这个干什么？”

“没什么……我跟一个人说起円香晚上不睡觉的事情，那个人说是不是有人往饮料里掺了药喂给孩子……”

“什么……”

“可是家里人不会这么干，所以我就想……”

婆婆的表情瞬间阴沉下来。

“怎么能怪到别人头上呢？我不知道那是谁说的，但那一定是不想让你过度自责，随口猜测的。”

“嗯，有可能。但是再让我问个问题吧。那养乐多的盖子是打开的吗？”

“是我打开的。而且円香现在也天天喝，什么问题都没有啊。”

“是吗……”

话虽如此，她还是没能打消对武内的怀疑。也许是他真的给孩子喝了饮料这件事对她造成了太大的打击。

“雪见啊，你没事吧？”婆婆皱着眉说，“好像还有点不太对劲啊。”

“没什么，我只是随便问问。”

婆婆的反应正如她所料。如果进一步表明她与武内针锋相对的态度，搞不好连婆婆也会变成对手。

不过，这个结局恐怕无可避免。

喝完茶，她们一起去超市买了菜，婆婆还把她的账也结了。今晚虽然相隔两地，她们做的都是奶油炖菜。

雪见把婆婆和女儿一路送到了车站。婆婆买好车票站在检票口，雪见便放下了一直抱着的円香。

“能尽快恢复原状最好，不过尾七那天你一定要来，记得空出时间啊。”

“嗯，我知道。”说完，雪见有点舍不得地摸了摸円香的头，“那再见啦，要乖乖听话哟。”

“妈妈不回家吗？”

円香担心地仰头看着她。

“嗯，妈妈还不能回家，你要听奶奶的话，好吗？”

“好了，円香。我们走吧？”

婆婆说完，就要去牵円香的手。

可是円香看着雪见，一步都不愿挪动。她噘着小嘴，眼泪涌了出来。

“对不起……”

円香抹着眼泪，抬头对她道歉。

“妈妈，对不起。”

她为什么道歉呢？

哦，想起来了。

我以前吓唬过这孩子，说她不听话妈妈就要走了……雪见感到心中一阵刺痛，蹲下身轻轻搂住了円香。

“円香不用道歉。妈妈离开家不是因为円香不乖。”

孩子的肩膀因为抽咽而阵阵颤动，让她的心也跟着揪紧了。

多可怜啊。

这孩子需要我。

她以为只要当个乖孩子，妈妈就会回家，一直在努力呢。

我也需要这孩子。

明明几天前，她们还互相陪伴着。一整天都在一起。现在为什么不得不分开？

“妈妈很快就回去了，你再等等我，好吗？”

我一定会回去的……雪见轻拍円香的背，内心重重地发誓。

到时候啊……

我一定不会再打你了。

第二天，雪见去了调布。离目的地最近的车站是国领。池本杏子在北出口接到她，还是像先前那样畏首畏尾地带她回了家。

她们在雨季过后的暑热中走了十五分钟。远离车站后，周围不时出现几块农田，显现出了浓浓的郊区氛围。路上有围墙环绕，树林里有大地主风格的房子，也有庭院格外狭小，车库窄得一不小心就要蹭花车子的连片小房子。

池本家属于后面那种类型。房龄看起来有十年左右，比雪见的娘家干净得多，一眼就能看出平时很注意保养。尽管如此，房子的外墙还是开始发灰，散发着一股寂寥的气息。小小的院子里一朵花都看不到。

“请进请进，千万别客气。”

雪见跟着杏子在门口脱了鞋，走进屋里。

“老公，老公。”

杏子连声呼唤，拉开了短小走廊另一头的拉门。里面好像是起居室。

“他果真让孩子喝东西了。他让孩子喝养乐多了。”

在来的路上，雪见已经说了养乐多的事情。杏子听完就兴奋了，一路都在不停地说“果然如此，果然如此”。这会儿，她丝毫不减刚才的兴奋，跑去向池本汇报了。

“你好。”

雪见打了声招呼，池本却没有反应，而是涨红着脸连声说：“我就说吧，我就说吧。”

“那个……可是养乐多的瓶盖都是封着的，孩子现在也每天在喝，情绪却很平稳。”

听了雪见的话，池本丝毫不在意。

“那当然了。雪见小姐离开后，他就不再下药了。何况养乐多那种盖子，撕开一半再盖回去，乍一看也看不出来啊。”

雪见觉得有点道理。这么一想，武内就更可疑了。

“石材店那边查得怎么样了？”

“哦，我刚对着电话簿一间间店打去问呢，你再等等。”池本看着电话簿，挠了挠头，“我和老婆都不太擅长给人打电话，只能硬着头皮上，但一直没什么进展。”

“哦，那不如我来……”

“不不不，请交给我们吧。而且我仔细一看，埼玉和神奈川的店可能也要问一遍，你一个人肯定忙不过来的。按武内的性格，搞不好会故意到很远的地方去，免得被查出来。”

如果真是这样，那还得再花点时间。雪见觉得这条线可能不怎么靠得住。

杏子端来了麦茶，让她在开着冷气的起居室凉快一会儿。

“那个……邻居家还保持着当时的状态吗？”

等不再出汗后，雪见换了个话题。

“对，还是当时的状态。的场先生的父母都没说什么，现在是我老婆不时到那里去打扫卫生。”

“如果可以的话，能让我过去看看吗？”

“请吧，请吧。”

三人一同走了出去。

隔壁的场家从外表上看，跟池本家几乎是同样的造型。只不过车库是空着的，可能车子已经处理掉了，或者本来就没有。

仔细一看，池本家的院子与的场家的房子处在相反方向，先是池本家院子，旁边是池本家，接着是的场家院子，再过去才是的场家。虽然院子面积不大，浇花几乎不用走动，不过看这个布局，也难怪杏子在院子里听见的场家传出奇怪的声音和响动时没觉得奇怪。真实的声音和响动，可能比杏子听见的更大。另一边的邻居家围着一看就很坚固的围墙，背后是个车辆要斜着停放的小停车场和一座方方正正的公寓楼。房子看起来密集，声音却不怎么容易被听到。

“快进来吧。”

杏子扶着门，让雪见走进屋里。

没有主人的房子一片死寂，感觉不到生命力。仿佛通过空气就能嗅出这里的电和煤气都停掉了。

入口左侧是厕所，再往前走是洗手池和浴室。右侧是厨房和起居室……也就是所谓三厅合一布局。和式房也在这一侧。顺着中间的走廊继续往前走，就走到了上楼的台阶。

起居室呈L形，和式房嵌在缺口处。和式房有六块榻榻米大小，面积约为十平方米。隔扇本来关着，拉开一看，屋子中间摆着一个被炉，还有橱子和电视机，应该是一家人休闲娱乐的场所。

起居室除了餐桌和沙发，墙边还摆着书架和展示架。

“凡是跟武内买的，或是武内送的东西，我都扔掉了。”

可能因为扔了那些东西，这间屋子看起来很简约，反倒能窥见那一家人真的很年轻。挂钟和窗帘的样式十分讲究，架子上装饰着毛绒玩具和艺术摆件，明显能看出池本家没有的光鲜感。

她很难相信这里竟发生过那样的惨剧。因为二者实在相去甚远。

“这里。”池本指着沙发前方的地面，“久美子就倒在这里。”

接着，他又看向起居室的入口附近。

“的场先生倒在这里。”

旁边就是上楼的台阶。

“健太君倒在上面第二、三层台阶的位置。”

武内则倒在放置电话机的走廊中段。

在现场一看就会发现，一片狭小的区域呈现出了尸骸累累的状态。接到报警赶来的警官打开家门，第一眼先看到濒临死亡的武内，接着是洋辅从起居室探出的半截身子。若顺着那个方向抬起视线，还会看见倒在台阶上的健太君小小的身体。走进起居室一看，连久美子也……光凭想象都能推测到那是何等惨烈的光景。

“所以是这样的。”池本开始讲解犯罪经过，“他们先在起居室正常交谈，然后武内发现的场先生不喜欢他送的领带，一直没有用，就爆发了。他拂袖而去，走到门口时恰好看见了插在伞架里的金属球棒。冲动的杀意顿时涌上心头，于是武内拿起了球棒。恰逢的场先生追过来想要安抚武内，武内转身就是当头一棒，对后退到楼梯旁的的场造成了致命一击。久美子见状发出惨叫。武内被惨叫声激怒，走进起居室，瞬间就把吓得动弹不得的久美子解决了。

“直到这时，武内才回过神来开始思考对策。最后他得出了一个结论，只能将现场伪装成入侵者行凶。如果就这么跑了，嫌疑很快就会落到他头上。若他也是被害者之一，也许更容易获得信任……做出判断后，武内开始行动了。就在那时，健太君从二楼走了下来。武内认为孩子目睹了他的罪行，不能就此放过，于是追着反身逃跑的孩子上了二楼，用他送给的场先生的领带勒死了孩子……”

这基本就是武内一开始招供的内容。不过，在现场听到这番讲述，雪见觉得更真实了。她甚至奇怪为什么会有人对此保持怀疑。

现在的确还有疑点，那就是武内背部受伤的问题。她觉得站在现场应该能得到解开疑问的灵感，可惜事实并没有那么简单。看起居室的布局，书架和展示架沿墙摆放，空间本身又是 L 形的特殊造型，无论左边还是右边，都没有水平挥舞球棒的空间。如果是向下殴打倒还可以。起居室和走廊的天花板都很高，尤其是走廊还有楼梯的挑高部分。的场夫妻肯定就是这样被殴打头部致死的。

那么武内呢？不得不承认，从现场的布局来看，他蜷缩着身子护住头部，被人向下殴打背部的情况最合理。的场夫妇还没来得及采取那种防御姿势就遭受了袭击。武内采取了防御姿势，那么伤势集中在背部也就理所当然了。

该如何推翻这个理论呢？是否应该寻找武内制造诡计的痕迹？

她觉得脑子里一片混乱，再怎么想都想不出个大概。

“谢谢你们。”

雪见决定放弃思考，对池本夫妻道了谢。她想，要彻底推翻关键问题的结论以说服公公恐怕很困难。看来只能尽量收集可疑之处的信息，让他意识到武内是个危险人物了。

“那个，能不能请两位到我家……到梶间家商谈呢？我会引见你们。”

她很担心那家人能否接受池本夫妻奇怪的气场，但最有力的说服手段，还是当事者的亲口诉说。

“那，那真是求之不得啊！”池本兴奋地答应了。

雪见告诉他们，俊郎这个星期天要参加司法考试，得等到过后再行动。接着，她郑重地拒绝了池本夫妻送她到车站的提议，独自离开了。

虽然忘了来时的路，但她大概知道车站的方向，便信步走了起来。她满脑子想着的场家的事情，漫不经心地穿过了甲州街道，不一会儿就来到了旧甲州街道。

这里离国领站应该不远，但她不知该往左走还是往右走。应该是左边。她选择相信自己的方向感，迈开了步子。没走多远，她就看见一块固定在铁丝网上、黑底手写的当地导游图。她走过去看了看，方向果然没错。前面目光可及之处，就是拐向车站的十字路口。

她的目光正要离开导游图……

突然发现了奇怪的东西。

雪见站在路旁，凝视着那张图。

她知道是什么了。

这条街上有一家冈井石材店，正好跟车站处在相反的方向。她回头看了看，也许距离有点远，看不见店铺的招牌。

这种地方竟然有石材店，这让她感到很意外。不过转念一想，人家爱在哪里开石材店，她都管不着。加上这里是旧城区，随处可见米铺、劳保店、钓具店等迎合当地人生活习惯的旧式商店街店铺。或许冈井石材店也在这里经营好多年了。

平时她完全不会在意一家石材店，今天却无法忽视。她虽不知道武内原本住在什么地方，但这里既然在池本家步行可及的范围内，可以推测武内也很熟悉这一带。

她掉转方向，朝调布那边走去。走了不到三分钟，就看到那家店铺了。店门口停着一辆载有起重机的卡车，屋檐下方还陈列着好几块墓碑，可能是用于展示的样品。除此之外，门口还摆着几个水子地藏。看到那些雕像，雪见就更在意这家店了。

车库旁边有个办公室，隔着窗户能看见里面坐着一个中年男人。

“那个，打扰了。”

雪见打开门，男人觑着眼睛看了她一眼。

“我有件事想问问。”她抢先说了这句话，以免被误会为客人，“您家最近接过多摩野灵园梶间家墓地的工作吗？”

“啊，嗯。”

店老板随口应道。她生怕那只是单纯的应声，就又问了一遍，这回得到了肯定的回答。

“的确是有过这样的订单。”

竟然……

“那个，呃……”雪见慌忙思索下一个问题，“您还记得是什么样的人来下订单的吗？”

“就是梶间先生啊。”老板仿佛装傻一般回答。

“他可能是这么说自己的……其实我才是梶间家的人。”

“哦……”

“请问那个人长什么样子？”

“啊，是打电话来的。”

“电话？”

“对，他说工作太忙，白天来不了，说晚上会把戒名和墓地的区域编号写下来放进我家邮箱里。后来就真的放了。”

“包括水子地藏的订单吗？”

“没错。他说就要摆在外面的最小的那种。”

“他怎么付的钱？”

“银行转账。”

好不容易才找到了这个线索，没想到又断了。

“怎么？你不知道是谁订的吗？”老板反问道。

“嗯。”雪见有气无力地回答，“那个，他的声音有什么特征吗？”

“这个嘛……说起来是有点奇怪，那声音听着很模糊，像鼻子被塞住了。”

不行，对方真的一点破绽都没有。

“不过我知道那边的电话号码。虽然每次都是那边主动联系，我从来没打过。”

雪见猜想那可能是瞎编的号码，不过老板表示可以借电话机给她，她就试了试。

听筒里传出了等待铃声。她意识到这是真的电话号码，不禁有些紧张。

铃声中断了。

“你好？”片刻之后，她听见了人声。是一个女人的声音。她先是感到意外，随即发现那是自己熟悉的声音，一时间不知该说什么。

“你好？”对面又问了一声。

“那个……是我……”

“哎，雪见小姐……？”

“嗯……刚才辛苦您了。”

果然是杏子。确定之后，雪见觉得脑子里一片空白。

“啊，那个……怎么了？”

“我……找到那个石材店了。”

“啊？你……你等一等。”杏子慌张地说完，拿开话筒喊了一声“老公！”

“你好，换我接电话了。”池本的声音对她说。

“那个，我找到石材店了。就在你们家附近，旧甲州街道上。”

“啊，竟然在那里……那，是武内吗？”

“不，老板说对方是打电话订购的，我刚拨通了那个客人留下的电话号码。”

“打到哪儿了？不是武内那里吗？”

“就是这个。打到你家了。”

“什么……”池本闷哼一声，随后哑着嗓子说，“是他，就是那家伙！那家伙肯定知道我们家电话，为了防止查到他身上，故意留了这个电话。混蛋，这就是他的手法。”

原来如此。如果真是武内干的，那他的确可能留下池本的电话。真是个滴水不漏的人……

“这下你知道不是中野先生干的了吧？”

“……嗯，是啊。”

确实可以肯定不是中野干的。

可是这并没有让她感到释然，甚至产生了新的不快感。

总之她很讨厌这种感觉。

周末过去，雪见到多摩文化大学找到了公公。要带池本夫妻到那个家去，且不说婆婆和俊郎，她必须先说服亲自参与了审判的公公。

雪见只有高中文凭，走进大学直感到浑身不自在。她跟着一群昂首阔步的学生走进校园，从门卫口中问到了公公研究室的所在地。那个地方位于校园中心大楼的五层。

她探头进去看了看，虽说是研究室，里面却没有什么设备，窄小的房间里塞满了书本。一个看似四十多岁的瘦削男人坐在办公桌旁，另一张办公桌应该就是公公的。这里原来是两名老师共用一间办公室。

雪见问了一声，得知公公正在上课。接着，她被请到了摆着椭圆形桌子的所谓研讨室等待。

她在安静的房间里一动不动地坐了三十分钟后，隔壁的研究室传来了公公的声音。他的语气很友善，完全不像在家说话的感觉。过了一会儿，研讨室的门开了。公公挠着头走了进来。

“真对不起，到这种地方来打扰您。”

公公微微点了一下头，平淡地问：“怎么了？”

雪见很少有机会与公公促膝交谈。他们并没有共同语言，因为公公平时看电视只看新闻，又对孩子没什么兴趣。

尽管如此，他在家庭之外，还是显得更平易近人。

“那个，关于隔壁的武内先生，我想问您几个问题。”

“武内先生？”公公挑起一边的眉毛，“不是问俊郎吗？”

“嗯。也不能说毫无关系……我总觉得自从那个人来了，家里就遇到很多奇怪的事情。妈又跟他关系很好，我实在问不出口。”

接着，雪见对一脸诧异的公公说了墓地的事情、中野收到信的事情、円香行为异常和养乐多的事情。她暂时没有说出池本夫妻的存在。

“您说，是不是很奇怪？”

听了雪见的话，公公面露疑惑。

“那跟武内先生有关系吗？”

实在没办法，她只好搬出了池本的推理。

“嗯……”公公为难地沉吟了一会儿。雪见等得不耐烦，决定继续往下说。

“爸，我知道您负责了的场先生那起案子的审判，您是为什么判了那个人无罪呢？”

“什么意思？”

“您是觉得他没有犯罪，还是虽然可疑，但证据不全面，才判他无罪？”

“那不都一样吗？无罪就是无罪，不分白色或灰色。”

“话是这么说……”

听见那番冠冕堂皇的大道理，雪见有点无奈。

“武内先生一开始不是招供了吗？我觉得他的话没什么漏洞。”

“你说那个啊。那你的看法有点跳跃了。”

“可是一心为对方着想，却没有得到重视，正常人都会觉得不甘心吧。”

“话虽如此，也不至于因为一条领带就爆发吧？”

“可能因为之前积累了很多怨气啊。如果他是脾气不好的人，那应该有可能。”

公公只是歪了歪头，没有作答。如果本身不是一心讨好别人的性格，可能无法理解自己的热情不被接纳是什么感觉吧。当然，因为一条领带引发惨案的确很偏激。但那依旧是一种可能性。只是要说服公公相信这个，实在是太难了。

“再说了，那是武内被警察逼供说出来的话嘛。”

“被逼供了，就会轻易承认自己没有犯过的罪吗？”

“不了解冤罪的人通常会有这个疑问。实际上，一般人很难承受警方的高压审讯。我听他讲过自己的经历，那是典型的冤罪模式。”

向法律专家抛出如此浅显的疑问，肯定无法说服对方。

“爸，您觉得武内先生是碰巧搬到隔壁来的吗？”

“嗯？”公公发出了疑问。

“武内先生和的场先生本来是在国际航班上认识的，两家人的住处却在步行五分钟的范围内。您说，会不会是武内先生专程搬到了的场家附近？”

“这不好说啊……我记得的场家一直住在那个地方……但不记得武内是在认识的场之前还是之后搬过去的。”

公公也许终于意识到了梶间家与的场家的共性，变得有些狼狈起来。

她试着继续煽动危机感。

“那个人开始帮忙看护不到十天，奶奶就去世了。您觉得这也是巧合吗？”

“什么？”公公皱着眉，声音略有些尖锐。

“我也只是猜测，没有证据。”

这里只需要造成惊吓就够了吧。雪见主动收回了自己的推断。

“别乱开玩笑。”公公很不高兴地责备道。

“但我看您也在有意和武内保持距离，让妈去跟他打交道。其实，您也觉得那人有点奇怪吧？”

“怎么能这么说。我同情他经历的苦恼，也敬佩他的顽强战斗精神。正因如此，我才邀请他给学生分享了自己的亲身经历。但是邻居来往和朋友来往就不一样了。在外人看来，我们是前法官和被告人的关系，必须保持恰当的距离。这话我也对寻惠说过了。”

“那您真的一点都不怀疑那个人吗？”

“那当然。”

雪见知道他的回答是为了贯彻自己的判决，但那与其说是信念，更像是梗着脖子不愿改口。既然他如此警戒这个话题，恐怕是没有希望了。

“看来您不会改变主意了。”雪见喃喃道，“我可能要与所有人为敌。因为我怀疑那个人有问题。”

“你想干什么？”

“我最近在跟的场久美子的兄长夫妻保持联系。爸，您知道他们吧？”

“哦……他们对判决很不满意。”

“是的……但他们说并不怨恨您。因为他们在判决之后又发现了新的情况，一直想找我们谈话。我会趁大家都在家的时候带他们上门。现在小俊的考试也结束了，我打算下个星期天就过去。”

“嗯……可你这么做能怎么样？”公公似乎难以释怀，皱着眉说。

“不知道。只想让大家都听听他们的话。”

公公依旧像平时一样态度含糊地哼了一声。每次看见他这个样子，雪见总是想：这人真的是个法官吗？

“与其去管那种事，现在更重要的是跟俊郎和好吧？我更担心你们俩。”

原来他还知道担心啊……雪见有点讽刺地想道。

“我就打算用这件事证明自己的清白。您也是，如果不多关注家里，过不了多久您也会失去立足之地的。”

雪见扔下那句话，起身离开了。

15 对决

星期日下午，雪见按照约定在多摩野台车站门口等待池本夫妻。三点钟，他们带着和人君准时出现了。

“孩子可以跟円香妹妹一起玩。”

二人不仅在这方面考虑周到，还都穿上了笔挺的西装，全然没有平时那副颓废的模样。由此可见，他们对这件事格外上心。

“和人君，你愿意陪円香玩吗？”

“嗯，我还带玩具来了。”

和人君打开他的小挎包，露出了里面的东西。也许是父母采用了传统的教育方式，包里的玩具都是很有古早气息的拨浪鼓和小沙包。

“哇，你的玩具真稀罕。要借给円香玩啊。”

雪见对和人君笑着说完，敛起笑容看向池本夫妻。

“那我们走吧。”

去梶间家的路上，池本夫妻一直很紧张，也没怎么说话。昨天跟他们联系时，雪见要他们务必冷静地阐述，现在看来，应该不必担心有人失控。

不一会儿，她就来到了久违的夫家。

她不知该怎么打招呼，又觉得按门铃很奇怪，于是让池本夫妻在门外等待，一言不发地开门进去了。上午她提前联系过。因为是俊郎接的电话，她只说了有话要谈。

公婆的房间没有人。她走到起居室一看，发现婆婆正在角落里熨衣服。

“回来啦，外面挺热的吧。冰箱里有中元节别人送的饮料，你快去喝吧。”

“谢谢……爸呢？”

“他不是参加了大学那个司法考试的学习会嘛，今天去庆功了。”

“他出去了？”

“走之前还说向雪见问声好呢。”

如果公公有事，她可以重新安排时间。他真的有必要这么早就出去吗？虽然不至于说逃避，但他很明显在回避雪见一行。

雪见觉得自己已经制造了足够的危机感，现在看来还有点不够。既然如此，她只能随公公去了。

“今天我带了人来，想让妈和小俊见上一面。”

“啊……什么人？”婆婆愣愣地看着雪见。公公应该没有对她说。

“之后会介绍的。我先叫他们进来吧。”

雪见请池本夫妻与和人君进了屋，将他们领到起居室。

“您好，敝姓池本，这位是我内人。”

婆婆配合池本的动作深深鞠躬，表情却充满困惑。

“您好。”和人君还是很乖巧地打了招呼。

“哎呀，你好。小朋友真聪明。”

婆婆忍不住绽开了笑脸。雪见不禁想，在无比倒霉的池本一族中，这孩子俨然是希望之星。

“他在二楼吧？”

雪见问了婆婆一句，然后牵着和人君上了楼梯。

俊郎正在二楼和円香玩耍。

“妈妈！”

円香看见雪见，猛地扑了上去。孩子今天没有流泪。她感觉短短几天没见，円香像是成熟了一些。

“妈妈，和人君怎么来啦？”

“和人君说，今天想跟円香一起玩呢。你愿意陪他玩吗？”

“嗯。”

看这个样子，孩子们应该能安安静静地玩上三十分钟到一个小时。和人君马上打开了自己的小挎包，円香发出了欢呼声。

“你有什么事？”俊郎一改刚才的嘻嘻哈哈，冷冷地看着雪见。

“我想让你见个人。已经带过来了。”

“律师？”

“不是。”

真不知俊郎究竟在想什么。雪见连笑都笑不出来。

走到一楼，婆婆正好给池本夫妻端了茶出来。

“你快坐吧。妈您也坐。”

雪见让二人面对池本夫妻落座，自己则在没有摆放沙发的下首放了块坐垫端坐在上面。

“这两位是池本先生和夫人。他们是邻居武内先生成为被告人那起案子的被害人亲属。”

接着，雪见又说明了他们的具体关系和两家相邻的情况。

婆婆和俊郎似乎都不太明白他们为何而来，但也都没有提问。一旦与惨案的被害者有关系，就会让人心生踌躇。

他们静静地倾听着雪见的讲述。

“这两位很熟悉武内先生，并且认为在那起案子中，武内先生绝不是无辜的。”

雪见说完，池本便掏出手帕擦着汗，发表了自己的见解。武内带着过度的热情主动接近那家人。对自己看上的人尽心尽力不求回报，不断贩卖人情。同时，他还用狡诈的手段排除掉妨碍他的人。当被他看上的人开始疏远他时，武内就将其视作莫大的背叛并因此爆发……

接着，池本又介绍了的场一家被残害案的经过，将武内招供的动机和行为与他的性格相对应，补充说明两者极其相符。

今天，池本控制住了以往唾沫横飞的劲头，使自己的发言保持着恰到好处的激情。杏子则老实地坐在旁边，频频点头。

尽管如此，俊郎听着听着还是有点坐不住了。婆婆的表情似乎掺杂着同情和困惑；俊郎则冷着脸，双手抱臂，反复换了好几次坐姿。很遗憾，那两个人似乎都不太相信池本的话。

“我说……”趁池本漫长的叙述稍有停顿时，俊郎开了口，他没有看着池本，而是注视着雪见，“我见这两位是被害者的亲属，才一直坐在这里听。可是这究竟是在干什么？难道不应该说给老爸听吗？”

“我也希望爸能留下来听听啊。”

“说这些其实没什么意义吧。我当然同情这两位的立场，但是现在说老爸的判决出错了，我又能怎么样？老爸做那个判决肯定费尽了功夫挠破了头，我和妈妈都没资格说什么吧。毕竟是一家人啊，你说是吧，雪见？”

被他如此冷淡地质问，雪见一时不知如何回答。

“再说了，那案子已经有了判决，现在说什么都没用。我们生活在法治社会。武内先生又已经从调布搬到了这里，跟我们成了邻居，相处愉快。今后恐怕还要相处十几二十年啊，你说这种话，我怎么帮你嘛。”

“我们不是来请求帮助，而是希望您几位提高警惕的。”

池本保持着恭敬的言辞，但加强了语气。

“警惕？”俊郎重复了一遍，继而微笑起来，“你什么意思？这回武内先生看上了我们家，狡诈地排除了妨碍他的人，准备创造一个让自己舒适的环境吗？”

“我不是已经被排除了吗？”

“你？”俊郎愣愣地看着雪见。

“我不是说了，中野君收到的那封信根本不是我写的。那你说，究竟是谁写了信，又是谁对墓地做了手脚？池本先生根据自己的经历，怀疑那可能是武内先生干的。我也这么想。”

“什么意思啊？那跟武内先生能有什么关系？”俊郎严肃地问。

池本再次接过话头，讲述了自己对雪见遇到的一连串奇怪事件的看法。他还提到了养乐多盖子的细节，并强调改墓碑时竟留下池本家电话号码的人只能是武内。

俊郎一开始还闭着眼，像在边听边思考。可是随着池本的讲述渐渐深入，他的眉头越皱越紧，并开始歪着头注视池本。

“好了好了，我基本明白了。”

池本差不多说到九成，开始反复强调武内有多狡猾时，被俊郎打断了。

“听了这么久，你都没给出证据。既然你说得这么肯定，那必须得有证据吧。”

“如果纠结于证据的有无，那一切就来不及挽回了。”

池本正要强行避开这个话题，雪见接了下去。“养乐多不就是证据吗？我一直都不知道武内先生给円香喝养乐多，可他实际上是给了的。”

“别开玩笑了。只有在养乐多里检测出药物成分，它才算证据。”

雪见没有退缩。“那中野君到公园来那次呢？武内先生是不是去图书馆找你了？”

“我们的确是在图书馆碰到的，但是我主动提出想开他的奔驰。”

池本探出了上半身。“那只是俊郎先生碰巧先开了口，而且是他刻意制造了让你开口的情境。如果你不开口，武内迟早会开口的。”

“那只是可能性的问题，随便怎么说都行，不能算证据吧。还有水子地藏留的联系方式是你家电话，仅凭这一点也不能证明就是武内先生干的。既然有可能是他，同样有可能是你啊。”

“怎么可能！我图什么?!”池本瞪大了眼睛。

“是吧，你也会这么想吧。你说武内先生干了那些事，跟我说你的性质不是一样的吗？”

“完全不一样。我这些都是基于他的人性做出的判断。你不知道他面具下的真实面孔。如果说了这么多你都不相信，那我就再说一件事。听完雪见小姐的描述，我已经很确定了，是武内杀了梶间曜子夫人。”

空气顿时凝固了。起居室里只剩下池本粗重的呼吸声。

雪见一直认为这件事必须慎之又慎，并且叮嘱过池本，只可惜他还是没能忍住。

婆婆的表情也变得严肃起来。

“他藏起了曜子夫人吃剩的杂菜饭，并趁屋里只有他们二人的时候，把饭塞进了曜子夫人的嘴里，让她窒息而死。”

“你够了！”婆婆义愤填膺地说，“我不允许你这么信口胡言。他帮了我这么大的忙，我不准你毫无根据地质疑他。”

婆婆瞪了雪见一眼。“你为什么会相信这种话？”

遗憾的是，雪见没有办法打破婆婆的抵触情绪。然而，既然她已经做好了与婆婆和俊郎为敌的觉悟，就不能在这种时候不帮池本。

“很抱歉，我不想再听你说了，请你们回去。”婆婆严肃地说。

“等等，就这么结束了怎么行？”俊郎看了一眼在场的所有人，“他说了这么多毫无根据的话，我们听了，今后如何面对武内先生啊。”

“还像之前一样就好了。”

听婆婆的语气，是不想理睬池本一家，但俊郎并不答应。

“我想听听武内先生的说法。就这么结束了，完全是缺席审判嘛。太不公平了。现在就叫他过来吧。”

“别给人家找麻烦。”

他不顾母亲的劝阻，坚持说道：“不不不，为了武内先生也应该这么做。池本先生，你觉得呢？如果你不能冷静地跟他对峙，我可不答应。”

“没关系，我可以。请你叫他过来吧。”池本接受了挑战。

“那都没问题了是吧，我去叫人了。”

“啊……”雪见跟着他的动作撑起了身子，“奶奶那件事先别说，那不是能简单说清楚的问题。”

俊郎只是瞥了她一眼，就快步离开了。

“真不好意思，我没控制住。”池本小声对她道歉。

雪见实在没法责备他，只好摇了摇头。

婆婆有点手足无措地站了起来。等她重新泡好茶，俊郎也回来了。

身后跟着武内。

“为这种奇怪的事把您叫过来，真不好意思啊。”

婆婆用与气氛完全不符的尖亮嗓音说着，朝他低下了头。

“没事没事。”武内短促地应了一声，表情略微僵硬，“哎呀这是……好久不见了。”他自言自语般说着，走到俊郎刚才的座位上坐了下来。

他先是叹了口气，然后开了口。

“刚才俊郎先生已经给我简单讲了这件事。并不是说我要刻意回避这个话题，不过的场家那起案子，无论谈论多少遍，最后都只是各执一词罢了。把梶间先生一家人卷进来未免有些过分，希望你不要太麻烦人家了。再说我用尽手段将雪见小姐赶走这件事，无论如何我都不能听之任之，必须要问问你到底是什么意思。”

这么对比下来，武内明显比池本从容淡定得多。雪见不禁有些担心家人会怎么想。

“再让池本先生重复一遍实在太麻烦了，我就把我听到的总结一下吧。如果需要补充，池本先生可以再发言。”

俊郎主动把池本的话简明扼要地总结了一遍。不愧是要当律师的人，他只花了不到一半的时间，考虑到让池本一个人说恐怕又会变成冗长的叙述，雪见松了一大口气。

俊郎说完后，池本并没有补充。因为俊郎在叙述中还加入了池本亲口说的“那家伙做得出这种事”“这就是那家伙的手法”，他的总结还突出了叙事者的感情，基本上把池本的指责原原本本地摆在了武内面前。

“这样啊……”武内垂下目光喃喃道，“真是太为难了。”接着，他又抬起头说：“我见池本先生今天情绪比较稳定，本来也打算认认真真地听你说话，没想到竟是如此漫无边际的指责。”

“你不如痛快承认了吧！”池本瞪着他说。

雪见小声劝了一句，让他保持冷静。

“虽说是偶然，但的确有些细节能够对上号。”武内平淡地说。

“比如什么？”俊郎问。

“我曾经从事进口欧洲精品的工作，手头正好有一个在法国买的婴儿人偶。而且我确实在二楼隔着窗户给円香妹妹看过那个人偶。可是现在说我故意教那孩子粗暴对待人偶，那就是无稽之谈了。我并非要把责任推到一个孩子头上，但反倒是我模仿円香妹妹的动作，搂着人偶轻轻晃了几下。円香妹妹看了很高兴，就自己想了各种动作。也许因为这样，她玩人偶的动作也越来越大胆了。在错误鼓励孩子这一点上，我表示反省。然而那原本只是单纯的游戏，我从未想过要借机把円香妹妹教成一个粗暴的孩子，也从未想过用这种事就能赶走雪见小姐。”

“你肯定会想。你就是要把円香妹妹教成一个不听话的孩子，给雪见小姐施加压力。”

“请你别再乱说了。”武内平静地答道，“雪见小姐，你可千万不能相信他的一面之词。”

“但这也证明我们确实说对了呀。”杏子难掩兴奋地开口道。

“不，一般人不可能认为用这种办法就能赶走雪见。”俊郎站在了武内那边。

“然而我的确被赶走了呀。”

这句话对雪见来说，也是向武内发出的战书。这下他们终于明确了敌对的姿态。

“雪见小姐。”武内面带悲伤地说，“我以前说过，不要理睬这种人。”

“武内先生，你亲眼看到过我打円香的腿。是你联系了儿童援助中心，对不对？”

“雪见！”这回婆婆也生气了，“你不反省自己的行为，怎么怪起别人了？”

“如果他觉得这样不对，大可以直接对我说。什么都不说就举报，我只能感到恶意。”

“我没有举报你。”武内认真地看着她，“当然，我无法证明这一点。但是面对毫无根据的指证，我为何要提出证据证明自己的清白呢？”

“不需要。你只需要摇头说不是就行了。”俊郎挑衅地看着雪见。

雪见更激动地继续道：“定做水子地藏时留下池本家的电话号码，这可不是中野君能做到的事情。同理，肯定也是别人伪造了那封信。这一件件小事分开来看都是单纯的恶作剧，但合在一起就成了一种预谋，把我从这个家排除出去的预谋。”

“就算你说的预谋真实存在，那也与我无关。这很明显，完全不需要证明。”

“除了你还有谁？武内先生搬过来以后，才发生了这些怪事啊。”

“并不是这样的。雪见小姐，请你冷静。”

“我很冷静！”

他为什么能泰然自若地否定？哪怕只有一点点证据，也能化作箭矢击穿这个人的心脏了。

“雪见小姐，请让我说吧。”池本气得声音都在发颤。

“池本先生。”

“不，我要说。武内，是不是你杀了这家的老太太？是不是你把吃剩的杂菜饭塞进她嘴里了？我这么说你肯定明白。你究竟要杀几个人才罢休？”

“池本先生，我的忍耐也是有限度的。”武内的表情也冷了下来。

“这是诽谤。武内先生，你可以起诉他。”俊郎气愤地说。

“求之不得！我们到法庭上说清楚吧。”

池本应了一句，武内却只是摇头。

“我不会起诉。跟这些人说这个没用。”

“武内先生，你那天从奶奶房间出来，去洗过手对不对？后来姑妈再进屋，奶奶已经噎着了。”

“雪见小姐，你连这种事都相信了吗？看护老人会触碰各种东西，出来自然要洗手。我甚至不记得那天有没有洗过手了，因此无法回答你。我帮忙看护老太太，只想尽一份自己的力量。现在仅仅因为以外人的身份碰巧出现在不幸事故的现场，就要被你这样怀疑吗？这也太不讲理了。你可能因为的场家的案子对我有了太多的偏见。梶间老师已经认定了我是无辜的，现在我跟你是一样的普通市民。如果你对我没有偏见，也就不会这样怀疑我了。”

“那不行。关于的场家的案子，我也不认为你是清白的。那起案子只是没能立证而已。”

“我是清白的，当然就无法立证。”

“无论你怎么否认，我都会保持怀疑。因为我在你身上察觉到了危险。只要看看的场家的下场，就能猜到你接近的家庭最后会变成什么样。现在，这个家正在走上同样的道路。我就算不要这条命，也必须阻止你。”

“哪儿来的什么同样的道路。这种关联性一开始就不存在。”

“别装傻了！”池本怒吼道。

“请你注意自己说的话。”俊郎冷冷地警告道。

“我们会坚持战斗！”雪见断言道。

接着，她向武内倾倒了内心强烈的感情。

“武内先生，无论你现在怎么狡辩，我婆婆和我丈夫迟早都会察觉你的异常。我会让他们察觉。到时候，不，在此之前，你最好乖乖收手。我绝不会让円香变成第二个的场健太。就算跟你同归于尽，再也无法回到这个家，我都无所谓。”

“雪见小姐！”武内似乎再也无法忍耐，暴躁地说，“别闹了，请你看清现实吧！”

“我已经看清了！”

“不是那样的，雪见小姐！”

“什么不是?!”

武内的悲痛瞬间化作了锐利的目光。他凝视着雪见说：

“你周围发生这些怪事，并不是在我搬来之后，而是在池本他们开始在附近出没之后。难道不是吗？”

雪见哽住了，仿佛时间停止了流动。武内那句话击穿了她的思考，甚至让她感到脑袋在不受控制地摇晃。

“你，你……胡说八道！”池本面目狰狞地大吼一声。

雪见无法将武内的反驳斥为狡辩。从他说话的时机、语气和表情来看，究竟是突发奇想的推诿，还是久藏心底的想法……雪见看得很清楚。若非如此，她不会受到这么大的打击。

“我自己就蒙受过冤屈，所以不想去告发什么人。因为我认为，就算证据看起来再怎么确凿，也绝不存在冤罪的可能性完全为零的案子。可是今天听了这些话，如果我不做出反击，就要再次被人冤枉。我也必须奋起战斗。另外，我也很担心雪见小姐。我希望你清醒过来。你们刚才说的话，我可以不再追究，而我接下来要说的话，也请你们不要带出这四面墙壁之外。”

“你少给我胡编乱造！”

不知为何，池本的骂声听起来有点心虚。

“请说吧。”雪见催促道。

“事实很简单，雪见小姐。石材店留下的联系方式为何是池本家的电话？因为那就是他订购的。”

“混蛋，不准说谎！”

“池本先生，让他说完。”雪见短促地制止道。

“池本先生，如果你有不同的意见，请过后再提出来。”武内恢复了冷静，继续道，“伪造身份是这位先生的常用手段。就在不久前，他还假扮成记者，在我以前的住处附近向邻居灌输虚假的信息，试图孤立我。他这么做，就是为了让我心理崩溃。我还经常收到信件，那竟然都是死去的的场洋辅先生给我写的信。信中还说：‘是你杀了我，老实承认吧。’我猜，他应该是剪下了的场先生的字，贴成文章后复印出来。这样的信，我前前后后收到了几十封。我可以拿给你们看。另外，我以前的住处还被人非法侵入了好几次。因为是从二楼侵入，我一开始都没发现。自从开始注意锁紧门窗后，我家的玻璃还被打碎过。所以我才养了看门狗。虽然很对不起雪见小姐，但是那条狗第一个撕咬的对象，正是池本先生。”

雪见看向池本，他的脸颊在微微抽动。

“都……都说了，我当时真的不知道该怎么办。我真的很绝望，直到后来才意识到那样做是错的。”

“雪见小姐跟池本先生交谈时，没有发现什么吗？”

“啊……？”

“这位先生深深沉浸在自己的妄想中。他认为我必须是杀害的场一家的凶手。”

“你就是凶手！”

“池本先生，你母亲患上肝病后，你究竟给那个‘幸求祈祷会’捐了多少钱？”

“那……那是……”池本吞吞吐吐了几秒钟，好不容易挤出了一句话，“那都是你背后安排的！是你让我陷进去的！”

“你又要用妄想为自己开脱吗？那是你自己主动捐的，而且不止一两百万。那时候，无论的场夫妻怎么劝你，你都没有听。你认定他们是贪图老太太的遗产，一意孤行。我好几次听到的场先生抱怨这件事。那两夫妻去世后，你就能自由支配你母亲的财产了。难道不是吗？”

“你胡说！这跟那假宗教没关系。都是你干的！”

“你是等到老太太去世后，才发现那是假宗教的吧？而且老太太之所以去世，还是因为那件事让她伤透了心。你非但没有安慰自己的母亲，反倒把她逼上了绝路。你清醒过来后，难以承受自己的罪孽。于是你崩溃了。你迫不及待地寻求灵魂的救赎。你一心一意认定蒙受冤屈的我就是真凶，只为了救赎自己。”

“你说什么！你竟敢怪罪到我头上来?!”

池本拧着嘴唇，浑身散发着怒火。

“我也不想说这种话。那个凶手蒙着面，我无法断言他的真实身份，就算再怎么怀疑，也没有说出来。可你现在要栽赃于我，那我也只能用这些猜想来保护自己。至少我可以自信地说，我的推论比你的妄想更接近真相。

“因为杏子小姐声称她在隔壁听见了响动，我被歹徒袭击的时间从五点四十五分左右修改到了五点三十分左右。我认为既然杏子小姐这么说，那应该没错。从我遇袭到能够站起来打电话报警，可能真的不知不觉过去了三十分钟。因为这件事，警方对我的印象成了供述不确切的人。

“然而，最重要的并不是这个。这里有个必须重视的细节：因为杏子小姐给出了那番证词，而我又对其深信不疑，使得你的不在场证据成立了。”

“什么狗屁的不在场证据。我回家时警车都开过来了。”

“那只是你一厢情愿的想法。听好了。你可能不记得，但我记得很清楚。曾经有一次，你因为幸求祈祷会的事情闯到的场先生家闹事，而我刚好也因为谈生意在场。那天是工作日，时间是五点半过了一些，大概是四十分或四十五分。也就是说，你只要到点下班并稍微赶赶路，就能在那个时间回到家。”

“你……你等一等。我……我才没有撒谎。”杏子磕磕巴巴地否定道。

“杏子小姐，”武内摇着头说，“你也要听从丈夫的妄想，跟他一起走向毁灭吗？”

“你说谁妄想?!”

“难道不是吗？你必须把我打造成那起案子的凶手，否则你的世界就无法保持平衡。于是你创造了各种各样的妄想，试图强行将我定罪。你用尽各种手段，让我被世人孤立。得知我跟梶间家来往亲密，你就创造了新的幻想，要横加阻止。你首先将雪见小姐孤立出梶间家，让她成为你的伙伴，然后强行破坏我和这家人的关系。”

武内严肃地看向雪见。

“雪见小姐，你也被他的妄想玩弄了。他会动用堪称异常的热情展开说服，像你这种涉世不深的女性很容易被绕进去。但他的做法对我和的场先生都不管用，所以他才使用了暴力手段。我之所以警告你他很危险，就是因为这个。

“曜子夫人的死只是个不幸的意外，但是你被他的妄想蒙骗，将其视作可怕的凶杀。养乐多的事情也一样。不得不遗憾地说，円香妹妹的异常表现，最大的原因就是你自己的情绪不稳定。孩子都很敏感，而家中刚有老人遭遇不幸，就更是如此。也许池本先生看到过我给円香妹妹喝养乐多。哪怕在院子里，只要站在围栏旁边，从外面也是能看见的。于是，他又创造了一个妄想。他假装不经意地问起孩子的情况，一旦发现问题，就暗示你背后有巨大的阴谋。事实上，根本不存在那样的阴谋。”

武内停下来想了想，然后兀自点了点头。

“说着说着我又想起了一件事。寻惠夫人当时也在场。円香妹妹腿上有一块淤青。那天白天，雪见小姐在公园与俊郎先生及那位中野先生发生了争执。我一直坐在车上等俊郎先生，记得当时帮忙照顾円香妹妹的，是杏子小姐吧？”

“你……你怎么能这样，我对円香妹妹做什么了吗？”杏子慌张地说，“怎么可能呢。円香妹妹又不是人偶，我要是对她做了什么，她肯定会哭啊。雪见小姐，你说是吧？”

说着，她看向雪见寻求赞同。

“那不是淤青，只是蓝色颜料。”雪见目不斜视地回答道。

“哦……原来是这样。”武内与婆婆对视一眼，耸了耸肩，

“腿上沾了那种伤皮肤的东西，円香妹妹一定觉得很痒吧。当时我注意到円香妹妹的动作，就要寻惠夫人看看孩子怎么了。我还以为那是一块淤青呢。如果是颜料，那就比制造淤青更简单了。”

杏子一个劲地摇头，看向池本求助，而她的丈夫已经处在了呆滞状态。

“这个人……”雪见看着俊郎说，“这个人是你带到公园去的吧？”

“喂，你啥时候充当起律师来了?!”俊郎不胜其烦地说。

雪见自己也已经开始动摇，自问还要帮池本到什么时候。然而事已至此，她找不到抽身的时机，又没有退路可走，只能硬着头皮死撑。

“雪见小姐。”武内沉重地说道，“很遗憾，那真的是巧合。俊郎先生的学习任务那么重，就算制订了计划，也不可能顺利实施。再说，我们本来是想邀请一家人，包括寻惠女士一起去兜风。公园只是碰巧在图书馆到这里的路上。

“池本先生和夫人的真实目的，应该只是把中野引过来，让你发生动摇。俊郎先生如果看到那一幕，事情肯定会闹大，但他们一开始肯定没有期待那个发展。正如后来的现实，那么做可能导致你被赶出家门，而他们的目的是拉拢你与我对抗，若你离开了这个家，他们会很为难。所以俊郎先生和我出现在现场，完全是他们意料之外的事情。可是现在，他们又把那个巧合编织到了自己的妄想之中，你可千万别被迷惑了。”

“是你在妄想吧！”

池本一拳砸向沙发扶手，猛地站了起来，朝武内扑过去。

武内仿佛早已预料到他的行动，飞快地闪向一旁。

可是他完全不必躲闪，因为池本刚要扑上去，就被茶几绊了一下，轰然倒地。玻璃杯打碎了，发出一阵惊人的响动。

“停下！”

俊郎的反应慢了一拍，他大吼一声，整个人坐在池本的背上，把他按住了。

“妈！报警！”

听到俊郎的喊声，婆婆慌忙站了起来。

“啊……啊……”池本在俊郎身下痛苦地呻吟。

“俊郎先生，请放开他吧。”武内同情地说。

“他这是故意伤人未遂！”

俊郎依旧怒火中烧，武内却摇了摇头。

“已经没事了，请你放开他吧。”

俊郎小心翼翼地撑起了身子。

“老公！”杏子带着哭腔喊了一声，扑到池本身边。

“啊……”池本抬起头，不知是不是磕破了嘴，嘴角还流着血。打碎的玻璃杯还划伤了他的手臂。

婆婆本来要去打电话，看见这个情况就转身走进厨房，拿来了家庭急救箱。

池本的伤不算深，杏子给他包扎好，血很快就止住了。其间，雪见和婆婆一起收拾了玻璃碎片。屋子里没有人说话，沉闷而凝滞的空气充斥四周。

一败涂地啊……雪见收拾完碎片，垂头丧气地回到坐垫上。听完武内的话，她并没有拨云见日、问题迎刃而解的感觉。她只想诅咒自己的愚蠢。

“我想……池本先生应该没有恶意。”武内安静地说，“池本先生，你的心理出现了很严重的问题。请听我一句劝，找个心理医生看看吧。”

“早就看过了！”

池本的声音近乎沉痛的呐喊。接着，他看了看四周沉默的人，又说：

“怎么……被害者家属接受心理咨询有问题吗？”

“谁也没有这么说。”武内再度平静地说道。

雪见觉得再也待不下去了。“池本先生，今天就到此为止吧。”

她那句话一出口，池本顿时软了下来。他半张着嘴，无力地看着雪见，继而点了一下头。

没想到事情会变成这样……雪见也感到全身的力气都被抽走了。

她脚步沉重地走到二楼，円香与和人君玩得正高兴。

“和人君，你姨妈他们要走啦。”

“我还要玩！”円香闹着别扭说。

“和人君，下次再跟円香玩，好吗？”

其实没有下次了……雪见一边厌恶自己的谎言，一边挤出了僵硬的笑容。

和人君乖乖地收拾好自己的玩具，对円香挥挥手说了“拜拜”。见他这么乖巧，雪见反倒心中一紧。

她送池本家的两大一小到了车站。一行人走得很慢，却没有对话。

“那个……以后应该不会联系了。”

走到车站后，雪见对池本夫妻说完这句话，不等他们回应，就匆匆低头行礼，转身离开了。

回到家中，婆婆立刻走过来，把她叫进了卧室。

“你刚才说了那么得罪人的话，得对武内先生道歉。”婆婆压低声音说，“这下俊郎的怀疑也已经不成立了，你就回来住吧。”

她很感谢婆婆的关心，但都不想照办。

她输了。此时此刻，她的挫败感远比清醒的感觉更强烈。在如此沮丧的状态中，她无法强忍着痛苦去承认错误，向人道歉。尽管她已经被円香哭着道歉过。尽管连円香都能做到，但此刻的她，真的做不到。

所以，她也不认为自己能立刻回到这个家里。因为她在这里没有立足之地，也不知该如何面对家人。

雪见摇了摇头，走出了婆婆的房间。

起居室内，俊郎正跟武内高兴地商量考完试了去喝一杯。她跟俊郎对上目光时已有预感，果然，她刚走上楼梯，俊郎就追了过来。

“你什么意思？想就这么趁机回来了？”

他这句话就像往雪见的伤口上撒盐。

“我没这么想。”

“你怎么这么蠢啊。你被他们骗啦！竟然否定老爸的工作，用有色眼镜看待蒙冤的人，把家里搞得鸡飞狗跳，真有你的。现在已经不是你跟中野有什么关系的问题了。你在挑衅我们一家。”

“不用你说我也知道。我就是带着这个打算来的。”

“你倒发起脾气来了。”俊郎不耐烦地说，“我最气的是什么你知道吗？就是你明明这么蠢，还要把问题憋在心里，自己做决定。打胎那件事也一样。你这个样子，我都害臊知道吗？明知道自己蠢，就多听听别人的意见吧！”

她与俊郎相识这么久，他从来没说过这样的话。看来，两人之间一旦有了隔阂，只会越离越远。虽说是她种下的因，但是被人这样辱骂，她也难以忍受。

“我知道了，你别跟过来。让我跟円香单独说话。”

俊郎听了她的话，轻蔑地哼了一声，转身走掉了。

她独自走进円香所在的房间。

円香立刻朝她跑了过来。

“妈妈，你看。”

说完，她像闹别扭似的前后扭动肩膀，双手也跟着甩了几下。

“你猜这是什么？”

“是什么呀？”

“拨浪鼓！”

“是吗？学得真像。”

“妈妈也来。”

雪见听了，也学着女儿甩了几下手。

“看，拨浪鼓。”

雪见模仿着拨浪鼓，円香却停了下来，目不转睛地看着雪见。

“妈妈……妈妈你怎么哭了？”

“嗯……？是呀，妈妈怎么哭了？”

“爸爸生气了吗？”

“你怎么什么都知道呀。”

雪见勉强地笑了笑，轻抚円香的头。

円香没再说话，眼眶慢慢湿润，还搓起了小手。

“円香怎么也哭了呀？”

雪见又哭又笑地抱紧了円香。

*

当天晚上将近十一点，勋打开家门，听见起居室方向传来热闹的谈笑声。

是雪见回来了吗……勋暗自想着，穿过走廊，却看见了武内的身影。他坐在平时勋看报纸用的背对露台的单人沙发座上，大咧咧地盘着腿。

“啊，您好。打扰了。”

武内心情似乎很好，还向他举起了手上的高脚杯。

寻惠和俊郎坐在他两边，也都拿着高脚杯。两人带着对话时的笑容，转过来对他说了声“回来啦”。

“老爸也来一杯吧？这可是上等葡萄酒，玛歌酒庄的！”

看样子，酒是武内带来的。他见那高脚杯也有点陌生，估计也是武内带来的。桌上摆着的应该是寻惠做的几盘下酒菜。

勋默默地观察着这一切，然后婉拒了加入。

“还是算了吧，我已经喝完回来了。”

不知为何，眼前这种光景让他彻底没有了醉意。三人欢声笑语的模样，就像一个理想的家庭。他即使身为一家之主，也有点难以踏入那个圈子。

“哎，都这么晚了，我得告辞了。”武内说完，松开了盘着的双腿。

“别走啊，还有酒呢。”

“那不如到我家去喝吧？”

“可以啊。妈去吗？”

寻惠闻言，露出了勉强留有一丝理智的笑容，并回答道：“我就算了吧。”说完，她还看了一眼勋。那个动作仿佛在暗示，如果勋不在场，她可能就会给出不一样的回答。

俊郎和武内都走了，勋正在屋里换衣服时，寻惠走了进来。

“哎呀，好久没喝这么醉了。”

她微笑着，像在掩饰尴尬。

“今天雪见不是来了吗？”

“嗯，来了。唉，搞得事情有点奇怪了。”

“奇怪？”

他一追问，寻惠就有点慌了。“不不不，也不能说奇怪吧，就是有点误会，然后都说开了。”

搞不明白。他虽然借口参加大学司考学习会“学法会”的聚会而离开了，其实心里一直惦记着。看雪见前几天来找他那副样子，他总觉得肯定得出点事。虽然他不希望出事，但也没有单纯到真的相信什么也没发生。

从刚才那三个人热热闹闹的状态来看，勋感觉不像发生了什么。不对，他从未见过那三个人聚在一块儿喝酒，可以确定那跟往常不太一样。

“雪见说什么了？”

“没什么。她是个好孩子，就是容易想太多。今天她跟俊郎说开了，误会应该也解除了，我猜过不了多久就会回家吧。”

“可她后来又走了，不是吗？”

“人家肯定想多冷静冷静再恢复原来的生活嘛。”

寻惠可能想照顾雪见的立场，一直说得很委婉。无奈之下，勋只好尝试解读她的话外音。

雪见对的场家一案中武内得到的无罪判决有异议。她说要带被害者亲属池本上门来。而刚才武内在屋里，证明白天池本和武内应该发生过对质。不过雪见来找他时，说的话都没有证据做支撑。照那个样子跟武内对质，不可能有结果。最后有可能是武内矢口否认，一番争执不下，雪见他们只能尴尬地离开……事情也许就是这个样子。

不过武内为何那么高兴呢？看他的样子不像白天受了委屈正在发泄，反倒像庆功。

勋也想问问具体情况，但是寻惠明显不想让他操心，他再追究下去也显得不对劲。一直以来，他都把家事交给寻惠处理，让这次成为特例肯定不妥。更别说他就是宣判武内无罪的法官，别人说什么他都不该动摇。

然而……

他还是放不下。

16 伪证

“喂，雪见还不回来吗？”

勋本来把早报放在一边，慢悠悠地喝着味噌汤，此时却突然抬起头问了一句。今天早晨看似与以往没什么两样，但是他的语气和表情莫名严肃，寻惠不禁想，是不是出什么事了。

可她实在猜不到。

“这都过去一个多星期了。”

“不用担心，她尾七那天肯定来，到时候我再跟她谈。”

“哎，你们别不顾我的心情擅自决定好吗？”俊郎带円香上完厕所，正好走了回来，“我就烦她一句道歉都没有，想着熬到风头过去就算了。”

“那虽然不值得称赞，可那孩子也没别的办法啊。她肯定已经受到教训了，你也不能总这么无情。”

“那怎么能轻易原谅她呢。再说了，就算她现在回来了，我也没信心像以前那样过日子啊。”

“你到底怎么了？”勋皱着眉，严肃地问道。

“你看你，这么倔，连你爸都心烦了。”

“怪我吗？”俊郎气愤地噘起了嘴。

寻惠见没能把责任推给俊郎，就偷瞥了一眼勋。

“这问题已经解决了，你就别让你爸操心了。”

“不是，你大可以告诉他啊，没必要瞒着。”

“说什么瞒不瞒的，乱讲。”寻惠见俊郎口不择言，忍不住骂了一句。

“那家伙被那两夫妻教唆，跑来质问武内先生，这是事实吧。这不是可以蒙混过去的问题。”

“武内先生完全不在意。”

“可她还给老爸挖坑了啊。”

“雪见不是那个意思。”寻惠不小心对上了勋的目光，慌忙转开头，“你别想多了。”

“妈，你不是男人可能不明白。这事关面子问题啊。”

“你说说看。”勋催促道。

“真是的……他爸，这种话不适合一大早说。你不是没什么时间吗？”

“不。”勋略显犹豫地说，“其实雪见提前一天来找过我，基本都说清楚了。你告诉我结果怎么样就行。”

“什么，她还偷偷去找过你？”

俊郎愣愣地说道。寻惠也有点惊讶。

“那你怎么还让她这么胡来？”

勋听了这句话，脸上露出愠怒之色。于是俊郎再也没有多说什么，只把前些天的事情简单总结了一遍。

勋没有发表什么感想。听到武内指出池本有可能是惨案真凶时，他眉头一紧，哼了一声，但什么也没说。

“好了，他爸，你该上班了。”

寻惠收拾着空茶杯，对坐在原地一动不动的勋催促道。

“对了，昨天那件事你跟老爸说了吗？”

俊郎也恢复了常态，发起新的话题。

“哦……还没。”

寻惠应了一声。俊郎有点不高兴地撇了撇嘴，看向勋。

“我朋友说下个星期可以把山中湖那边的别墅借给我住。我打算等尾七结束了带大家过去放松放松。”

“俊郎提出这种邀请，是不是太稀奇了？”

这的确是俊郎第一次提出孝顺父母的计划。寻惠刚听到时都怀疑自己的耳朵出了毛病，甚至有些害羞。看来他的论述考试感觉还不错。

“学校都放暑假了，你也没什么走不开的事情吧？”

俊郎补充了一句，继续观察勋的反应，可勋还是面不改色。

“嗯……这个嘛……”

他在烦恼度假的事，还是在思考刚才的话题呢？

俊郎看向寻惠，摆了个无奈的手势。

下午，他们刚吃完午饭，就听见门铃响了。

寻惠出去一看，原来是武内，手上还抱着自己做的花架。寻惠昨天傍晚还见他在隔壁院子里忙活，现在看来是忙完了。

“哟，好精致啊。”

花架共有四层，一层比一层小，看着像个金字塔的形状。

“最上层只能摆一盆花，下面是两盆，接着是三盆，四层总共能摆十盆。”

“那大小正好呢。”

他们马上进了院子。婆婆去世后，寻惠只要一有空就买盆兰花。现在虽然还没有十盆，但也能把花架装点得像模像样。

“还能再放两盆呢。”

“您要是不嫌弃，就从我那儿拿两盆吧？”武内一边给花架铺寒冷纱，一边提议道。

“那怎么行。光是这个花架，我都不知如何感谢您了。”

“感谢什么啊。我虽然很想再尝尝您做的饭菜，但也不能过于奢求。”

“那应该是我说的话。家里今晚吃冷锅肉，您要是有空也过来吧。”

“不，真的不用了。正好我今天不太舒服。”

“哦……是身体出什么问题了吗？”

武内的表情乍一看跟平时没什么不同，不过此时仔细看，好像的确有些阴沉。

“不是身体的问题，是我一个朋友遭遇了不幸。”

“哎呀。”由于武内独身，寻惠一直觉得他是个孤独的人，没想到他还有个去世了会让他感到失落的朋友。

“就是上次审判时非常照顾我的律师先生。”

“哦，原来是这样啊。”寻惠应了一声，忍不住猜测那人是不是跟勋也认识，“他叫什么名字？”

“他叫关孝之助，走的时候七十多岁了，是个特别有人情味的人。我现在能站在这里，也多亏了他的帮助。我被拘留期间，那位律师先生还帮我打理兰花。他真的很善良，而我还没有报答完他的恩情呢。”

“这样啊。那您今天是要去参加他的守夜吗？”

“不，我是今天看报纸才知道的。”

“报纸……？”那个瞬间，寻惠以为他说的是讣告，可是听他的语气又不太像。

武内压低声音继续道：

“据说是一起刑事案件，他在自己家遇害了。”

“啊……？”

“他夫人两年前离世，后来他就一直独居。案发那天晚上女儿夫妻说好了到他家吃饭，结果进门一看，发现他遇害了。”

“那……那凶手呢？”

武内摇摇头。“听说还没抓到。”

“这样啊。太吓人了。如果是这种情况，恐怕不会办守夜吧。”

“是的。我看了报纸马上联系他的事务所，那边好像也有点不知所措。”

律师平时处理这么多案子和纠纷，肯定很容易树敌吧。想到这里，寻惠不禁有点担心俊郎。

“夫人……”武内看向装好的花架，沉重地说，“昨天……我在这里安花架时，夫人您也出来过，对吧？”

“嗯……是的。”

“那时是几点钟？”

寻惠不明白他这么问的意图，但还是努力回忆起来。

“我记得我大概五点买菜回来，又在屋子里忙活了一会儿，应该是五点半左右吧。”

“哦，这样啊……”武内无奈地说着，表情扭曲了，“那您在之前没有往院子里看过吗？”

“嗯……”

“这样啊。不过我那时已经干了一个多小时了。”他喃喃自语了几句，还啧了一声。

“那个……请问怎么了？”

“不，没什么。为这种事焦虑实在太没意义了。”武内有点烦躁地挠了挠头，“我听事务所的人说，关律师家……我去过他家，那是一座挺高档的公寓……事务所的人说，同一层的住户当时目击到一名男子沿着公寓走廊逃走。因为男子遮盖了面容，住户没能看清长相，但可以确定时间是四点半刚过……听到这个消息时，我非常为难。因为当时我正在院子里干活，没跟任何人碰面。”

“不过那也太……”

寻惠想要一笑置之，武内却凝重地垂下了目光。

“我很明白夫人想说的话。本来关律师不幸去世就已经很沉痛了，还要担心这种事，真是杞人忧天。但是自从那起案子之后，只要一有什么事，我就会首先遭到怀疑。上次雪见小姐他们，不就是这样吗？我早已深刻体会到，蒙冤的人在世人眼中并不是白玉无瑕的，而是灰色的。”

“那怎么会呢。”

他一提起雪见，寻惠也没法再说什么了。她再次意识到自己的家人因为单方面的误解就伤害了别人，不由得胸口一紧。

“夫人您这样鼓励我，我真的很高兴。可是我也得面对现实，警方很可能盯上了我。他们会逐一调查关律师做顾问的企业和辩护对象，迟早会找到我这里来。对此，我感到特别烦恼。我太害怕警察了。也许只有经历过我这种遭遇的人才能理解我的心情。警察一旦盯上什么人，就会不择手段地攻陷他。我为了不再卷进那种事情，一直低调地生活着……”

经历过那种事，变得如此神经质恐怕也情有可原。寻惠不禁有点同情他。

武内抬起泛着泪光的双眼看向寻惠。

“夫人……我绝不会给您添麻烦，请您听我说。”他意味深长地说完，又像搪塞什么似的飞快地继续道，“除了夫人，我真的不知道该找什么人……所以我接下来要说的话，请您不要传出去。我知道这么做是不对的，可我实在没办法了，您要理解我。”

“哦……”寻惠困惑地应了一声，等他说下去。

“要是警察来问，我就回答昨天大概四点开始在庭院里安装花架。这就是事实，没什么可隐瞒的……然后，我还会说曾跟夫人在院子里谈话。大约在四点半……”

啊？寻惠险些惊呼，好不容易才咽了回去。

武内一副坐立不安的模样，不断眨巴眼睛。

“对不起。可是，我真的不想再被警察盯上了。我再也承受不了那种事了。我的确跟夫人您说过话，而且刚才跟您确认之前，我一直以为自己昨天是四点半左右碰到您的。您也知道，干那种工作，人会忘记时间。所以我只是说出自己内心的真实想法而已。”

武内好似劝说自己一般点点头，还瞥了一眼寻惠。

“警察可能也会找您核实，您只需要说确实是四点半左右就好了，除此之外，我绝不会给夫人带来任何麻烦。不，不行，那我也不能求您做这种事。您想对警察怎么说就怎么说吧。反正这一切都是因为我倒霉，怎么能幻想得到别人的帮助呢？您能听我说完这些话，我已经很感激了。对不起，我说了那么多奇怪的东西。”

“啊……没什么……”

最后，武内勉强笑了笑，走进了自己的屋子。寻惠头一次看见如此幼稚的他，内心感到无比痛惜。

不过……寻惠之所以没能回以笑容，并非因为同情。

而是不知所措。

*

那天傍晚，勋整理完学法会的工作后离开学校，驾驶日产公爵前往京王广场酒店。

他今天一整天都挥不去心中的疑虑，干脆咬咬牙联系了东京地方检察院的野见山。也许因为接到了意想不到的电话，野见山一上来就带着笑意感叹了一声。勋表示想见面谈话，于是他说了五点半这个时间，指定在京王广场酒店的咖啡厅碰头。

野见山准时出现，而先在咖啡厅坐下的勋面前已经有了一杯咖啡。

“哎，真是稀客啊。”野见山歪着嘴露出独特的笑容，朝他走了过来。天气这么热，他还穿着三件套西装，系着宽大的领带结，并且没有丝毫出汗的迹象。

野见山在勋斜对面坐下，点燃了香烟，然后跟服务生要了一杯冰茶。

“你母亲还好吗？”

“不，都快尾七了。”

勋以前在涉及工作的场合都使用敬语，后来渐渐改掉了那个习惯。也许因为他与野见山经常意见不合，心中早已舍弃了敬意，对他这个人，勋反倒觉得不用敬语更自然。

“那你一定很难受吧。”他平淡地说，“你为了母亲都放弃了职业，真是太遗憾了。”

接着，野见山又跟他客套了一会儿，在冰茶端上来之后，他的目光猛地警醒起来，像在暗示寒暄时间结束。

“你今天找我有什么事？”

“我想问问武内真伍的事情。”

“武内……你是说那个被判无罪的？”

"没错，就是那个武内真伍。"

"他怎么了？"

"只要是没在法庭上提到过的，你都讲讲。没证据的传闻也行。"

"你怎么突然关心起这个了？"

野见山慢悠悠地问着问题，让勋很是着急。可是野见山看勋的眼神，却没有一丝松懈。

"他现在住我家隔壁。"

野见山抬起食指碰了碰鼻尖，眉毛微微耸动。

"那个武内？"

勋点点头。

"你之前跟武内认识？"

"不。"听到野见山的恶意揣测，勋皱起了眉，"他是大约两个月前搬过来的。"

接着，勋道出了自己在大学公开课上跟他重逢，邀请他参加研讨会，三个星期后他突然搬家过来的事情。

"哦？"野见山哼笑一声，"这不就是仙鹤报恩嘛。"

"这事不好笑。他搬来之后，我们家就出怪事了。"

"比如？"

"老太太死了。"

野见山眯起了眼睛。"你这意思是，他杀了老太太？"

"不，明面上不是这样的。但我觉得有蹊跷。"

"梶间先生，"野见山无奈地说，"你这么说，就跟外行人一样了。请给出具体的依据啊。”

“我不是说因为他。只说自从他搬过来，就发生了很多怪事。”

“那不是一样吗？”

“你知道关律师昨天被杀了吧，就是给武内辩护的……”

野见山一瞬不瞬地看着勋。

“你有证据吗？”

“没有。”

野见山无力地叹了口气。

“你什么意思，叫我示意警察在调查关律师的案子时盯紧武内吗？只凭这种无凭无据的话，我怎么可能照办呢？对调查当局而言，武内这个人就是张碰不得的王牌。我们已经失手过一次，不能再失手第二次。如果没有确凿的证据，谁也不想翻开这张牌。更何况，你也没资格指使我们对他再次出手。因为是你把他变成了王牌啊。”

“你别误会了。我并不觉得判他无罪是个错误。”

野见山耸了耸肩膀。

“武内的确是无辜的，可他周围发生了许多怪事。你真的把这当成现实了吗？”

“你们盯上过池本亨吗？”

“池本？”野见山的调子瞬间拔高了，“你今天净说些熟悉的名字啊。跟被害人关系这么近的人，我们怎么可能不查？他的下班时间的确构成了不在场证据。”

“这样啊……没什么，我也就是顺便问一句。”

勋自己也无法接受武内的所谓池本才是杀害的场一家的真凶这个说法。如果这是真的，他为何一直没对任何人说过呢？要是对律师说了，他还能在池本杏子出庭做证时提出质疑。这很像是武内在一切结束后自己编造出来的推理，很难让人信服。

所以，他无法直言武内可疑并非因为池本，而是勋自身处在自我矛盾的状态中。他试图把原因归结到池本身上，现在意识到不可能，只得放弃了。

“你现在好像很混乱啊。我从未见过这样的梶间先生。”野见山微微一笑，继而收敛了表情，夹着香烟指向勋，“说白了就是这么一回事吧。你以前坐在高高的法官席上，从来都是以局外人的目光审判下界发生的事情。可是现在位置一换，火星子崩到自己身上来了，你这才着了慌，不知道该怎么办。”

“别说得像小孩子过家家一样。我做自己的工作从来没有高高在上，现在也没有慌了手脚。”

“那你为什么来找我？”

他说的一点没错，勋也很后悔自己不该来找野见山。他为什么这么做呢？果然是因为自己不知不觉失去了平常心。

“既然你来找我了，就应该这么说——‘我以前当法官判案子，一直都做得中规中矩，唯独害怕做出死刑判决。我并没有做好那个心理准备。那起案子的被害者有三个人，其中一个还是儿童。如果判决有罪，那就难逃死刑。为了逃避判决，我只能判无罪。正好立证方面存在不明确的地方，所以我钻了空子……’”

“荒唐。我不支持废死论。”

“我是说你不想成为判死刑的那个人。不想杀人脏了自己的手。你肯定觉得摊上死刑审判的法官很不走运。像你这种但求平安无事的消极主义者都给自己设了限。武内的审判结束后，你手头上还有一件确定是死刑的判决对吧？你才不是为了看护老母亲而提前退休的，因为你根本没那么讲情义。你就是以这个为借口，逃避了那场死刑审判。你就是个胆小鬼，我说错了吗？”

“你这是在胡言乱语，根本不值得听。”

勋嘴上虽然这么说，心里却愤恨不起来。

“如果你真的每天认真看护老人，腰肯定伤得厉害吧。感觉怎么样啊？”

野见山摁灭香烟，挑衅地问道。

勋回答不上来。

“我找你是为了问武内的事情，不是来谈论我自己的。”

“那我也不太赞同啊。”野见山露出了阴险的笑容，“我虽然是检方的人，但也不得不承认冤罪的确存在。确实有人因为警方不规范的调查被安上了莫须有的罪名，并因此受了不少苦。其中有几个人在审判过程中成功逆转，获得无罪判决，证明了自己的清白。那些都是值得称赞的人。但是梶间先生，你现在的行为，是在亵渎他们啊。”

“我也没说别的冤罪受害者。我说的是武内。”

“那有什么不一样吗？武内堂堂正正地获得了无罪判决。对于他背上的伤，我没办法进一步立证。虽然很不甘心，我还是只能认输。你现在跟我打听他那些无凭无据的事情，到底想干什么？”

“你就是想为难我找乐子是吧？”

“请你不要偷换话题。”野见山觑着眼睛凝视着他，仿佛连他瞳孔的动摇都看透了，“不过在法律界，检察官一旦成了律师，就会说出完全相反的话，这很正常。同理，你辞去了法官的工作，随便说什么都行……然而话虽如此，如果不能解释武内背上的伤，说什么都没用。他一个人能否制造那种程度的重伤，这是非常合理的疑问。我没能推翻那个疑问。要是你怀疑武内有问题，并且想提出你的质疑，首先要做的就是推翻那个合理的疑问。等你真的推翻了，我就认真听你的话。”

“够了。我就不该找你谈这件事。”

野见山耸了耸肩。“随你的便。”他微笑着说完，喝了一口冰茶。

勋一口喝干了冷掉的咖啡，开始寻找时机离开这场令人讨厌的谈话。

“其实我也是多摩文化大学毕业的。”野见山仿佛忘了刚才的话，换上若无其事的口吻说，“也加入过学法会。没想到梶间先生竟会到我的母校工作啊。”

勋实在提不起心情接话，便没有吭声。

“学校现在还给我寄宣传杂志呢。是哪一期来着？上面有梶间先生的访谈，标题还是《采访退役法官·大放异彩的教授》，呵呵呵……”

也不知道有什么好笑，野见山发出了令人不愉快的笑声。

“那篇访谈真是太有意思了。有人提问‘法官需要具备什么样的素质？’你的回答是‘要喜欢人’。我都怀疑自己看错了。我心想，你不是很讨厌人类吗？”

“讨厌人类的是你吧。”

“确实。”野见山大大方方地承认了，继而加重了语气，“我很讨厌人类。尤其是看到觍着脸说自己喜欢人的伪善之人，我都快吐出来了。”

二人无声对视了片刻。

勋拿起小票，野见山也掏出钱包，拿出一张千元钞票。勋摇摇头拒绝了。

“我猜你今后不会再来找我了，所以这句话要先说出来。”野见山收回钞票，继续说道，“武内上初中时，父亲病逝了。他上高中时，继母也因事故死亡。从此，他就成了孤身一人。想必你也知道他这可怜的身世吧？”

说着，野见山向他凑近了一些。

“不过，他继母的死，真的是事故吗？”

“什么?!”

“那天，武内与继母及其男性朋友三人上山远足，男女二人坠崖而死，武内一个人下山，跑进了警察岗亭。后来人们派出搜查队，在悬崖底下找到了二人的尸体。这件事表面上是个彻头彻尾的事故，但是他的继母出了名的性格暴烈，甚至传闻武内上小学时就遭到了她的虐待。假如那位继母与男性朋友再婚在即，把武内当成了累赘……”

“那又如何……你听知道那件事的人说了什么吗？”

“那件事都过去三十多年了，还有谁会记得呢？可你来找我，不就是要打听这种没有根据的传闻嘛。”

勋感到背后发凉，却有苦无处说。

“你这也太胡扯了。”

“是吗？那真是对不住了。我觉得这跟你母亲去世之疑的性质差不多啊。”野见山撇着嘴说完，又抬手蹭了蹭鼻子，“万一出了事被你记恨也不好，我就透露个人吧。那是一个男的，姓鸟越还是什么来着。他从小就跟武内交好，在进口外国精品的生意上也相当于合作伙伴，可以说是跟武内交情最长的人了。我之前调查武内的过往，总能看见他的名字。”

“你查过那个人吗？”

“当时我想拿他当公审的隐藏王牌，没想到那家伙竟在法国坐牢。听说是因为持有毒品。我觉得就算去见他，到法庭上也派不上什么用场，干脆就放弃了。不过他现在可能回到了日本。要是你想知道他老家的联系方式，我可以帮你查查记录。”

勋已经不想坦然接受这个人的帮助，但又觉得断然拒绝太不成熟，只好点了一下头。

“那我大概明天给你打电话。”

野见山站起来，刚背过身去，又转了回来。

“我再说一遍，要是今后真出事了，你可别记恨我。你这样来找我，我也帮不了忙。火星子崩到你身上，你得靠自己甩掉。”

“我还没有承认那是火星子。”

野见山微微眯起了眼。

“我觉得你这人啊……就是在关键时刻下不了决心。算了，希望这是杞人忧天吧。”

说完，他就彻底背过身去了。

不过是嘲讽，任凭他说去吧。勋努力打消了内心的不愉快，目送野见山离开。

关键时刻是什么意思？他至今都不太能想象那个时刻真的会到来。

*

那天傍晚，寻惠买菜回来，顺路去了花店，为两天后的尾七法事订了好几种花。满喜子说了要送花过来，但寻惠这边若是不做任何准备，恐怕又要被她说三道四。

其实每个星期的法事她都会订新的花束。不过尾七比较特殊，她就比平时多订了一些。

回到家，寻惠把广口瓷瓶拿到餐桌上，放了一些水开始泡发插花棉。花朵较大的百合与兰花插在中间，四周装饰白、黄、紫三色菊花，再用满天星填满空隙，就成了一瓶鲜艳的花束。

她把插好的花拿进了和式房。等满喜子的花到了，就摆在祭坛旁边，这瓶花就摆到窗边吧……她漫不经心地想着，放下了花瓶。

就在这时……

不知从何处传来了男人的吼声，紧接着是重物砸到地上的声音。

怎么了？

寻惠吓了一跳。那阵响动着实吓人，让她心神不宁。

吼声只持续了几秒钟，后来又断断续续地传来了模糊的响动，没一会儿也彻底消失了。

是邻居家传出来的吗？

她有点犹豫，不太敢走出去。俊郎和勋都不在家。再加上白天那件事，她今天暂时不想见到武内。

不过，万一真的出了什么事故，也由不得她想不想。寻惠走上二楼，透过阳台的窗户查看隔壁的房子。

似乎没有人。

她打开落地窗走上阳台，又看了看邻居的院子和外面的路。

什么都没有。刚才的骚动已经完全平静下来了。

寻惠长出了一口气，顺便收了晾晒的衣物。

17 怪癖

翌日，寻惠一早就忙得脚打后脑勺。

勋在学法会还有点事，得傍晚才能到家。俊郎也去图书馆学习了。虽然论述考试的结果还没出来，他已经在准备口试了。

寻惠送走父子俩，一边看着円香，一边准备起了明天的法事。她擦拭了佛龛，收集了家里的所有坐垫。要是亲戚都来了，坐垫就还差两个，她决定下午再去买。扫墓用的花得准备好，茶点也要今天买好。对了，得把留作纪念的遗物准备好。她翻找着婆婆的衣箱，就这么耗掉了一个上午。

临近中午，门铃响了。她接了门禁一看，是送花的快递员。

“叮咚——有您的快递。”

她领着一个劲模仿大人的円香，到门口开了门。

“相田满喜子女士给您的快递。”

她在快递单上盖了章，接过打包好的花篮。

“是川越的姨婆寄来的哟。”

她给円香看了看花篮，转身回到走廊上。边走边仔细打量手上的花篮，寻惠不禁想，这花还挺小呢。按照满喜子的性格，寻惠还以为她会选让人误以为这不是做法事的豪华鲜花，没想到这篮花如此低调，仿佛反映了她本人的低落。老实说，这跟昨天她自己插的花相比，也落了几分下风。

摆到和式房一看，寻惠觉得果然不太妥当。也许应该把她那瓶花抽几枝出来，放到门口去。

没过多久，门铃又响了。

“叮咚——有您的快递。”円香得意地说。

这回是礼品公司寄来的东西。她特意订购了一些香菇和海苔的礼包，准备送给明天参加法事的满喜子和登他们。能在出门前收到真是太好了。

她把东西拿到起居室，正准备吃午饭，门铃再次响起。

“叮咚——有您的快递。”

应该没有法事需要的东西了……寻惠想着，走过去接了门禁。

“您好，我们是警察。”

寻惠听了那句话，心跳漏了半拍。

“稍等……”

寻惠紧张地应了一声，强迫自己迈开发软的双腿。

“这回不是快递员，到那边去玩吧。”

她把円香赶到起居室，接着打开了玄关门。

门外的小径上站着两个身穿白衬衫的高大中年男性。他们不像快递员那样轻快，而是脚步沉重地缓缓走了过来。二人身上都散发着强势的气场。

走在前面的寸头刑警亮出了证件。

“我们是警视厅搜查课的，想跟您询问一些事情。”

他微妙地回避着寻惠的视线，这样开口道。后面那个皮肤黝黑的刑警则一直盯着寻惠。

“我们正在调查一起案子……而被害人正好认识您的邻居武内先生。刚才我们去找他谈话了。您认识武内先生吗？”

“嗯，当然……”她的回答只有短短几个字，却说得格外艰难。

“听说您经常跟他在外面碰面，聊聊闲话？”

“嗯，是的。”

“请问您最近一次见到他是什么时候？”

“啊……？”寻惠被问了个措手不及，脑子一片空白。

她还以为警察会问自己前天傍晚几点碰到了武内。现在这个问题，简直就像在问他们是否有机会对口供啊。她实在不知该如何回答。

“那个……”寻惠慌了一会儿神，最后咬咬牙说道，“应该是……前天吧。”

“嗯。”寸头的刑警面无表情地看着寻惠，但仅仅是这样，就让她感到了巨大的压力。“昨天呢？听武内先生说，他好像送了一个放在院子里的花架给您啊。”

“哦哦。”寻惠夸张地惊呼道，那完全是她慌慌张张想要掩饰谎言的条件反射，“对了对了，应该是昨天。”

“大概几点钟？”寸头的刑警平淡地问道。

“嗯……应该快中午的时候……”

只听那刑警深吸了一口气，寻惠不由得一惊，暗想自己是不是又说错了话。不过那好像只是平时的习惯，他面不改色地继续提出了问题。

“那个时候……武内先生眼睛底下有没有发青肿胀？”

寻惠很疑惑，不明白他的意图何在。

“您没发现吗？”

“嗯……”

“没什么，那就够了。跟武内先生说的一样。”寸头的刑警不知怎的好像就明白过来了，又问了最后一个问题，“那么您跟他前天也见过，是吧？请问是几点钟？”

“嗯……”寻惠一手捧着脸颊，用假装思考的动作让自己冷静下来，“应该还没到傍晚……”她挤出了沙哑的声音。

“三点，还是四点？”

“四点那时我还在外面买菜。”

“没到五点吗？”

“嗯……因为是买菜刚回来……应该是四点半左右吧。”

她有种很不舒服的感觉，仿佛嘴巴在违背自己的意志说话。

刑警又深吸了一口气。

“原来如此，是这样啊。真是太感谢您了。净问一些琐碎的问题，实在不好意思。但我们毕竟要通过琐碎的细节拼凑起整体啊。”

刑警的表情刚柔和下来，突然又用诧异的目光看向了寻惠。

“您没事吧？喘得有点急啊。”

这时寻惠才发现自己呼吸过速症状又发作了。

“有点不舒服……”她勉强挤出笑容，继而掩住了嘴。

“是吗，那真是打扰了。就这样，我们先告辞吧。”

两名刑警低头行礼，头也不回地走了。

寻惠回到厨房，对着塑料袋调整了一会儿呼吸。

那样就可以了吧……人家会不会觉得很不自然呢？她始终放不下心来。

不过，那只是区区一个小时的误差，警察不可能发现。她前天买菜没碰到过熟人，印着四点四十六分的购物小票也已经撕碎扔掉了。她不是包庇罪犯，只是在帮助有困难的人。等警察抓到凶手了，这点小谎言就会变得不值一提。

尽管她一直这样安慰自己，还是无法隐藏内心的疑惑。昨天听完武内的话，她专门看了报纸。那位关孝之助律师家住稻城，跟这里是相邻的两个行政区。不管开车还是坐电车，路程都不到二十分钟。她先是感叹武内的熟人离这里好近，但是转念一想，又觉得有点不太对劲。她总觉得好像有个看不透的地方，若是关律师家住千叶，也许就不会让她产生这种感觉了。

应该是我想太多了吧……

寻惠振作精神，吃了午饭。她在冰箱里找了点现成的东西下饭，又像雪见那样给円香捏了小小的饭团。

雪见打算什么时候回来呢？与其等到明天，她更希望儿媳今天能回来帮忙。家里事情一多，带孩子就变得很困难。要不等会儿打电话给她吧……

吃完午饭，带円香洗了手，刚把餐具放进水槽，门铃又响了。

“叮咚——”

円香好像很喜欢听门铃声，但寻惠听了只觉得烦躁。

如果又是警察该怎么办……她这么想着，接通了门禁电话，发现是送花的。

满喜子的已经送过来了……莫非是登……

她走出去看了看。

“这是武内先生送的。”

快递员手上捧着一个大得惊人的花篮，足足有满喜子送来的那个花篮的两倍大。花的颜色虽然控制在白、黄、紫三色，但是中间插满了大朵的兰花，周围还有好几朵大菊，绽放着水灵灵的色彩。这个季节的菊花可不便宜。花朵之间还有藤蔓向四周延伸，一看就是十分精致的手工。满喜子的花篮满打满算能值三千日元，肯定没有五千。可是这个花篮说它值两万也毫不奇怪。

寻惠把武内的花篮拿进和式房，跟满喜子的花篮放在一起，顿时又为难起来。她脑中闪过了必须跟武内道谢的念头，但马上决定过后再说。现在得先想想怎么平衡这两篮花。

满喜子只是订了花，应该没看过实物。寻惠从自己插的那瓶花里拿了几枝菊花出来，插进满喜子的花篮。尽管如此，大小的差异还是太明显了。实在没办法，她只好把自己的花跟满喜子的花挨着摆放，构成一个整体。再把武内的花分开放，大小就能平衡了。

接着，插在花束后面的名牌又成了问题。也许因为订花的店不一样，“武内”的牌子明显比“相田家”的牌子大了许多，看着更显眼。那牌子虽然跟花朵的大小相配，可这样看就实在太奇怪了。也许得趁勋他们看见之前，做一块小牌子替换上去。

寻惠拔掉“武内”的牌子，拿到了餐桌上。接着，她从柜子里拿出厚纸，剪了个合适的大小，用马克笔描边，再用便携毛笔写上了“武内”二字。她刚要拆下原来名牌上的棍子，门铃又响了。

“您的快递！”

她顾不上円香，拿起了门禁听筒。

“我是武内。”

“啊……来啦……”

寻惠不明就里地走出去开了门。

她心里想着得谢谢他的花篮，可是一开口，别的话却冒了出来。

“哎，你的脸怎么了？”

武内左眼下方肿了一大片，又青又黑，连睁开眼睛恐怕都很困难。

“没什么没什么。”武内咧着嘴笑了，“说来真不好意思。昨天我在家摔了一跤，正好磕在桌子边上了。”

“哎呀……那可真是太不走运了……”

原来刑警说的就是这个吗？昨天跟武内见面时，他脸上的确还没有伤。

话说回来，昨天傍晚她听见隔壁传出了挺大的声音和响动，他恐怕就是那时跌倒的吧。日落时分，她还瞥见了武内走出院子，心里就想应该没什么大事。当时円香也在院子里，然而寻惠不太想跟他见面，就只在窗边匆匆看见了他的剪影而已。今天早晨她再到院子里，发现隔壁的兰花架子移到了露台另一头，应该就是昨天傍晚弄的。

“明天就是尾七了吧？”武内说。

“是的。哦对了，您也真是的，送了这么漂亮的花篮……”

“不，那没什么。”武内满不在乎地说，“我能先进去吊唁吗？”

“请进，请进。”

寻惠拿出拖鞋，让到一旁看着武内进屋……这时，她突然想起名牌还没插回去，便径自转身跑进了厨房。她用旁边的报纸盖住自己做的名牌，拿了原来的牌子，用手挡着穿过起居室走进了和式房，飞快地插回武内的花篮。再转过头，武内已经进来了。

“这花真漂亮啊……”寻惠挤出微笑说。

武内先是满意地看了看自己送的花，随后走到祭坛前跪坐下来，在骨灰盒旁边放下奠仪，轻摇佛铃，双手合十。

但愿那信封里没有吓人的金额……寻惠不禁想。

“日子过得真快啊，这就尾七了。”武内注视着老人的遗像说。

“是啊，过得真快。”

“尾七过后，您也能稍微放心一些了吧。不如干脆好好放松放松，如果不嫌弃，我可以带夫人到处去玩。”

寻惠礼貌地笑了笑，武内又继续道：

“还可以带上円香小朋友。可以去日光走走，要是不想走太远，也可以去镰仓。我挺熟悉那里的。”

武内的神情看起来格外认真，寻惠不知该如何回答。

“那个……俊郎下个星期要带我去朋友的别墅。我打算在那里放松几天……”

“哦，原来是这样啊。”武内有点尴尬又有点羞涩地笑了，“那挺好啊。原来如此，那太好了。”

随后，他收敛了笑容，略显寂寥地嘀咕道：“我最近也遇上挺多事，要不还是自己去走走吧。”

寻惠感到有些心痛，但又不敢轻易接话，只能忍受着尴尬的氛围。

“您把花架移走了呀。之前不是在做花坛吗？”寻惠随便找了个新的话题。

“是啊，那样夫人不也能赏花了吗？”

她确实半开玩笑地说过这种话，没想到武内竟然当真了。可她实在是高兴不起来。

总觉得有点不对劲。

“好了。”武内站起身，简单回应着寻惠感谢的话语，走向了玄关。

“哦，对了。”他穿鞋时，侧过脸问道，“警察来过了吗？”

“嗯……大约三十分钟前来过了。”

“这样啊。真不好意思，我又麻烦到您了……他们说什么了？”

“说了您脸上的伤……”

寻惠不太想提对口供的事情，就只说了刑警最先问的问题。

“我脸上的伤？”

“问我昨天见到你时看没看见这个伤。”

“原来如此。”武内垂着目光，冷笑一声，“他们肯定怀疑这跟关老师的案子有关吧。警察就是这样，爱把毫无关系的两件事硬扯到一块儿。唉，还好昨天碰到了您，否则可能要惹大麻烦了。”

寻惠也觉得，如果没有她的证词，警方很可能会怀疑武内。这么想来，武内正因为孤身一人，才没有证明自身清白的机会，也难怪他会选择对口供的手段。

关于对口供这件事，武内也没有主动提起。

“真是承蒙您的帮助了。”武内觑着眼睛看了一眼寻惠。他似乎认为没有必要专门确认寻惠是否按照他的请求提供了证词。

“没关系的，请相信我。”

他补充了一句，嘴角勾起微笑。

这句话有点多余了，寻惠暗想。

她不知道武内说这句话是什么意思，但是那几个字让她感到了别样的腻味。

出门买菜前，寻惠给雪见打了个电话。

“你在哪里呀？”

雪见听了没有马上回答，像是有些为难。

“我……”

寻惠猜想她可能一整天都在无所事事，就没有逼她回答。

“你准备什么时候回来？”

“嗯……反正能赶上法事的。”

“别这么说，今天就回来吧。”

“可是……”雪见还是有点为难。虽然已经过了好几天，但她似乎没什么精神。

“我有好多事情等着你帮忙呢。”

“是吗……那我傍晚前回去吧。”

“嗯，早点回。你什么都不用在意……”

寻惠又劝了她两三句，然后挂了电话。

雪见和俊郎之间的矛盾似乎比她想的更深。她本想趁这个机会让小夫妻俩再谈谈，现在看来也许没那么容易。

打完电话，寻惠就带着円香去了大型商城，一次性买齐了坐垫、扫墓的花、茶点和做晚饭的食材。除此之外，她还买了旅行要用的东西和到那边玩的烟花。那天正好是星期六，她就没法像平常那样在咖啡厅或者汉堡店坐一坐，只能用食品区买的小零食应付了円香，领着她早早回家去了。

回到家中还不到四点。她让円香在起居室玩，自己则收拾好了采购的东西，然后用洗手间的桶接了点水，把花养在里面。

因为旅行开车时间较长，为了方便円香睡觉，她买了一条毛巾被。她拿了毛巾被打算暂时放在二楼，顺便上去收衣服。

走进二楼和式房，她将装毛巾被的纸袋放在了衣箱旁边。

然后……

寻惠猛地僵住了。

她觉得屋里有人。

怎么会……她一边安慰自己，一边判断着背后那股凉意的真相。

对了，阳台窗户开着半边，只关上了纱窗。上次武内和池本正面对峙，她听了二人互相指责对方闯入这里打探的言辞，从此就非常小心，出门时自不必说，连二楼长时间没人的时候，她也会关窗上锁。然而习惯很难改变，一忙起来就容易忘，今天她根本没顾得上二楼。

寻惠缓缓转向落地窗，果然只关着纱窗。不过她正好要出去收衣服……

下一个瞬间，寻惠又僵住了。

有人躲在窗帘后面！

雪见？她正要询问，但把话咽了回去。显然不是雪见。因为她不会躲在那种地方，而且从窗帘鼓起的大小来看，那应该是个男人。

寻惠愣愣地站着，心跳越来越快。

突然……

窗帘悄无声息地膨胀起来，直逼到眼前。

尖叫的同时，寻惠感到胸口一闷，仰天倒了下去。

*

这天上午，勋因为昨天的约定，给东京地方检察院八王子分院的野见山打了电话。

“鸟越果然回日本了。”

“在老家那边吗？”

“不，没在。您运气好，他住得很近，就在神奈川的秦野。最近的车站是小田急线的东海大学前车站。”

秦野说起来离他的住处也不算近，不过考虑到他有可能身在日本的任何一个角落，那应该算挺近了。

“他在那儿开了一家二手乐器店，做大学生的生意。店名叫‘杂音堂’，具体地址是……”

勋记下了野见山给的地址。

“那……这个鸟越已经跟武内没有联系了吗？”

“那我就不知道了。我只是管他母亲要了联系方式。”

“能不能麻烦你打电话问问他？昨天也说了，我是武内的邻居。万一让武内知道我在打探他的过去，那实在不太好。”

“荒唐。”野见山的声音有些愠怒，“您叫他别说不就完事了，凭什么要我帮您打听。”

“啊，不是……”

“您应该先改改那公家的臭毛病。”

勋正要反驳，电话却挂断了。

至于这么生气吗……勋悻悻地放下了听筒。

这个鸟越胜彦只是跟武内相识多年，见了他并不能保证可以打听到新线索。老实说，完全看心情的话，他并不想去找鸟越。

不过他的确很在意检方没有找过鸟越这件事，甚至有点轻微的强迫症，觉得不去问问情况也许会漏掉很重要的信息。

他对寻惠说学法会有事，步行离开了家。但其实学法会昨天已经正式放暑假了。他就这么漫无目的地边走边思考，不知不觉走到了神田的旧书店，一直在那里闲逛到下午。他并非没有自己到底在这种地方干什么的疑问，不过能在书海漫游，他还是感到心情平静，而且乐在其中。

等到逛热了，他就找了一间看着挺低调的荞麦面店，坐进去点了捞凉面。吃面时，他开始犹豫接下来该去哪儿。从这里坐车到东海大学前好像挺远的。

他怎么会选择了法官这份工作呢……辞去工作后，勋不时会烦恼这个问题。进了高校当老师，他觉得自己一开始就该选择这条道路。做学问靠的是自己的头脑，而高校就是尊重知识的地方。如果每天做研究带学生，日子应该会很精彩，也能获得稳定的充实感吧。

他本以为法官的工作也是脑力劳动，能确保精神上的安宁，是个神圣的职能。正因如此，他才去了法院。

可是现实中也有例外。对勋而言，死刑判决就是那个例外。唯独死刑判决这种工作，他无法用平常心来应对。别的领域是否存在不得不做出如此沉重决定的职位呢？他的一念之差，就能决定人的生死。他对此保持慎重有什么不对吗？

现在想来，勋也觉得自己没把握好辞去工作的时机。退休是他再三思考后做出的决定。他能做出这个决定，应该是值得赞叹的，只可惜到最后下定决心还是花了将近一年时间。虽说这个决定会影响他的人生，花点时间也是情有可原的，但他还是应该在的场一家遇害案的审判开始之前辞职。

他并不后悔自己做的无罪判决。在审判层面，那是无可颠覆的判断。

但事实上，他受到了那场审判的影响。此时此刻，他感到自己的生活渐渐发生了变化，就像暴风雨来临前的天空。他究竟走错了哪一步……

勋走出荞麦面店，进了新御茶水站乘坐千代田线。虽然很不情愿，但他只要坐在上面，电车就会带着他前进。换乘小田急线后，他又坐了好久，脑子开始发蒙时，总算到了东海大学前车站。

杂音堂开在一栋相对比较新的瓷砖外墙大楼底层。

橱窗挂满了各式各样的吉他，旁边都贴了手写的价格牌。其中一些颜色刺眼、形状怪异的吉他可能比较稀罕，附带的价格牌尤其大，数字下面还画了横线。

橱窗里还放着宣传告示，显然店铺里屋还有出租用的录音棚。

勋推开玻璃门走进去，一阵大音量的音乐扑面而来。那首曲子他几乎听不出旋律，就是一个年轻的男声懒洋洋地唱歌。他忍不住想捂上耳朵，全然无法接受这种艺术。

店铺里也摆着吉他、小号、鼓、小提琴等各式乐器，俨然一个玩具之家。几个年轻人正在专注地挑选。

勋穿过了狭窄的通道。

收银台在店铺深处，里面站着一个五十岁上下的男人，似乎正在打理吉他。

对于这人的年龄，勋是仔细打量他的长相后做出的判断。因为他的打扮异常怪异。他把头发和眉毛都染成了金色，鼻子上穿着鼻环，上身是夏威夷衬衫，下身是半截短裤。

对方可能也很少看见勋这个年纪的客人，把他从脚到头慢慢打量了一遍。

“你是鸟越先生吧？”

跟他对上目光后，勋问了一句。

“你哪位？”

鸟越眯起一只眼睛反问道。他的眼角有点下垂，给人以平易近人的印象，但又看不出一点破绽。

勋报上姓名，并表示自己是大学教授。

“教授？”鸟越露出了更诧异的表情。

“我听说你跟武内真伍先生有很多年的交情……想向你请教几个关于他的问题。”

“武内？”他尖着嗓子说，“你跟武内是什么关系？”

“那个……我在大学里研究冤罪问题，你应该知道，武内先生他……”

“哦，那我知道。”鸟越压低声音打断了勋的话，“照这么说，你应该也知道我去年之前在哪儿吧。是武内告诉你这个地方的？”

“不，我没有向武内先生打听你的所在地。”

“那就行……你突然提起他，吓我一跳。”

鸟越苦笑着打开了柜台背后的门。里面是个不足七平方米的小房间，看样子像是办公室兼仓库。

“你帮我看着。”

鸟越对店里貌似零工的年轻人说了一句，接着就关上了房门。

吵闹的音乐声稍微小了一些。勋按照鸟越的指引，坐在一张折叠椅上。屋里除了办公器具，还有堆积成山的乐器，显得比较凌乱。两个人落座后，已经没有什么空间了。

“武内啊……我可不是怕他，不过跟他打交道，总让人觉得不舒服。”

鸟越大咧咧地说了起来。

“我跟那家伙交情真的很长，得有四十年了吧。要是让他喜欢上了，你就别想轻易摆脱他。我进了法国的大牢，那也算是因祸得福。就在我被抓之前，他那个英国老婆逃回英国后还搬了好几次家，因为武内一直对她纠缠不休，后来好像是终于甩掉了。那位夫人毕竟来自女士优先的国家，最初看武内可能觉得他特别绅士吧，但是在一起生活一段时间，就发现了他的本性。事情发展到那个地步，要么逃到天涯海角，要么只能被他干掉，所以人家也算是拼了命了。”

鸟越说了一大段令人胆寒的话，又点燃了第二根香烟。狭窄的屋子里渐渐充满了烟雾。

“不过要是知道怎么跟他相处，那也算是捡了个大便宜。我之所以能跟他有这么多年的交情，就是打定了主意要利用他。只要我做事够讲情义，他就会比狗还听话。跟他合作也特别轻松。当然了，能这样利用他的人，恐怕也只有我而已。”

鸟越说完好像并不觉得自豪，反倒轻笑了几声。

“照你这么说，要是不够讲情义，就会惹他生气？”

“那可是会惹大麻烦的。”鸟越的神情瞬间变严肃了，“一家灭门，这就是后果。”

“可是……他在那起案子被判了无罪……”

“呵。”鸟越哼笑一声，“审判算什么。那玩意儿就是一场传话游戏而已。说穿了，就是一帮没到过现场的人靠别人告诉他的证据做出判断，不是吗？简直岂有此理。他那个大恶人得到无罪释放了，像我这种普通市民却要被关好几年。不过我也不是无辜的，这可以理解。但是话虽如此，他们也不能放过一个杀人狂魔吧。所以说法院啊，屁用都没有。”

勋控制住皱眉的冲动，轻咳了一声。

“不过鸟越先生，你也只是回国后看新闻或者听传闻知道那起案子的吧。就凭这个断言是他干的，会不会不太妥当？”

“你不也是怀疑他，才来找我的吗？”鸟越漫不经心地看着勋，“一个研究冤罪的人打探那家伙的人际关系，除了怀疑还能是什么？我就是很了解武内，才能看得出里面的蹊跷。如果你是研究冤罪的人，肯定会带着同情去接触他吧。你这样啊，他会蹬鼻子上脸，一个劲往你怀里蹭。反正我从来都是利用他，要么就躲开他，如果一直跟他这么打交道，肯定会变成那家人一样吧。”

鸟越说到这里，向他投来了询问的目光。

“我猜，你也是跟他来往了一段时间，觉得有点奇怪了对不对？于是，你就瞒着他来找我了。我就猜到是这样，才跟你讲这些。”

“且不论是不是这样……”勋搪塞道，“我想问的是，你为何这么确信他就是凶手？”

“还要什么确信，那家伙不都自己说了吗？”

“不，现在认为他是受到了调查方的强迫和诱导式讯问。”

鸟越笑着摇了摇头。“那家伙才不会因为这点小事崩溃呢。我都能猜到，肯定是刑警对他很亲切，把他当成了自己人，他就忍不住招供了。总而言之，那家伙就吃这一套。”

他的话虽然带着点玩笑性质，可勋却无法一笑置之，甚至有种被戳中了盲点的感觉。

“再说了，那作案手段一看就是武内。”

鸟越再一次平淡地说出了惊人的话语。

“你的意思是？”

“他不是突然用金属球棒袭击了关系很好的一家人吗？而且因为很琐碎的事情。”

不等勋回应，鸟越继续道：

“我们上大学那时，我和武内，还有成田和后藤，四个人组了乐队。后来咱们乐队去参加业余表演，当天武内买了四件一模一样的号衣，提议咱们穿着它上台表演。我们看了都特别无语。那时候披头士正好到日本来表演，他们也穿了号衣，可是那玩意儿就是外国人穿才有噱头，咱们穿了不就是普普通通的日本人嘛。穿上肯定成不了披头士，反倒更像一帮唱民歌的。”

鸟越说完嘿嘿笑了，然后他的笑容渐渐僵硬，最后消失了。

“可我知道他是什么性格，就乖乖穿上了，还高高兴兴地讨论要不要把乐队名定为‘哈皮士’。可是成田和后藤那俩人不一样，他们只把武内当成愿意借乐器给他们玩的工具人，根本没把他当回事。他俩竟然当场把号衣塞回去了，说那玩意儿太老土了不想穿。武内他还挺坚持，说买都买了，就都穿上吧，但成田他们就是不答应啊。说了好一会儿，武内终于安静下来了，我本来以为他放弃了，没想到刚一转眼，那家伙就抄起吉他把那俩人揍得头破血流。要是我没拉住，真不知道后果会有多严重……你说，这事跟那个灭门案有什么不同？”

见勋无言以对，鸟越歪着嘴笑了。

“跟那家伙来往特别费神。收了他的衣服，下次见面要是不穿，他就会问是不是尺寸不合适。就算是好几年前送的东西，他也会一直问这个怎么样了，那个怎么样了。所以只要是他送的东西，我全都摆在房间最显眼的位置。我说的讲情义，说白了就是这个。

“你可能不相信，在我被关进法国监狱之前，武内每年都给我过生日。不记得是十九岁还是二十岁的时候，我拒绝了生日跟女朋友出去约会的邀请，结果女朋友就怀疑啊，那天跑去跟踪我，发现我跟武内两个人在开生日派对。我说这个可不是讲笑话。要是我拒绝了武内，那家伙肯定会想方设法拆散我跟女朋友，或是干脆扛着球棒打上门来。我结婚以后，每年过生日也是夫妻俩一起被请到武内的小别墅去，吃他亲手做的大餐。他每年都提前一个月给我发请帖，年年不落空。我真想说我早就吃腻了。你知道跟那家伙绝交有多难吧。就算再怎么好利用，我也受不了啊。他从小就这样，简直是个疯子。”

鸟越一通狂笑过后，晃晃脑袋收起了笑容。

“对了……说到球棒，那是他从小到大的标配。当然小时候拿的不是金属球棒，而是木头球棒，可就算是这样，那时候也没几个人有啊。他家以前是地主，家里比较有钱，所以能有自己的球棒。那时我每天放学都会到他家玩，那家伙只要在学校遇到什么烦心事，就拿着球棒到后院去。他们家后院有一棵大杉树，他就拿着球棒发疯一样打树干，都不知道打断过多少根球棒。

“要说他在学校遇到的烦心事啊，要么是负责打饭的时候没控制好量，菜不够全班人分了；要么是他在年级大会上提的建议没有通过。反正都是些很小的事情。可他就一直记在心里，越想越生气，这已经不能叫认真死板，而叫性格异常了。他每次这样，目光都会四处乱飘，而且面无表情，我在旁边一眼就能看出来。等回到家了，他就抓着球棒到后院去，像变了个人似的发疯。自从看到那个场景，我就打定主意绝不惹那家伙生气。有一次他被自己养的猫挠了，他抓起球棒就把猫打死了。见到这种事，无论什么人都会犯嘀咕吧。”

勋听了鸟越的话，尝试想想武内少年时的样子。他想象的场景丝毫没有怀旧色彩，反倒充满了漆黑的血腥气，令人背后发凉。

“怎么说呢，他的精神一直绷得很紧，总是在给自己施加压力。可能父母对他的期待特别高吧。在我们读的那个乡下小学，就他一个人整天穿笔挺的制服，像私家学校的小少爷一样。而且他每次都参加年级委员选举，不知为什么还总报选副级长。可能参加选举是父母要求的，而他又觉得自己不是当领导的料子吧，所以才不参选级长，而是副级长。你说这心思，够微妙吧。简直太扭曲了。他甚至推举我当级长，真够难为我的。

“他在毕业文集里的作文也不是回忆林间学校或者回忆学艺会。你知道标题是什么吗?《计划安排》！那才不是小孩子用的词。我到现在都记得清清楚楚。他就是因为搞班上活动没安排好被老师说了，才写了这么一篇反省作文。我真想说：‘你啊，能不能活得轻松点？’

“先不说什么计划安排，他的做法根本就是错的。你知道吗，他为了班级团结，以侦察的名义到处去监视同学的家。躲在障碍物背后偷看，你说这吓不吓人。不只这样，他还从班主任的抽屉里偷走成绩表，拿到教学楼背后偷偷看。那家伙，对这种秘密就是毫无抵抗力。不过长大之后，他能凭这个本事哄好大客，我也算是靠他捞了不少油水。可是他每次来我家，只要我稍不注意，他就去翻记事本什么的，一点都不能大意。

“我猜他自己只想讨周围人的欢心吧。可是他的行为太烦人、太狡猾了，完全超过了容忍的度啊。我知道他家庭情况复杂，没想到他竟因此长成了这么扭曲的人。总之他从小就不太对劲，以后就算干出什么大事，我都不觉得奇怪。这么多年了，我一直看着他过来的，这种感觉不会错。唉，真是太感慨了。”

乌越似乎由衷地相信武内就是凶残的杀人犯。他所说的少年时代的武内，的确有种让人毛骨悚然的气质……

可是，仅凭这个就判断他有可能是灭门案的凶手，似乎还欠缺一点关键的东西。那起案子没有那么简单。

“你说他家庭情况复杂，是怎么回事？”

“哦，我也是小时候听爸妈说的，那时还不怎么感兴趣。那家伙的老爸，离婚再婚了好几次。我记得武内是第四个老婆的孩子，出生时他爸都五十多岁了。后来那第四个老婆也被赶走，老武内六十多岁又娶了第五个老婆。不过倒也正常，老武内是地方上的名人，手上还有不少土地，而他那些老婆呢，又多是战争中成了寡妇的人。武内好像还有个异母哥哥，也死在了战场上。所以他实质上是个独生子，家里那个有钱的老爸年纪又很大了。但凡嫁到那个家里去的女人，心里都有别的打算。我甚至听说啊，武内的生母就是被第五个老婆赶走的。据说谁也不知道他生母被赶走后的下落。反正啊，那家人就没几个好东西。”

“那么，武内先生跟他的继母关系并不好吗？”

“他家里究竟是什么情况，我也不清楚。因为小孩子绝对不会让朋友看见自己的家庭问题。我对他继母的印象吧，就是穿得像个风尘女的阿姨。只能这么说了。”

勋一直琢磨着野见山不经意间说的话。他继母的死亡真的是事故吗……这话听起来像是他的无端揣测，可勋就是难以释怀。假如武内心中真的潜藏着疯狂的气质，那么的确很值得怀疑。鸟越对此怎么想呢？

“对了，他继母去世这件事……你听说过什么传闻吗？”

他含糊地问了一句，仔细观察鸟越的表情。

“哈哈哈。”鸟越瞬间领会了问题的意图，无奈地笑了几声，“还真没有什么传闻。非但如此，周围的人反而很不看好他继母。有传闻说，武内的父亲和奶奶同时病倒，没几个月就死了，肯定是那个新老婆图钱跟他父亲结婚，然后骗那两人吃了有害的东西。

后来她不是还跟新男友出双入对嘛。大家都说他们的事故是遭天谴，谁也没议论过背后有什么蹊跷。不过这事既然跟武内有关，真的有蹊跷也不奇怪，问题在于没证据啊。”

既不能肯定，也不能否定……勋想了想，又继续道：

“听说武内先生上小学时，经常遭受那位继母的虐待……”

“哦……因为那家伙身上总是有伤，别人看了可能会这么猜测吧。不过那都是他自己弄的。因为他有自残的癖好。”

“自残?!”

由于打击太大，勋难以控制情绪，激动地反问道。

“没错。刚才不是说那家伙总喜欢给自己施加过度的压力吗?为了舒缓压力，他总不能拎着球棒到处走，一不高兴就梆梆地敲吧。我猜他一直都在压抑着攻击别人的冲动。可是压抑久了怎么办呢？只能打自己，或是伤害自己啦。我有好几次亲眼看见他用铅笔戳手掌，戳得满手是血。他还喜欢抱着铁柱或者对着墙壁，专心致志地拿脑袋往上面撞。咣咣的，听着可吓人了，让人背后直发凉。”

此时此刻，勋终于明确认识到了武内的异常。之前，他听了雪见的话，又听了鸟越讲述的武内的童年，始终都觉得那些信息不足以构成一个清晰的杀人犯的形象。要确定武内的凶残性，从人格的形成来解释他残害一家人的行为，最关键的一块拼图，也许就是自残癖。

为什么这是不可或缺的因素……勋整理着脑中的想法，再次提出问题。

“那……他会不会假装受伤，博取周围人的同情呢？”

“会啊，太会了！”鸟越拍着手，一副忍俊不禁的模样，“那家伙其实运动神经很好，可是打棒球或者玩探险游戏时，不知为什么总是受伤。每次我们都中断游戏跑去看他。他看见周围的人很担心，就一脸心满意足的感觉。这么反复几次，大家就都烦了，不去管他。而他呢，每次受的伤越来越严重。比如有一次也不知他怎么碰的，额头哗哗流血。小孩子玩游戏根本不可能玩出那么严重的伤。

“即使上了高中，上了大学，他还是一个样。但凡搞点体育项目，他就会大张旗鼓地受伤。你看足球比赛，有的球员不是稍微绊了一下就惨叫着满地打滚，表演得有多么痛似的，他就是那种感觉。他还说什么可能骨折了，我专门陪他上医院看，结果什么事都没有。我稍微跟他疏远一些，他就铁定会这么干，简直太烦人了。”

鸟越干笑了几声，继而闭上眼睛，像是舒缓肩颈酸痛一般缓缓扭着脖子，又好像在仔细回忆着什么。

片刻之后，他睁开眼，意味深长地看着勋。

“前不久结束的二审……争论的焦点集中在了他背上的伤，不是吗……”他压低声音说，“我小时候也见过那样的伤。”

勋忍不住倒抽一口气。

“伤势特别重，像是被什么武器殴打了……我当时也觉得那种伤他自己弄不出来，就猜测是不是他父亲打的，也没敢问他……”

什么……

武内小时候也受过类似的伤?

那这意味着……

他用小时候实践过的方法，在那起案子中让自己负伤了……

如果真是这样，就可以解释他为何能在冲动犯罪之后进行伪装伤情这种需要冷静判断的行为。因为有经验在前，就显得不奇怪了。

不过，那究竟是怎么做到的……

他为何能在自己背部制造一大片严重的击打伤?

也许是很简单的办法。因为一个小孩子也能想出来……反过来说，凭儿童的力气，那必定不是自己亲手用力击打所致。

唯独这一点，他必须搞清楚。

武内很危险。听了鸟越的话，勋已经确定了这点。他必须尽快让家人远离那个人。

可是……

他现在无法说出口。正如野见山所说，不解决背部受伤的问题，他就没有资格怀疑武内。

因为正是他自己，判决了武内无罪。

18

雪见接到婆婆催她回家的电话后，又在朋友的屋子里躺了一会儿，漫不经心地翻看求职杂志。这几天来，她被强烈的虚脱感控制，做什么都没心思。她觉得自己不能总这样下去，于是想到先找一份工作以备不时之需，便去买了求职杂志，随手翻翻权当转换心情。

然而，她还是觉得自己像悬在空中没有着落，即使盯着求职杂志也提不起劲来。最后，她觉得就算今天能找到工作也不能马上解决问题，干脆决定差不多四点就出发去梶间家。她不想再听见俊郎说她回去了赖着不走，只拎了一个小包，带上最低限度的行李。

不知円香怎么样了。其实在家里等着她的不只有郁闷，还有值得期待的事情。

她强打精神走到门口穿鞋，手机却响了。她从放在换鞋区的包里拿出了手机。

“喂……”

“啊，那个……雪见小姐……？”

耳边传来病态的嗓音。是池本杏子。

“我是池本……前些天辛苦你了。”

“没什么。”雪见没好气地说着，内心闪过一瞬间的烦躁。她怎么又打电话来了？

“那个……其……其实我老公昨天出去了一直没回来。”

她的语气还是那么急迫。

“是吗？”雪见故意冷淡地回答。

杏子沉默了几秒钟，又继续道：

“那……那个，雪见小姐，那都是误会。你别被武内骗了，我老公不是那起案子的真凶，也没有给你下套。”

“那都无所谓了。”

“这……这怎么行。怎么会无所谓呢。其实老实说，听了武内那些话，我心里也有点怀疑。可我老公真的做不出那种事。我听见隔壁传来动静的时间也是真的，没有说谎。”

“……你今天找我有什么事吗？”

“没有，你听我说，前天有个叫关孝之助的律师被杀了，你知道吗？那人就是武内的律师。他绝对是武内杀的。”

雪见对着手机重重地叹了口气。

“你怎么能确定是武内先生干的？他为什么要这么做？”

“为什么？雪见小姐，你也听我老公说了他是什么样的人吧。肯定是律师对他比较好，他就贴上去了。后来律师发现他的异常，开始回避他，但武内还是对他纠缠不休，我猜律师就威胁他要报警或者起诉，结果激怒了武内。那个人越界了一次，就再也不受控了。”

“你有证据吗？没证据就乱说，最后又会变成池本先生更可疑啊。反正我不知道谁更可疑。”

“怎……怎么能这样？我老公杀那个律师干什么？你……你等一下啊，雪见小姐。你应该相信我们的吧？”

“请你不要再把我卷进去了。”

“你……你别这么说。先……先听我说啊。昨天我老公得知关律师的事情，就出去了。说什么‘我要阻止他’。他还说，‘再放任下去会出大事’。你说，这到底是什么意思啊？”

“我不知道。”

“他是去杀武内了。只剩下这个办法了。我能看出来，我老公已经豁出去了。雪见小姐，我没能拦住他啊。我只能做好最坏的准备。”

“如果真的出了那么大的事，我婆婆肯定会说的。”

“所以我很担心他是不是失败了。你看，他一直没回来呀。你别看我老公那么凶，真的打起来，那是完全不行的啊。”

“你难道想说，他被反杀了吗？”

雪见半带嘲讽地说完，杏子的声音却颤抖起来。

“哎呀，你别再说了。我只是想想就害怕。”

这回，雪见不动声色地叹了口气。

“不如你再等等吧。要是还不回来，就去报警。因为你跟我说也没用。”

“嗯，说得对。有道理。对不起啊，我实在不知道怎么办，就忍不住打给你了。那就这样吧。我照你说的做……唉。”

杏子老老实实地答应下来，最后留下一声绝望的叹息，结束了通话。

这个人真是太乱来了……拉开距离后，雪见只觉得池本夫妻脑子都不太正常，此时只有这样的感叹。

可是，那天将近五点，雪见回到梶间家一看，却发现那里陷入了一片混乱。家门口停着好几辆车，其中几辆一看便知是警车，周围还有警官和刑侦人员神情严肃地进进出出。

雪见走进家门，不自觉地加快了脚步。婆婆坐在起居室沙发上，天气炎热，室内没有开空调，她却双唇发紫，好像很冷似的抱着肩膀。俊郎抱着円香坐在旁边，阴沉着脸跟刑警交谈。他看见雪见，皱起眉瞪了她一眼。

“那个姓池本的，动手了。”他的语气像在谴责雪见。

“动手了……？”

难道是杀了武内吗？她才听杏子说过，只能想到这个可能性，顿时觉得双腿发软。

“他踢倒了老妈。”

“妈？”

这跟她听来的有点不一样。

仔细一打听，原来婆婆买菜回来上了二楼，发现窗帘后面藏着人。那个人踢倒婆婆跑到阳台上，也许是顺着房柱逃走了。

婆婆跌倒时摔到了腰，但除此之外没什么大碍。那个人逃走后，她爬起身来战战兢兢地锁了窗户，先到一楼查看円香是否安全，然后打电话报了警。就在那时，隔壁也传来了貌似打斗的响动。但是那响动很快就平息下来，不久之后，警察又接到了武内的报案。

警察赶到时，闯进两家的人已经逃得没影了。武内给警察开门时，额头上还染着血。

婆婆没看到入侵者的样子，但武内看到了。那个人本来头上套着丝袜，但是武内在与其打斗时扯破丝袜，发现其真实身份是池本。池本从武内没有上锁的阳台落地窗入侵室内，手持铁管袭击了身在起居室的武内。武内头部和肩部受到几次击打，随后两人展开搏斗，而池本在真面目暴露后踢倒武内，从大门逃了出去。

武内目前正在医院接受治疗。不过他能自己给警察开门，想必不是重伤。雪见很庆幸事态没有发展到最糟糕的情况，但又因为杏子相当于对她做了“犯罪预告”，心里总有挥之不去的罪恶感，仿佛自己成了池本的帮凶。俊郎对她说话的语气也充满敌意，更加重了她的内疚。

但有一点她想不明白。池本应该是去袭击武内的，为何会袭击婆婆？

俊郎向警方说明了武内与池本前些天在这里对质的经过，并认为池本在这里遭到了冷淡的对待，因此对梶间家怀恨在心。雪见也觉得，如果真要说动机，恐怕只能是这个。只不过，他袭击婆婆的行为却有点敷衍了事。因为他没有使用铁管，只是踹倒了她。而且，他一开始还藏在窗帘后面。综合这些情况，事情更像是他出于某种目的潜入家中，正好碰上婆婆进屋，便仓皇逃走了。虽然不清楚他是否为了袭击武内而先潜入了梶间家，但如果假设以前侵入雪见娘家和梶间家的人就是池本，这便是同样的犯罪手段。

他去袭击武内，但是在暴露身份后逃走，是不是意味着没有杀意呢？池本昨天离开家，今天才作案，从时间上也能看出他的思想摇摆。但还有一种可能，就是只有池本才清楚自己行动的逻辑，其他人都无法理解。

这么看来，她不得不承认武内的话听着更有道理。池本精神失常，试图通过异常的举动来救赎自己的心灵。何等可悲。

雪见对刑警坦白了杏子打来电话的事情。当她说到池本得知武内的律师遇害便冲出家门时，俊郎在旁边不耐烦地说："那肯定也是池本干的。那家伙就是个疯子。"他会这么想也是难免，而且雪见也认为并非没有可能。袭击婆婆的事实更是加重了池本的嫌疑。他的疯狂并非只针对武内一个人。既然如此，他把矛头对准武内的律师，也变得毫不奇怪了。

应该已经有刑警在赶往池本家了。至于池本，他能回去的地方只有自己家，被抓获只是时间问题。

杏子是否知道这一切呢？还是说，她真的一无所知？如果她什么都不知道，只对丈夫深信不疑，那实在太可怜了。像她那种性格的人，如果放任不管，也许会彻底绝望，甚至走上自杀的绝路。然而，如果她知道了一切还配合丈夫的行动，那又是另一种形式的无可救药。

等他们说完事发经过，貌似取证人员的人从二楼走了下来，刑警们也都出去了。也许因为这起案子谈不上恶劣，调查过程显得很平淡。天黑后，他们还是没等到关于池本的消息，夜晚显得如此安静，有点缺乏现实感。

“你那个朋友可真够找死的。”

俊郎久违地吃到雪见做的咖喱，并没有评价味道如何，反倒对她冷嘲热讽起来。

“他不是我朋友。”为了防止俊郎又说她乱发脾气，雪见小声回了一句。

“你到底有没有意识到问题的严重性啊？就因为你想都不想就把那些疯子带到家里来，才会发生这种事啊。”

“你责怪雪见有什么用。难得一家人团聚，别扫兴了。”

婆婆虽然帮着她说话，但雪见自己也觉得俊郎说的很有道理。如果她没把池本带到这里来，就不会发生今天的事情。

后来无论俊郎怎么数落，雪见都没再反驳，而是默默低头搅拌着自己的咖喱饭。

公公吃饭时一直若有所思，没怎么说话，但是他刚回到家时，很反常地认真听了婆婆和俊郎讲述今天发生的事。受到伤害的毕竟是他的妻子，这种反应也许是理所当然，但公公跟雪见去大学找他那时截然不同，再也没有表现出事不关己的态度。

公公反复问了好几遍婆婆是否看到了那个人的长相，婆婆告诉他，别说那个人的长相，连身形都没有看清。公公听完似乎难以释怀，只哼了一声权当听到了。

等到快吃完饭，门铃响了起来。

婆婆接了门禁电话，应了一两声，兀自说了一句“是武内先生”，然后就走去开门了。俊郎追了上去。雪见有点在意，也走到厨房门口看了一眼大门。

“哎呀……你没事吧？”婆婆打开门，先冒出了这句话。

武内站在门外，头上缠着绷带。

“没什么，搞成这样实在是不好意思。医生说骨头没有受损，伤口也不算太深。”

武内的语气很开朗，让人有点怀疑他在强打精神。他还看了一眼雪见。雪见朝他微微颔首，他却像什么都没看见似的转开了目光。

“听说夫人您也被他袭击了？”

“是啊，但只是摔了一跤，算是不幸中的万幸吧。”

“有时候疼痛会延迟到来，为了保险起见，还是做个检查吧。”

“警察跟你说什么没？”俊郎问。

“他们什么都没说。”武内的语气明显透着对警方的不信任，“我只知道他们还没抓到池本先生，所以我们这段时间都得提高警惕。我今天来，就是想说这个。”

雪见还在犹豫要不要为前几天的事情道歉，武内就走了。

“他的伤不重啊。”

听见关门声后，公公嘀咕了一句。他虽然没有上走廊，但好像一直在听。

“可他头上缠了绷带。”

雪见把自己的所见告诉了他。公公像是不太高兴，只轻哼了一声。

收拾好碗筷后，雪见走上二楼准备洗澡。

她不经意间瞥见了放在包里的手机，发现杏子打了好几个电话。

有什么事啊？她似乎能想象，又无法想象。有点想问，又不太想问。犹豫了一会儿，她还是觉得主动打电话过去有点奇怪。她现在不想把杏子视作被害者家属，反倒觉得应该称之为加害者的妻子。

可是在她准备干净衣物时，那边又打来了。手机开始振动，屏幕上显示了杏子的电话号码。她觉得既然是对方打来的就没办法了，拿起手机接通了电话。

“啊……啊啊……啊啊，雪见小姐？”她听起来十分混乱，“刚……刚才警察一直在我家，现在车子还停在外面呢……听……听说我老公袭击了武内和寻惠阿姨，然后逃走了……”

“嗯……我正好赶在傍晚回家，也被警察问了好多问题。那个……我还把你打电话给我的事情也说了。”

“是吗……不过那种事也说不了谎，这不怪你……那个，伤怎么样？”

雪见把自己看到的婆婆和武内的情况如实说了出来，杏子又用分不清是释然还是失望的语气，无力地说道：

“那个……我老公还没回来，这是怎么回事？”

雪见也不知如何回答。

“你打过他手机了吗？”

“手机昨天就打不通了。昨天傍晚家里电话响了，我刚接，那边就挂断了。我觉得那应该是我老公，可是后来，就一点消息都没有了。”

“反正现在也做不了什么，不如再等等吧。如果他联系你了，请你劝他自首。池本先生现在可能也不知道怎么办才好。”

“不过我真的想不通，他怎么会对寻惠阿姨动手呢？我真的很难想象他去伤害不相关的人。”

“对了……池本先生有没有跟你说过要溜进我家，或者说寻找什么东西？”

“不知道。他没说过。”

“那我也没主意了。”

“那真的是我老公吗？警察说武内指认了行凶的人，那寻惠阿姨呢？”

“她……没有亲眼看见那个人的长相……”

“果……果然是这样。只有武内指认，对不对？”

“可是，如果不是池本先生，那又是谁呢？”

“是武内。因为只有武内声称看见他了呀。那他无论怎么说都是对的嘛。这又是他最擅长的自导自演。难道说附近还有别的目击者吗？”

“不知道……但是杏子小姐，你还是认清现实吧。池本先生离开家时，的确说过要袭击武内先生的话，所以才会发生今天的事啊。”

“那他为什么昨天就离开了，今天才动手？为什么他一个电话都不打给我？唉，这一定是最糟糕的结果。我老公他可能白白……”

“他会回来的。他一定会回来的。”

“谢谢你，雪见小姐。谢谢你直到最后还支持我。我不会忘记你的恩情……另外，我们害你立场变得那么尴尬，真对不起啊……”

雪见觉得她那句话像是道别，顿时慌了手脚。

“请等一等，你可别冲动，千万别冲动啊。”

“嗯，我知道……我暂时还很冷静。”

“暂时……”

“没关系的，谢谢你。别担心……唉。”

最后又是一声叹息，雪见的心情跌入了谷底。

杏子好像真的什么都不知道。她只是个盲目相信丈夫的女人。也许下个星期应该去看看她。

泡进浴缸里，雪见总算能跟円香单独相处了。今天整个梶间家只有円香一个人心情特别好。雪见选择了乐观的想法，猜测女儿高兴是因为她回来了。

“今天有好多叮咚叮咚。”円香向她汇报道。

“是吗，真好呀。”她一边给円香洗身子，一边尝试排除脑中的杂念，享受天真的交谈，“你有没有说您的快递到了呀？”

“叮咚。”

円香按了一下雪见的胳膊，玩起了应门游戏。

“来啦，哪位呀？”

“我是花店的。”

“哇，好多花呀。真高兴。”

雪见配合她玩，円香高兴得哈哈大笑。

“叮咚。”

“来啦，哪位呀？”

“嗯……嗯……我是香菇店的。”

“香菇店的呀。那我就请大家吃香菇吧。”

“叮咚。”

“来啦，哪位呀？”

“我是警察叔叔。”

“啊，警察叔叔，快抓住那个小偷。”

円香高兴得手舞足蹈，还想再玩。

“叮咚。”

“来啦，哪位呀？”

“我是小偷。”

“小偷不会按叮咚的。”

母女二人哈哈笑了起来。雪见不禁想，这样真好啊。

“叮咚。”

“来啦来啦。”

“我是隔壁的叔叔。”

“啊，隔壁的叔叔，请我喝养乐多吧。”

对円香来说，武内就是给她喝养乐多、吃零食的人。

“来，给你养乐多。”

“谢谢你，真好喝。”

雪见做了个喝养乐多的动作，配合円香玩耍。

“不过呢，不过呢，”円香稍微冷静下来，略显寂寥地说，“隔壁的叔叔没给我养乐多。”

“因为今天叔叔很忙啊。”

“昨天也没有。”

“是吗，那他昨天也很忙吧。”

円香点了点头。

“把叔叔放到车上了。”

“……？”雪见有点疑惑，“谁把叔叔放到车上了？”

“隔壁的叔叔……”

这孩子看见什么了？

“隔壁的叔叔把哪个叔叔放到车上了？”

円香也学她歪着脑袋，说了句令人费解的话。

“包起来了。”

“包起来了？他把那个叔叔包起来了？”

円香点点头表示肯定。

“是吗……円香看得真清楚。”

“嗯……可是没给我养乐多。”

“这样啊。隔壁的叔叔可能没看见円香吧……那円香也不能跟隔壁的叔叔说哟。要是隔壁的叔叔知道円香把这件事告诉了妈妈，会很生气呢。”

“为什么会生气？”

“因为这是隔壁叔叔的秘密。要保密啊。你也不能告诉爸爸和奶奶。来，我们拉钩。”

雪见跟円香拉了钩，没再谈论这件事。

円香很喜欢编故事，还经常给雪见说自己幻想的内容。可是这孩子今天说的话并不像编故事。因为她编故事只用人偶和布娃娃当主人公，从来不会提及现实中的人。

夜里，雪见在早早睡熟的円香旁边辗转反侧。她感到背后发凉，却浑身燥热。

武内给她带来的诡异此时已经变成了清晰的恐惧。池本昨天被杀了。杏子说的没错。

她想过要不要联系杏子，却又觉得这不是能在电话中讲清楚的事情。她也很担心杏子的反应，必须慎重考虑方法。

该怎么办呢……？

如果说他把尸体搬到了车上，那么应该认为他已经完成了抛尸。可是武内一时半会儿真的能找到抛尸的地方吗？

说到包起来，她最先想到的就是平时装被子的压缩袋。如果是蜷曲的姿势，一个人躺进去应该没问题。用压缩袋包起来，再抽掉里面的空气，尸体还不容易腐烂。

那么就引出了第二个可能性，就是尸体还在车上。在那辆奔驰车的后备厢里。

池本的尸体就在不远处吗……？

19

翌日，雪见吃早饭时问婆婆：

“今天川越的姑姑和千叶的叔叔怎么来？”

“坐电车啊，跟平时一样。”

“那怎么去墓地呢？”

“坐家里的车去呀。反正孩子不来，两辆车应该够了。”

除了円香一共八个人，的确两辆车足够了。然而，雪见没有放弃。

“可是円香的儿童座椅很占地方呀。”

“嗯……那今天雪见抱着她吧，行不行？”

她不好说不行。

“如果实在不行，那就坐你爸那辆车吧。他的车宽敞，后面坐三个人都绰绰有余呢。”

“嗯……”雪见实在想不到办法坚持，不知该说什么好。

“都什么时候了，你突然挑剔这个干什么？”

俊郎不高兴地说道。婆婆也露出了为难的神色。

“我不是挑剔……”雪见自然而然地压低了声音，“我只是想，能不能借到武内先生的车。”

“哈啊?!”俊郎张大了嘴。

雪见知道他的反应合情合理，但还是继续道：

“只要说去入殓的车子不够，他应该会借的。我就是想借到那辆车，原因暂时不能说。”

“不要。”俊郎干脆地拒绝了，“我凭什么要做这种事。拜托你，别浪费人家的好心可以吗？”

被他这样冷淡地回绝，雪见也只好闭嘴了。前些天的经历已经让她意识到，就算说出真实意图，也没有人会配合。池本他们是大人，又那么投入地劝说都没用，只因为円香一句话，那就更没用了。

餐桌上的人陷入了尴尬的沉默。雪见很清楚自己的言行不自然，也不知其他人是怎么想的。他们也许会想，这儿媳妇出去这么些天，回来之后究竟在想什么奇奇怪怪的事情，是不是她果然不该待在这个家里……

可是，当她瞥见公公的目光时，突然觉得并非如此。他停下筷子注视着雪见，眼中一片了然，像是察觉了她的意图……就算没有察觉，那也不是认为对方不可理喻的诧异眼神。她还是头一回跟公公发生这样的眼神交流。

说不定，公公也开始怀疑武内了。他昨天那么认真地听婆婆讲家里发生的事，也许真的是这样。

吃完早饭，雪见把円香交给俊郎，跟婆婆一起为法事做起了准备，简单打扫屋子，再准备会客用的茶水。

和式房摆着写了武内姓名的花篮。听说名字是婆婆重新写的。当婆婆神神秘秘地说起这件事时，话里话外像是透着一点难以承受武内好意的语气，让雪见感到万分意外。不过她之所以这样想，好像只是担心影响满喜子的情绪。

就算名字写得再小，那么大的一篮花，在雪见眼中都显得格外异样。花是无辜的，却散发着武内想要侵入这个家的危险气息。

据说他昨天又包了五万。虽然没有葬礼的奠仪那么多，可就算满喜子他们，恐怕也不会给到这个金额。他很有可能杀害了老婆婆。雪见现在已经确定了。假设如此，那他送的这篮花也不是表达哀悼，反倒可能是在庆祝。

光是想想，她就全身发冷。

法事定在中午十一点，现在时间还很宽裕，公公却早早换上了礼服，还难得地走到院子里，无所事事地眺望着花草。雪见漫不经心地看着他，却见公公缓缓转过头，又跟她对上了视线。如果换作平时，公公肯定会马上转开，但他这次没有。雪见决定先停下手上的活，到院子里看看。

隔壁的院子空无一人，武内并不在。兰花的花架已经完全搭好，还被移动到了露台另一头的围栏边。雪见记得那里曾经是个未完工的花坛，莫非他改变主意了？

且不说那个，看见自己家的院子里也有个外形相似的小花架，她不禁哑然。无论怎么看，这都是武内的作品。也就是说，他已经渗透到这个程度了。

雪见在公公身边停下了脚步。

“池本先生可能被藏在武内先生的车后备厢里。”

她只压低了声音，话语本身却单刀直入，没有一丝委婉。

公公也许有所怀疑，但没想到她会这么说，此时正用惊讶的目光看着她。

“円香跟我说，她看见隔壁的叔叔把外面的叔叔放到车上了。”

“什么时候？”公公简短地问道。

“前天。武内先生好像没发现円香在看。池本夫人也说，她先生前天离开的家，却是昨天犯案，有点说不过去。而且他对妈下手这件事，一是不合逻辑，二是下手太轻了。我怀疑那可能是武内先生为了掩饰罪行干的。”

“可是……”公公闷哼道，“那对夫妻向来都是共同行动吧。他对丈夫下手，就没想过妻子可能在附近吗……？”

对此，雪见想起了一件事。

“池本夫人说她在家里接过一个电话，但是对方什么都没说就挂了。那也许是为了确认她是否在家。”

公公叹息似的哼了一声。他还是没有给出明确的态度，但很明显，他认真考虑了雪见的话。

公公果然开始怀疑武内了。雪见想，这是个很大的转机。只要多一个人站在她这边，这个家得救的可能性就更高。而且真要说起来，正是公公让武内接近了这个家。此时此刻，雪见很希望他负起责任，亲手保卫这个家……但事情恐怕没那么简单。因为他被自己亲自做的判决束缚了手脚。就算他本人产生了怀疑，但也可能不做任何行动，一直拖延下去。

正因如此，才要抓住确凿的证据，而现在正是抓住证据的大好机会……

临近十点，雪见上了二楼，给円香换上黑色连衣裙，自己也换了正装。从西式房窗户看出去，邻居家的奔驰车就停在车库里。雪见平时开车出去采购都是把东西放在后座，很少打开后备厢。现在仔细一看，汽车上竟有这么一个牢固又隔绝视线的空间，真是不可思议。

如果池本的尸体还被放在那个后备厢里，武内掌握了藏尸的唯一钥匙，恐怕正在游刃有余地嘲笑四处搜寻池本的人吧。没有人会想到打开那个后备厢看看。她想对准这一点发起进攻。如果能出其不意，说不定对他就是致命的打击。

下到一楼没多久，满喜子夫妻和登夫妻就前后脚到达了。

满喜子看起来瘦了起码二十斤，脸上虽然堆满笑容，却没有了以前的能量。她看起来就像个患了重病形销骨立的人。婆婆担心地问候了她的身体，她却说没什么特别大的毛病。

她注意到了武内送的花篮，但没说什么，只是坐在祭坛前，呆呆地凝视老婆婆的遗像。没过一会儿，她的眼泪就涌了出来，一阵一阵地抽泣着。她掏出手帕擦掉鼻涕，继续看着遗像。雪见不禁想，老婆婆直到去世都有人这样深爱着她，真是个幸福的人啊。

婆婆把老婆婆的遗物摆放在起居室桌子上，几家人聊起过去的事情打发时间。她似乎并不打算对满喜子他们提起昨天发生的事。

十一点刚过，住持也来了。从头七开始的法事都在祭坛前面办，今天则是在佛龛前面念经。法事大约一个小时就结束，老婆婆的牌位被正式纳入了梶间家的佛龛。

“那么过后在墓地见。”

住持说完，先行一步离开了。

“走吧走吧，得抓紧时间。”

婆婆把骨灰盒交给满喜子，自己捧着供花和蜡烛，催促所有人行动起来。

因为正坐而双腿发麻，正在盘腿休息的公公缓缓站了起来。他打开和式房的窗户，朝大路看了一眼，很快又关上了。接着，他叫住了从一开始就盘着腿，此时无须休息，正在起居室闲晃的俊郎。

“喂……你去隔壁把车借过来。”

“……哈啊?!”俊郎突然听见父亲的吩咐，瞪大了眼睛。

“别拖拉了。”公公转开目光，略有些踌躇地说，“就说你车子有点问题，找他借过来。”

“什么啊……？”

“他爸……”婆婆插嘴道，“寺里的人先走了，得抓紧时间。”

“你也一起去借。”

公公坚决不让步，婆婆甚是为难。满喜子他们不明就里，也都呆呆地看着那一幕。

“妈，我跟您去吧。”

雪见猜想即便是父亲的命令，俊郎不愿意的也不会答应，便催着婆婆走了。

婆婆也很不情愿，无奈时间紧迫，只好选择了照办。

二人走出大门。

“怎么回事？”

婆婆小声问道。雪见只是歪了歪头，没有明确回答。

奔驰停在车库里。公公应该从窗户看到了。

“最好先问问武内先生是不是准备出门。”

如果一上来就借车，他可能会借口有事出门而拒绝。为了防止他推托，雪见不着痕迹地提醒了一句。

婆婆按了门铃，没过多久，武内就出来了。他跟昨晚一样头上缠着绷带，一副可怜的模样，但雪见没有同情他。

“那个……武内先生，您下午有出门的计划吗？”婆婆委婉而殷勤地问道。

“没有……怎么了？”

“我家马上就要去给老太太入殓了，可是俊郎的车有点问题……这么突然真不好意思，能麻烦您把车借给我们用用吗？”

武内突然露出了措手不及的表情……至少雪见是这样理解的。他的回答似乎也慢了一拍。武内转动眼珠瞥了一眼雪见，然后才缓缓张开了口。

“可以啊，请拿去用吧。”

“真不好意思，您真是帮大忙了。那个……我们在路上还会吃顿饭，可能要三点多才回来。”

“没关系，慢慢来就好。”

说完，武内转身回房，拿钥匙去了。他进屋后，婆婆面露疲态，叹了口气。婆婆之前还愿意让他帮忙看护老人，现在求他帮点忙却好像很不情愿。当然可能是因为不明就里，不过她看起来好像也有点心境上的变化……

最后决定由俊郎驾驶奔驰车，雪见、円香和登两夫妻同乘。武内站在车库旁，面无表情地看着他们上了车。

公公婆婆和满喜子夫妻开着自己的车先出发了，俊郎对武内轻按喇叭致意，然后跟了上去。

“这辆车果然很不错啊。”

俊郎一改刚才的不情愿，兴高采烈地握着方向盘。

拐过路口，快开到公园时，她看见公公的车开着应急灯停在了路旁。

“快停车，快停车。”

雪见让俊郎跟在后面停车，然后走了下去。公公也下了车。

“怎么了？”俊郎放下车窗问。

雪见与公公对视一眼，然后看向俊郎。

“打开后备厢好吗？”

“哈……为什么？”

雪见懒得回答他，直接绕到了车后方。

“快打开。”

公公催促道。

几秒钟后，随着一声闷响，后备厢的锁打开了。

公公扶着后备厢盖，缓缓抬起。

雪见屏住呼吸，凝视着缓缓暴露在天光之下的后备厢。

里面……什么都没有。

后备厢就像一个黝黑的洞口，里面什么都没有。

雪见呆呆地站了一会儿。

没赶上吗……

雪见再次沉浸在败北的沮丧中。她很遗憾，很不甘心。因为她错过了抓住武内的机会，也错过了让池本回到杏子身边的机会。

"怎么了？"

回过神时，婆婆已经来到了他们身边。俊郎站在后面，怪异地看着她。

"没什么。"

公公面不改色地说完，合上了后备厢。

顺利入殓之后，他们在预约好的日本料理店包间吃了饭，临近三点时回到了家。

俊郎把奔驰车开进武内家的车库，按了一下喇叭。雪见抱着睡着的円香刚从车上下来，武内就出来了。

"下次再让我开开吧。"

俊郎几乎像朋友一样跟武内说着，把钥匙还到他手上。

"随时都可以。"武内也笑着回答。

雪见小声道了谢。

接着，她就跟在俊郎后面走出了车库。

就在这时……

背后传来“砰”的一声。

雪见吓了一跳，回过头去。

武内打开了后备厢。

他直直地看着雪见。

雪见慌忙转开了目光。但她还是觉得，武内有足够的时间看穿了她的内心。

他显然察觉了她背后的意图。

太可疑了……

可是，她没有证据。

太阳下山前，满喜子和登两家人陆续离开，尘埃落定之后，家中充满了疲惫的寂静。

雪见和婆婆一起收拾了纸箱拼成的祭坛，然后将遗像挂在墙上，鲜花放到佛龛旁。就这样，和式房基本变回了老婆婆去世前的样子。这幅光景就像在提醒他们，四十九天前的哀愁很快就要消失在记忆的彼方。

公公和俊郎换了衣服，坐在起居室休息。雪见忙完所有事情，给家人泡了咖啡，又给円香倒了果汁。

“哦对……我给雪见也留了一点奶奶的遗物。”

咖啡喝了一半，婆婆站起身，招招手让雪见进卧室。

“哦？是什么啊？”

其实她并没有很期待，但还是做足了表演。

婆婆让雪见走进卧室，关上了门。

“这些……要是有喜欢的，你就拿去吧。”

婆婆说得很大方，然而摆在床上的盒子里只有一些扇子、金口包等雪见绝对不会用的东西。她所说的留，兴许只是满喜子他们挑剩下的吧。

“我说……”

雪见正为难地挑选着，婆婆突然神秘兮兮地说道：

“你们开武内先生那辆车的后备厢，究竟是为什么啊？”

雪见这时才意识到，原来真正的问题是这个。

“没什么啊……”

“好了，快告诉我。”

她已经被单独带进了房间里，想必是瞒不过去了。今天的行动如此可疑，婆婆自然会觉得蹊跷，而且这不是随便就能糊弄过去的事情。

“请您别告诉小俊。”

雪见刚说完，婆婆就没好气地叹了一声，仿佛想说我怎么会做那种事破坏你们的关系。

于是，雪见仔细斟酌着语言，如实道出了池本前天冲动离开家，却在昨天作案的不自然之处，她怀疑那是武内那家伙的行为，池本有可能遭到武内反杀，以及円香目睹了疑似武内将池本的尸体塞进车里的光景。

“可是后备厢里什么都没有……”

雪见只说到这里，把尸体有可能已经被处理掉的话咽了回去。这也许是她多虑了……她并不在意婆婆会这样理解。因为婆婆跟武内关系最好，雪见丝毫不指望她能理解自己说的话。她大可以把这当作雪见自作主张添乱。如果婆婆因为这个开始不信任武内，那便是赚到了。

果然，婆婆皱着眉，万分为难地看着雪见。

她只希望自己不会像之前那样被痛骂。

“连他爸都跟你一块儿怀疑起武内了？”

“我不知道爸是怎么想的……但我猜，他至少觉得有些不对劲吧……”

婆婆没有再说什么，雪见有点烦恼该如何结束话题。

“车……”过了好一会儿，婆婆才盯着虚空开口了，“也不一定只有武内先生那辆车吧。”

“啊……？”雪见万万没想到婆婆会说这种话，一时间没反应过来。

“哦，没什么……”婆婆又不太确定了。她好像不能理解自己心中生出的疑虑。

“妈，我之前用的车钥匙呢？”

“车钥匙？开完后就放在二楼抽屉里啦。”

雪见跑出婆婆的房间，来到二楼和式房，拉开了衣箱抽屉。

车钥匙在。

不，在也不奇怪……只要拿走了再放回去就好……她脑中闪过各种可能性。

接着，她拿着汽车钥匙跑下了一楼。婆婆已经站在门口等她了。二人一起走出去，保险起见又看了隔壁一眼，武内不在。

应该不可能。怎么会在我们家的车后备厢里呢？可是俊郎、婆婆和雪见自己平时都没有用后备厢的习惯。那对武内来说，恐怕就是最意想不到的安全场所了。円香看见那辆车，就算是自己家的车也毫不奇怪。

雪见绕到卡罗拉后面，拿着钥匙的手止不住地颤抖。她双手抓着钥匙插进锁孔，打开了后备厢。

抬起后备厢盖。

看清里面后，她一时无言。

没有。

她不觉得这是自己猜错了。她有很强烈的预感，尸体曾经就在里面。现在亲眼看见里面什么都没有后，她的感觉变得更强烈了。

雪见扔下婆婆独自回到家中，又从二老的房间里拿了公公的车钥匙。池本夫妻的奇怪行动已经变得不那么奇怪了。她早已放弃了伪装。

走出门外，她又打开了公爵车的后备厢。

没有……

那倒也是……

现实就是如此。毕竟真的有尸体才叫怪事……雪见突然觉得自己追寻的只是一片幻影，情绪瞬间冷却了。

婆婆脸上的表情也难以分辨是安心还是失望。

最后，雪见有点沮丧地回到家中，带着円香上二楼换衣服。

她一边脱下円香的连衣裙，一边问道：

“円香啊……你不是说隔壁的叔叔把另一个叔叔放进车里了

吗……你知道那是哪辆车吗？是隔壁叔叔的白车吗？”

“是院子的车。”

只剩一条小内裤的円香认真地回答道。

“院子的车?!”

什么啊……雪见感到一阵脱力。

円香用力点点头，紧接着蹦跳起来。

“叔叔坐在院子的车上，啊，包起来，拉拉链，冻冰箱，叮一叮！”

女儿跳着乱七八糟的舞步唱起了雪见做饭时爱哼的老广告歌。

“妈妈，妈妈也一起唱！”

这孩子到底搞什么啊……雪见内心有点想哭。小孩子有时的确会说些完全听不懂的话，可她万万没想到円香竟会在这种时候唱起来……也许是她不该期待过高……

円香不顾雪见的失望，反反复复唱着那首歌。雪见看了觉得好笑，最后也一边给她穿衣服，一边唱了起来。

因为下午才在外面吃过饭，那天晚餐是简单的素面。收拾好碗筷后，雪见拎起了行李袋。

“円香就拜托你了。”

她对俊郎说了一声，完全没有得到理睬。她又跟公公对视了一眼，但不再是上午那种目光的交流。

婆婆带着円香送她走到门口。

“你跟俊郎好好谈谈吧。”婆婆压低声音说。

“嗯……但我还有事要做，现在不能回来。麻烦您再照顾円香一段时间吧。”

雪见对她笑了笑，叫她不要担心。接着，她又把笑容转向了女儿。

“再见啦。妈妈很快就回来，你要乖乖的。”

“妈妈，妈妈你不去别墅吗？”

“别墅？”

“明天俊郎带我们到朋友的别墅去住几天。”

“我要玩烟花，买了好多烟花。”円香说。

“哦？真好呀。”雪见实在提不起心情旅游，而且不管怎么样，答案都只有一个，“妈妈去不了，所以你要拍好多照片给妈妈看啊。”

円香露出落寞的表情，但还是坚强地点了点头。

“妈，这不是正好吗。难得小俊这么懂事，你就好好玩一趟。”

雪见跟婆婆相视而笑。

“外面黑，円香快去找爸爸吧。”

婆婆说着，留下円香在家里，陪着雪见走了出去。

“妈，你也别送了。”

她客气了一句，但婆婆并没有停下。温暖的夜风吹拂着身体，仿佛要将她融化。

“武内先生啊……”走了一会儿，婆婆像下定了决心似的开口道，“昨天那件事还没发生，眼睛底下就又青又肿了。”

“啊……？”雪见惊讶地停下了脚步。

婆婆看了看身后，好像怕被别人听见。雪见也忍不住转头看了一眼，但静谧的住宅区街道上空无一人。

婆婆停了一会儿，继续道：

“前天傍晚，我听见隔壁传出奇怪的声音和响动……但是很快就安静了。”

“是吗……”

婆婆站在路灯下，看样子还想说点什么，但雪见等了一会儿，她还是没说下去。

可是，仅凭这两句话，就足以加重武内的嫌疑。池本果然被杀了。円香也的确看见了他把尸体放到奔驰车上。虽然“院子的车”这句话指代不清，但如果没有亲眼见过那光景，円香肯定不会想到这句话。

她内心一直摇摆不定的怀疑，此时终于确定了。她再也不会动摇。

但与此同时，她又生出了强烈的警惕。

“可是妈，现在还不能证明那个人做了什么……所以您千万不要突然避开他，要像以前一样跟他来往。”

婆婆绷着脸点了点头。

家人渐渐开始发现武内的异常，这无疑是好事，但同时也是危机。跟池本和武内在梶间家对质那天相比，事态发生了很大的进展。当时婆婆和俊郎都相信了武内的说法，使得他更亲近梶间家了。

另外，也出现了新的被害者。武内的自制力远比她想象得更弱。

在这种时候一家人出门旅行，也许是件好事。不管是住别墅还是干什么，她希望大家暂时离开那座房子。这就意味着他们也远离了武内，这样她才能放心。

她还想趁家人出门旅行时做点什么。

可是……

该怎么做呢……？

20 阻拦

星期一上午，雪见忧心不已地拜访了池本家。杏子出来应门时，脸上的表情比之前更空虚了。一见到她，雪见的心情也低落了几分。

“池本先生还没回来吗？”

雪见被领进起居室后先问了一句。杏子只是摇头。

“也没有联系……？”

看样子是没有。

雪见与她一同沉默了片刻，然后凝重地开口道：

“杏子小姐，我必须向你道歉……其实我一直没有真心相信你和池本先生说的话。”

“没事没事，你别在意。”杏子惶恐地垂下了目光。

“杏子小姐，请你保持冷静，听我说。”

杏子惊讶地抬起了头。她脸上闪过瞬间的不安，但很快强压下去，微微点了一下头。

雪见磕磕巴巴地说了池本离开家的星期五傍晚，婆婆听见隔壁家传来人声和响动，而円香则看见武内把一个不认识的叔叔搬上了车。

杏子张着嘴，一动不动，明显受到了强烈的打击。她还不停地眨着眼睛，露出了全然不属于喜怒哀乐的奇怪神色。

“是了……是了……”

杏子仿佛早已有所预料，可她的话就像强行切断感情之后的逞强，令雪见不忍细听。

杏子抽动全身长叹一声，凝视着空无一物的墙壁。

“这下没希望啦。我老公不在，哪儿还有办法……”

她那干巴巴的语气，是雪见从未听到过的。

“可是这也没什么证据……”尽管知道说这种话很不负责任，雪见还是忍不住。

“也……也对啊。我知道。这事还不一定呢。”

她赞同了雪见的说法，毫不掩饰谎言的气息。

她们互相点点头，给彼此加油打气。

可是，雪见看到她悲痛的模样，就很难再掩饰自己的心。

“我真的……太笨了……一点用都没有。”

她压抑着呜咽，挤出了一句话。

“怎么会呢？”这回轮到杏子安慰她了，“你可是跟我们一起战斗的人啊。我老公也很感谢你。”

雪见好不容易平复了内心的悸动时，杏子已经陷入了沉思。过了一会儿，她突然抿紧嘴唇，看向雪见。

“我老公……会不会还在武内那里呀。”

“啊……？”

“我老公应该还没被处理掉。武内只有一个人，很难当晚出去处理尸体。如果不考虑好目的地和途经的地方，奔驰车可能会特别显眼。要是开上山，车肯定会弄脏。你看他的车脏吗？”

“好像并不脏……”

“对吧。而且你们还车时，武内还特意开了后备厢对吧？你回头一看，他肯定就知道你们查看过后备厢了。那么，他会不会反倒觉得后备厢最安全呢？”

“可是在那之前，他能藏在哪里？我们突然借车，他没时间转移，而他家星期六又进了警察……”

“如果没有必要，警察不会查看壁橱这些地方吧。”

“嗯……可是，那円香究竟看见什么了？她说隔壁叔叔没给养乐多，所以那孩子应该在外面等着，并且真的看到了。”

“啊啊。”杏子像被池本附了身，使劲挠着头，“那……那一定是院子。円香妹妹一般都在院子里拿到养乐多，对不对？所以‘车’不是关键词，‘院子’才是啊。”

“哦……”

雪见觉得很有道理。被她这么一说，这样理解反倒更合理。

可是，武内家的院子并没有类似储藏间的东西。

还是先回家一趟，看看隔壁的院子吧。

“我先回家一趟，有发现再联系你。”

雪见实在坐不住，说完就离开了杏子家。

盛夏的太阳已经高高升起，晒得柏油路面发烫。

她走向车站，一个人影突然从前方的十字路口消失了。那人看起来像是突然掉头走开，奇怪的动作自然引起了雪见的注意。

她走到十字路口看了看，发现一个身穿衬衫的男人正空着手坐在不远处的公交车站。雪见猜测，那应该是监视池本家的刑警。等雪见走过去，那个疑似刑警的人开始跟踪她了。可是见他年轻又生涩的模样，雪见实在不忍心甩开他，便没有理睬。

临近十点，她到达了多摩野台。经过公园，拐过路口，便是新兴住宅区。不一会儿，梶间家的房子映入眼帘，公公和俊郎的车都停在车库里。

“妈妈！”

背后传来喊声，雪见回过头去。婆婆和円香正好从旁边的石阶走上来了。跟在雪见后面的年轻刑警像是吓了一跳，连连往后退。

雪见等円香跑过来，结结实实地抱住了她。

“还没出发吗？”

她见婆婆拎着便利店的塑料袋，便问了一句。

“嗯，俊郎说不用赶时间，在路上吃午饭就好。他爸又正好有点事要出去……这不，我刚买了驱蚊水回来。”

毕竟昨天法事刚结束，他们的行程可能没有安排得太紧张。

雪见掏出手帕给円香擦了擦脖子上的汗，与婆婆一道走到了家门口。她正要开门，不经意间瞥见了隔壁的车库。接着，她放下円香，走向奔驰车，蹲下来仔细观察保险杠周围。

果然没有像是走过山路的泥污和虫子附着。而且车身覆盖着一层灰，不像最近几天刚洗过车的样子。

“院子的车。”

円香抬手指着说。

“啊……？”

雪见站起来，走向已经绕到武内家院门的円香。

“哦……”

原来玄关旁边放着一辆建筑工地常见的独轮手推车。

“真的呢。”

雪见压低声音应着，趁円香还没唱出“包起来，拉拉链”，赶紧带着她走进了家里。随后，她又到院子里看了看。

他用那辆手推车把池本推到院子里……

然后呢？

她仔细看了看隔壁的院子，还是没有藏人的地方。

埋了……？

脑中闪过那个想法的瞬间，雪见觉得很有可能。

那么……

他转移兰花架的位置曾经是做到一半的花坛。那里的土应该很松软。武内随便挖个坑，把池本推过去埋了，再把花架移过去挡住……有可能。而且花架本身放在两家之间的围栏边上，婆婆从露台望过去也只能看见覆盖花架的寒冷纱，恐怕看不见隔壁在干什么。二楼阳台也许能看见，但武内当然会万分注意。但正因如此，他才没发现从围栏缝隙间观察他的円香。

真的是这样吗？

雪见悄无声息地跨过了围栏。

武内家的露台拉着遮光窗帘。就算被他发现了，她也不打算回头。

雪见翻开了覆盖花架的寒冷纱。

地上的泥土非常凌乱，像被挖开过。

像是挖出过什么大型的物体。

玄关方向突然传来了武内的声音。

雪见慌忙返回了梶间家的院子。

她凑近玄关，发现武内正跟婆婆说话。

“……天气真不错，正适合出门。你们路上要小心。”

面对武内的关切，婆婆表情暧昧地应了几声。

“出了那种事，我也不想待在家里，准备一个人出去转转，换换心情。”

头上还包着绷带的人竟然要出去旅行吗?

“您准备去哪里呀?”

雪见不顾唐突，加入了对话。

武内震惊地看了雪见一眼，但很快转开了目光。他的举动显然是措手不及的狼狈。

“那先这样了……”

武内匆匆结束了对话。

很可疑……雪见的直觉在对她叫嚣。

“武内先生……让我看看你的后备厢!”

武内没有理睬雪见，径直坐进了车里。

雪见冲到路上试图阻拦。与此同时，她与正在不远处监视的刑警对上了目光。

“刑警先生！”

她跑到年轻的刑警身边，不由分说地拉起他就往回跑，张开双臂拦住了正要开出车库的奔驰车。

“雪见小姐！”

武内气愤地喊了一声，开门下车。

“刑警先生，快检查这辆车的后备厢。”

“啊……”年轻的刑警尚未从震惊中恢复过来，迟迟没有动作。

“里面可能有人！”

“人?!”

“是池本先生。失踪的池本亨先生可能在这里面。”

“荒唐！”

武内奋力摇头，握紧拳头使劲捶打自己的大腿。她从未见过如此失态的武内。

“不过是开一下后备厢而已，你为什么不愿意？”雪见逼问道。

“我可是受害者！你凭什么这样对我？夫人，请叫俊郎先生过来。”

“不用叫！”雪见阻止了婆婆。

见婆婆犹豫不决，武内自己去按了梶间家的门铃。雪见趁机想从驾驶席打开后备厢，可她刚摸到奔驰车的门……武内已及时上了锁。

“我是武内。俊郎先生，请你来一下。”

她暗自啧了一声。俊郎是家中对武内最深信不疑的人。现在形势变得不太对劲了。

“怎么了？”

俊郎打开门出来，似乎很快察觉到了异样，皱着眉问道。

“俊郎先生，请帮帮我。”武内带着哭腔说，“雪见小姐带着刑警过来，逼着我打开车后备厢，非说袭击我的池本先生就在里面。我真的要服从她这无端的指控吗？”

俊郎遇到这种场面竟异常冷静。听完武内的话，他点了点头，像是把握了全局一样四下一看，最后瞪向雪见。

“不，你完全不需要配合。”

他明确地回答了武内，然后看向年轻的刑警。

“不好意思，请问你是哪个单位的？”

“不，这不是我……”

“我没有问你这个，我是问你什么单位的。”

俊郎本来不是如此咄咄逼人的性格，但因为他立志成为律师，最近说话越来越尖锐了。

无奈之下，刑警出示了身份证件。俊郎盯着证件看了一会儿，冷冷地道了声谢。

“我是一名司法考试的考生，日常跟许多现役律师保持联系。”

他煞有介事地表明了自己算不了什么的身份。

“奥野先生，”他直呼了刑警的姓氏，“你想必知道，这位先生曾经因为警方的违规调查受到了人格上的损害。如果你现在又对他滥用公权，将会成为很大的问题。这是绝对不可原谅的。”

“不是，我只是碰巧在这里，被这个人拉过来了……”

年轻的刑警彻底服了软。

“原来如此。如果是这样，那么恕我冒犯了。她是我的妻子，最近言行举止都很异常。昨天她还坚持要借武内先生的车，擅自查看了后备厢。她明知道里面什么都没有，现在却又做了同样的事情。你完全不必理睬她。对不起，打扰你工作了。”

刑警应了一声，狐疑地看向雪见。

“那个，现在里面有东西。他之前埋在院子里，正要出去扔掉呢。”

雪见努力劝说，可是事已至此，没有人愿意听她的话。这个刑警似乎并不具备所谓的直觉。莫非现实的警察都是这样的吗？太靠不住了。他只是在执行监视池本家的任务，显然没有能力应付意想不到的情况。

然而，她还是要坚持一下。

“如果你做不了决定，那就请示上级看看呀。”

“你给我闭嘴！”

她的坚持只换来了俊郎的一声怒吼。

“那我得出发了……”武内委婉地说。

“啊，请吧，请吧。路上小心。”俊郎挥挥手示意他离开。

“请等一等。这么急着走干什么？等等！等等！”

武内坐上奔驰，发动引擎，转眼间就开出了车库。要阻拦还是追上去……雪见正在飞快地思考，却被俊郎一把拽住了。

奔驰车在雪见眼前悠悠地开走了。

啊……

他就这么走了……

雪见浑身脱力。

她越想越坚信池本就在那辆车的后备厢里。看武内的反应，甚至可以说没有怀疑的余地了。

可是……她明知如此，还是眼睁睁地看着他逃走了。

她已经努力坚持了，然而一介家庭主妇，在孤立无援的情况下能力非常有限。阴错阳差之下，她竟然也表演了一场池本夫妻那样的滑稽而可疑的闹剧。她越急切，自己与周围的隔阂就越大……这让她感到极度不甘心。

“好了，接下来就是我们自己家的问题了。”

俊郎说着，请走了刑警。

“那个，这位夫人，我想问个问题。您去池本先生家做什么了？”

刑警可能觉得莫名其妙被卷入一场闹剧有点丢脸，情急之下问道。

“我只是去看看情况。”雪见短促地说完，背向刑警不再理睬他。

婆婆看着雪见，一脸不知如何是好的表情。

“你来干什么？我可明说了，你别想跟着去。”

雪见进屋时，俊郎在后面刻薄地说道。她并不回答。

婆婆叫她进了房间。

“雪见，你一个人留在这里很危险，跟我们一起去吧。大家在那边好好想想今后该怎么办。”

正如婆婆所说，她跟武内已经陷入了剑拔弩张的关系。下次与他对峙，一定会发生什么。冲突已经无可避免，她独自留下来显然很危险。

可是就算跟家人走了，她也不认为事态会有所改变。只要这家人不是一条心，就会被武内离间。

“我得找到证据……小俊现在只认死理，他可能又会提出要听武内先生怎么说。”

“你让他爸说服他就好了。”

确实，公公是给武内下达无罪判决的人，只要他明确承认武内的危险性，肯定远比雪见的千言万语更有效果。然而她现在就是不明白公公究竟是什么态度。

“爸去哪儿了？”

“我也不知道……”婆婆压低了声音，“我把昨天跟你说的话都告诉他了。”

她是指星期日傍晚听见隔壁传来人声和响动，还看见武内脸上有淤青的事。

“还有啊……”婆婆有点为难地继续道，“前不久不是有个律师被杀了嘛，那天傍晚我在院子见到武内先生了。可是他求我把碰面的时间说早一个小时……说什么这样他就有不在场证据……后来警察找上门来，我就这么说了。”

“还发生过这种事吗……”

“刚才我也很犹豫，不知道该不该告诉那个刑警……”

“不行。他肯定有办法搪塞过去的。您跟那个人关系太亲近了，不能随便行动。”

“嗯……他爸也说先别把这事告诉任何人……”

原来她告诉公公了……雪见不禁想，婆婆果然最信任公公。别看公公平时不参与家务事，但此时他是最清楚该怎么做的顶梁柱。既然已经错过了揭穿武内的机会，那么接下来最重要的事情就是让一家人团结起来。只有他能做到这一点。

可是，他究竟去哪里了？

听了婆婆的话，公公应该感到了强烈的危机。不过，雪见不认为他去找警察了。毕竟这件事涉及他亲自做的判决，如果不解决这个问题，无论梶间家变成什么样，他恐怕都无能为力。

如果他要解决这个问题……

对了，他可能去了那个地方。

雪见从包里拿出了手机。公公平时出门不带手机，所以她打给了杏子。

“唉，雪见小姐。那个，你公公，就是审判长……”

“他在你家吗？”

“嗯，我们正在隔壁家呢。”

果然……

“请让他接电话。”

一阵慌乱的响动过后，听筒里传出了公公平淡的嗓音。

“雪见……不好意思，我可能走不开，你让俊郎先出发吧。”

“嗯……那我对他说。”

简单结束对话后，雪见收起了手机。

“他那边有点事，叫俊郎先走。”

“那倒是没什么……”

“我去找他，您别担心。麻烦您照顾円香了。”

婆婆点头答应后，雪见走出了家门。

她决定在公公身上赌一把。

必须让他自己处理自己种下的因果。

21

“那个……要是还有什么事，您就去叫我。”

池本杏子从勋手上接过自己的手机，战战兢兢地留下一句话，转身回了自己的家。

勋对她颔首示意，目送她离去后，独自站在重归静寂的屋子里。

这么多年来，他处理过不少堪称凄惨的案子，却从未像今天这样踏足案发现场。他本来还担心池本杏子能否放下心中的隔阂接纳他，没想到她如此郑重，让勋感到愧不敢当。见她满脸疲态，勋实在不好意思继续劳烦她，便决定独自查看的场家。

他把所有房间都看了一遍。整座房子一片死寂，他都不敢发出太大的脚步声。这里埋葬着三条生命……想到这里，他不禁感慨，人的灵魂竟是如此安静的存在。无论他想问什么，被害者都无法回答了。他们都在静静地等待勋自己找到答案。

最开始，他先寻找了机关的痕迹。他完全想不到那会是什么样的机关，又如何与武内背上的伤产生联系。他只能模糊地想象出一个爆发力强大，一不小心就会致人受伤的东西……并猜测武内可能利用那个东西制造了背上的伤。球棒可能只适用于制造钝器殴打的痕迹，实质性创伤也许主要来自某种机械机关……

可是，他连壁橱都翻了个遍，始终一无所获。他只发现了电风扇、吸尘器、吹风机、剃须刀、果汁机等小家电，无论怎么利用，都不太可能制造出证据照片里那样的重伤。

那难道真的只用球棒……只是问题在于怎么用吗？

他在L形的起居室缓缓踱步，陷入了沉思。屋里有茶几和沙发，并非能够自由活动的空间。不过，这是案发现场，又是整座房子形状最细长的空间……在这里能做什么呢？

勋拉开和式房的隔扇，走了进去。这个房间不足十平方米，虽然比别的房间更空，但中央摆着被炉，角落还放着一个大衣箱。想在这里有所作为，恐怕也很难。

和式房的两个侧面与L形的客厅相连，通过开合隔扇就能打通两个空间。警方赶到时，两面隔扇都是合上的。这个情况的确有种故意将和式房隔离出案发现场的感觉。实际站在现场，勋的感觉更强烈了。然而血迹及其他案发现场的痕迹的确没有波及和式房。

莫非凶行发生在起居室，伪造现场的行为却发生在和式房……并非不可能。不过，为什么要在和式房？他能在这里做什么？想到这里，他又走进了死胡同。

玄关突然传来开门声。雪见安静地走了进来。

“怎么，你没一起去吗？”

“现在哪里顾得上啊。”

雪见露出勉强的苦笑，无力地坐在沙发上。

“我让武内跑了。看他当时慌乱的样子，也许池本先生就在后备厢里。刚才我也跟杏子小姐说过了……我真的很心疼她……”

说着说着，雪见的表情越来越阴沉，最后愁容满面地叹了口气。

“是吗……”勋只能这么说。

他暗想，野见山都说对了。焚毁的场家的火焰也蔓延到了池本、关与梶间家，而且势头越来越旺。他们曾经有灭火的机会，可正是他白白浪费掉了。他所做的唯一行动，就是拼命试图挣脱那个连是否存在都令人疑惑的枷锁。

“怎么样？”雪见问了一句。她好像猜到勋在这里干什么了。

“听说那个人小时候也经常后背受伤。”

“啊……？”

“好像是自残行为。他就是忍不住伤害自己的身体。而且他还经常拿着球棒……”

“那他就是在这里又用了一次小时候的做法……？”

“有可能。”

“既然如此，应该不会很难。”

“没错……可能一旦知道了，我们就会觉得异常简单。”

“如果只想在背后制造殴打的痕迹，可以把金属球棒放在地上，然后仰着倒下去……”

雪见的语气没什么自信，也许只是临时想到的理论。

“这很难说。万一伤到腰，那受到的损伤可就不只是殴打痕迹了。”

“也对啊……”

“再说，这听着也不像有自残行为的人经常使用的方法。应该有什么特殊的，真的会令人上瘾的方法……”

“是吗……那真要这样想，真的很难想到啊。”

勋虽然能反驳别人的看法，自己却也没什么主意。

二人陷入沉默，唯有时间静静地流逝。

*

寻惠一行在中央高速公路的谈合坂服务区提前吃了午饭，带円香到小卖部逛了逛，十二点半左右回到了车上。

“这样可能到得比预定时间更早了，早知道就不上高速了。”俊郎在驾驶席摊开地图嘀咕道。

“不能早到吗？”寻惠说着，把円香抱进了后座的儿童座椅。

“也不是不行，就是那边也需要准备。”

听说俊郎的朋友，也就是别墅的主人在那边等着他们，还要招待他们吃晚饭。

“我打个电话给他吧。”

俊郎用手机联系了对方，告诉他可能会早到。那边表示没什么问题。

“好了，走吧走吧。”

俊郎哼着歌发动汽车，并入了主路。道路并不拥堵，他们一路畅行无阻。没过多久，円香就睡着了。

车子渐渐远离他们的家，也一点一点远离了日常。最近发生了许多令人精神紧张的事情，现在能跟那样的日子拉开距离，寻惠多少能松一口气了。

可是一想到雪见和勋还留在那里，她就无法完全放松。尤其是雪见，她几乎是被赶出了家，却在为家人不停行动。虽然她说的都是些看似荒诞无稽的话，然而现实好像真的在向她的话靠拢。

寻惠想，她至少要保证一点，那就是无论雪见怎么行事，最后都能回到这个家。她必须这么做。

"俊郎啊，雪见她……"

离开家后，她几次向俊郎发起这个话题，可他就是不愿理睬。

"别说她了好吗，拜托你了。"他毫不掩饰语气里的烦躁，"我知道你可怜她，可是你现在提起来，我也没法保持冷静啊。"

就这样，俊郎单方面结束了谈话，依旧拒绝交流。

俊郎早就认为自己比母亲更有社会常识，无论寻惠劝他做什么，他都不愿意听。自从円香出生，他有了责任感，开始认真准备司法考试之后，就更是如此了。

同时，他又好像对父亲有了更高的敬意。也许是体会到了法律界的严苛吧。

所以，寻惠希望勋能亲自站出来劝劝儿子。只要父子一条心，这个家就能团结起来，也能明确到底该怎么对付武内了……

由于最近一直忧心忡忡，又睡眠不足，寻惠听着单调的车声，不知不觉睡着了。途中，她迷迷糊糊地听见收费站的对话，等到清醒时，右侧已是一片闪闪发光的湖景。

“哎呀。”

那片大好风光让她的心情瞬间好了起来。她四处寻找富士山，但没有找到。不经意间向后一瞥，原来竟在身后。

“円香，快看，是富士山。”

她见円香也醒了，便对孩子说道。可是円香被扣在儿童座椅上，叫她看后面实在是不可能。

“我们看看吧？”

俊郎把车开进面朝湖岸的游客用停车场，抱円香下了车。

“你瞧，大不大啊？”

円香眨巴着眼睛，不知是惊讶还是没睡醒。

湖的另一头是森林，森林彼方则是白色带状的山麓。蓝色的富士山坐落其上，比天空的颜色蓝得更深，宛如一片幻境。

寻惠陶醉地看了一会儿风景。

“啊，小鸭子。”円香指着湖面说。

“那不是小鸭子，是白天鹅。”俊郎笑着说。

天鹅形状的游船缓缓驶过湖面。

多么平静啊。只是看着眼前的景色，就让人感到日常渐渐远去。

他们拍了一张照片后，回到了车上。斑驳的阳光透过树荫，忽明忽灭地倾洒在车窗上。车子穿过湖岸的公路，来到酒店和旅馆林立的街区，随后方向一转离开湖岸，驶入了山路。绿荫逐渐茂密，树木的缝隙间不时闪过貌似别墅的建筑。

"嗯，是这条路吧……"

俊郎单手拿着写在纸上的地址，控制汽车减速，然后转动方向盘，驶上了林间土路。

汽车穿过郁郁葱葱的绿色隧道，又越过一座横跨水泽的小桥，时而向左、时而向右描绘着不规则的弧线，车轮碾压着路上的沙砾，缓缓向前行驶。这条林道两旁也有一些别墅，但许多都被草木覆盖，似乎没有人居住。寻惠不禁想，如果他们的目的地也是这样的别墅，那可就不太好了。

又往前开了一会儿，汽车穿出树林，视野突然变开阔了。

"啊，就是这儿。"

俊郎指示的方向矗立着一座大木屋，木屋背后有条小溪流向林道的方向。小溪的对岸只有茂密的树林。那是一栋漂亮的别墅，坐落在一大片打理得干净平整的空地上。

俊郎开车沿着 S 形的道路驶上平缓的山丘，停在木屋门前，用力按了两下喇叭。

木屋虽是平房结构，却与一般的多层小楼同样宽敞。屋顶上的烟囱飘出缕缕青烟，不知是在烧洗澡水还是做饭。别墅外墙略显暗沉，难以掩饰岁月的侵蚀，但周围的山茶树明显经过了精心打理，给人干净整洁的印象。

木屋隔壁有个足够停放两辆汽车的大型车库……

里面已经停着一辆奔驰。

一个人从屋里走了出来。

是武内。

俊郎回头看了一眼呆滞的寻惠，得意地拍了拍手。

“哈哈哈哈，瞧把你给吓的。”

武内走了过来。俊郎放下了车窗。

“夫人！您肯定没想到这是我的别墅吧！”

他像个恶作剧得逞的孩子满脸堆笑，张开双臂欢迎了寻惠。

22

下午，的场家的起居室变得异常闷热，只是坐着也能满身大汗。雪见站起来，打开了两三扇窗子通风。路上的噪声和鸟儿的鸣叫随着新鲜空气涌入房中，冲散了屋里的死寂。

公公依旧处在沉思的状态。他时而来回踱步，时而盘腿坐在地毯上，时而端坐在沙发上，身体始终闲不住，但是口中只发出了低低的沉吟。

“那个……”门口传来杏子的声音，“我做了饭团……天这么热，不如到我家休息一会儿吧。”

雪见慌忙走到门口。

“杏子小姐，你太客气了。”

“嗯，没什么，没什么。”

她的坚强反而突显出悲壮的感觉。

“我妹妹来帮我了。快过来休息一会儿吧。”

“是吗？那……”

雪见走回起居室叫了公公。他又沉吟了好一会儿，没怎么理睬儿媳，但雪见反复叫了几次后，他终于站了起来。

三人穿过户外的烈日，转移到池本家。杏子的妹妹正在门口等着他们。

“我姐姐劳烦你们照顾了。”

“没什么，我们才是。”

她看起来有三十五岁左右，目光平和沉稳。而且她比杏子更高，也显得更稳重。

“下午好！”

和人君坐在一堆自己带来的玩具中间，从起居室向他们打了招呼。

“下午好。你今天也很精神呢。”

雪见笑着跟孩子打招呼，却忍不住心头一紧。这孩子跟円香一起玩时也是这样，使她产生了宛如咬到石子的异样感。

“円香呢？”和人君问。

“对不起，今天円香没来。我下次再带她来，好吗？”

和人君有点失望地低头玩起了拨浪鼓。

“我们家和人也多得你照顾了。”杏子的妹妹微笑着说。

“没什么，是我应该道谢才对。你孩子真乖，我都羡慕坏了。”

雪见看着和人君，客气地回答了一句。雪见看向杏子的妹妹时，却发现她露出了奇怪的神情。

“那个……我姐姐虽然有点奇怪，但她是个好人。所以请你帮帮她。”

“哎呀，你真是的。”杏子慌了神，语速飞快地责怪道，“马上就吃饭了，说这些话干什么。”接着，她对雪见尴尬地笑了笑。“好了，雪见小姐快请坐吧。”

雪见走到餐桌旁落了座。

“其实我最近被家里人当成了怪人……反倒是杏子小姐帮了我很大的忙。”

她笑着回答了杏子的妹妹。

眼前的现实虽然令人沉痛，但只要有这个妹妹，杏子应该能挺过去。

公公也在姐妹俩的催促下，坐到了雪见对面。餐桌上的大盘子里摆着许多大片海苔包裹的饭团。

“这些是梅子的，这些是昆布的，这些是鲑鱼的，大家多吃点。”

见公公不动手，雪见认为自己不能太客气，就伸手拿了一个昆布饭团。

“谢谢……”

她感到有人在后面拍她的手臂。回头一看，是和人君。

“嗯？”雪见歪头看着他。

“这个送给円香。”

说着，他举起了手中的拨浪鼓。

“啊，不用啦。这不是和人君很喜欢的玩具吗？”

原来这孩子记得円香很喜欢拨浪鼓。雪见心里很高兴，但决定只接受和人君的心意。

“谢谢你。下次再借给円香玩吧。”说完，她摸了摸和人君的头，“好了，你也快来吃饭团吧。”

说着说着，雪见又愣住了。

“円香妹妹应该不喜欢这个吧。”杏子的妹妹对雪见笑着说，“这都是我先生出差买回来的小玩具，没什么新奇的。”

“不，円香很喜欢这种玩具。可能孩子就喜欢可以转来转去，会发出声音的东西吧……”

雪见一边回答，一边思索内心的困惑。

“转来转去……”

公公突然说话了。雪见抬起头，发现他正盯着和人君手上的拨浪鼓。

他也想到什么了。究竟是什么?

雪见搜寻着记忆。她的确感到了灵光一现。不是这个，也不是那个……

最后，她恍然大悟。

円香给她表演过模仿拨浪鼓。小手不停地甩动，来回甩动……

在想象的世界中，那双手伸长了，一直延伸到背后。

孩子的动作与雪见的灵感结合在了一起。

在金属球棒的握把上系一条绳子……是领带……在握把上系一条领带……

拿着领带，来回甩动……

不行，这样不容易打中。

“爸，你知道那个人背部的伤是从哪边打的吗？”

“左手边。这个有鉴定结果。”

那么就是右手正手挥棒，或者左手反手挥棒。如果是右手挥棒，由于球棒太长，恐怕很难准确击中背部。因为挥棒时握把部分会靠近右臂，只有球棒根部会击中背部。换成左手反手挥棒，握把就会远离身体，使球棒头部击中背部。只是这样一来，力量就成了问题。

“他是什么利手？”

“右利手。”

雪见做了个左手反手挥棒的动作。杏子姐妹呆呆地看着她。

只挥了一下，她就意识到力量太弱了。而且幅度很小。一个不小心，球棒还会先击中挥棒的手臂。

那么果然是正手吗？她觉得答案就在眼前，但还缺少了什么。

还要考虑空间的问题。就算站在起居室，那里的空间也不太能让他奋力挥动球棒。再加上几十厘米的领带，用力挥动时很难不打坏什么东西。

怎么才能解决这个问题呢……

公公突然站起来，一言不发地走了出去。

雪见紧随其后。

他们回到了的场家。

“啊，那个，钥匙，钥匙。”杏子跑过来打开了大门。

他们走进屋里，没有人说话。

公公在起居室入口暂停了片刻，随后放慢脚步，一直走到和式房门前。

与 L 形起居室两边相邻的和式房，用作间隔的是两面隔扇……

公公把其中一面隔扇拉开到厨房方向。

接着，他把另一面隔扇拉开到露台方向。

转角处只剩下立柱。

他像是脱力一般跪坐在地，轻轻触碰柱身。

“整木房柱……”他喃喃道。

雪见不明白他在说什么，但武内制造伪证的机关已经豁然开朗。

只要卸下所有隔扇，起居室与和式房就合并成了一个大空间，可以尽情挥舞球棒。唯一的障碍，就是这根柱子。不过，武内把柱子用作了圆心。他用领带牢牢捆住球棒握把，然后紧握领带，正手甩动球棒。领带遇到房柱发生圆周运动，球棒就准确地击中了他的背部。

太简单了。简单得惊人。只不过比日常的动作稍微复杂了一些。这对一个有自残倾向的孩子来说，显得与众不同，深得其喜爱。而正因为这种行为发自其独特的癖好，它虽然十分简单，却没有人能猜出来。

“啊……”

公公呆滞地叹了口气，全身仿佛失去了活力。

他今天在这座房子里拼命思考，都是为了承认自己的失败。

而这一刻，他承认了。

成为一名身负重任的审判长所需要的积累和钻研，在雪见这种普通人眼中肯定是难以坚持的。公公是通过锲而不舍的努力磨炼了自己的见识和眼光，才得到了那个重任。尽管如此，他还是被一个人的奇怪癖好所蒙蔽，最终做出了无可挽回的错误判决。

此时此刻，他承认了一个事实。一个将他的大半生归于虚无的事实。

他瘫坐在地上，缓缓转过头，先看了一眼雪见，然后看向杏子。他注视杏子的神情，是前所未有的空虚。

“我……我……”

他颤抖的双唇挤出破碎的语言，随后沉默着垂下了头。

*

“隔壁的叔叔怎么在这里？”

円香抬头看着寻惠。寻惠没有回答，只是牵着她的手，跟在俊郎后面进了屋。

在玄关脱了鞋，拉开厚重的实木拉门，眼前是个足有三十平方米的宽敞起居室。角落里是个开放式小厨房，前方摆着一张铺着厚桌布的餐桌。与车库正对的方向是一套皮沙发，沙发背后还有壁炉。全屋铺了木地板，墙壁也由板材覆盖，还挂着几盏煤油壁灯，不知是装饰品还是实用品。

武内心情很好。

“我跟俊郎先生计划好了，想让夫人好好放松放松。因为是喝酒时提起的，也就成了一个小小的恶作剧。”

记得两三天前，武内还提出愿意带她出去玩，后来她说家里有旅行计划，拒绝了武内的邀请。原来他是故意说那种话，以她的反应为乐吗？她所受到的惊吓已经超出了恶作剧的范畴，甚至觉得自己中了圈套。可是，她不敢说出来。

“我老爸突然有事来不了了。”俊郎一屁股坐在沙发上，伸长了双腿，“之后也不一定会来。”

“是吗？”武内平淡地回应道，“雪见小姐呢？”

“我才不会带那种人来。”

寻惠没有看见武内听见这句话的表情。因为他在俊郎背后，朝壁炉的方向走了过去。定睛一看，壁炉里塞着柴火，烧得正旺。看来这就是烟火的源头。

“怎么，你还点火了？”

俊郎看向武内离开的方向，也发现了炉火。

“我开了空调。”武内说，“今天心情好，我想做个年轮蛋糕。”

“哦？用这个炉子烤吗？”

“是的。”

武内拿起黄铜拨火棍，在壁炉里拨了几下，把什么东西燃烧的残骸推到了火堆中央。

虽然只是一瞬间，但寻惠看出那好像是布片。

衣服……？

她下意识地想道。

“円香，叔叔要做年轮蛋糕给我们吃哟。那个可好吃了。”

俊郎什么都没注意到，还是非常放松。

“我才刚开始准备，还要再等一会儿。”

武内的态度也很淡然，慢悠悠地加了几根木柴。

“真不好意思啊，我们来早了。需要帮忙你尽管说。”

“不用不用，你们就喝杯红酒，休息一下吧。晚上在木栈台烧烤，俊郎先生你到时候再大显身手吧。”

“烧烤？好啊。”俊郎高兴地指着武内，“到这种地方来，就该烧烤啊。”

武内兴高采烈地来回忙活，给俊郎和寻惠倒了红酒，又给円香倒了橙汁。从他倒酒的动作都能看出，他是真心喜欢扮演东道主的角色。

他选的红酒看起来很昂贵，寻惠却难以下咽。

“怎么，你晕车了？”

俊郎看着她，问了一句多余的话。

“啊……？”寻惠想随便敷衍两句，下意识地看向壁炉那边。可是没等她转头，她就感到武内如同针刺的视线，赶紧控制住了自己。

“就是不习惯白天喝酒。”她勉强挤出笑容解释道。

“那我煮点咖啡吧。”武内又轻快地忙碌起来。

给客人端好饮料，他就走进厨房做起了年轮蛋糕坯。寻惠看见他往大碗里连续打了三盒鸡蛋。

“诀窍在于把蛋白分出来打发。”武内得意地解释道。

他将放在壁炉上化开的黄油加入蛋液，又加入了白砂糖。

“先做这么多吧，不够还可以再做。”

武内分出一小碗混合液，筛入蛋糕粉，拿到壁炉前。

壁炉顶上放着一根五六尺长的竹竿。他拿起竹竿，放在火上烤起来。

“哦？蛋糕坯要卷在这个上面吗？有意思。”俊郎单手拿着酒杯，饶有兴致地说。

壁炉里已经没有很明显的异物了。

刚才那是什么呢……寻惠暗自想道。

雪见猜测，武内应该把池本的尸体藏在后备厢里带走了。

而武内就在这里。

壁炉里燃烧着疑似衣服的东西。

假如那是池本的衣服……

池本在哪里？

一看就知道，他明显没有在这里焚烧尸体。

还在后备厢里吗？

可是雪见之所以没来，是因为俊郎照顾武内的感受。武内应该没法绝对肯定雪见不会出现。那么，他会不会抓紧时间把尸体搬出了后备厢呢？

只不过，寻惠他们也提早到达了，武内应该没时间进山埋尸体。

他接到俊郎的电话，慌了手脚……

然后呢？

只是想想，她就感到毛骨悚然。

武内丝毫没有搬运或藏匿尸体之后的内疚感。

他用毛巾擦掉了竹竿表面浮现的油脂，并在上面涂抹蛋糕坯，继续放到火上烤。为了让蛋糕坯均匀受热，他还不停地转动竹竿。

仔细烘烤三分多钟后，他抽回竹竿，在金黄色的蛋糕表面又涂抹了一层蛋糕坯。

“哦哦，原来年轮就是这样烤出来的啊。这要做多少次？”

“不涂二十次，就烤不出理想的厚度。”

“哇，那不得烤一个多小时啊。太辛苦了。”

俊郎无奈地笑了笑，同时感叹道。

“嗯，你就交给我吧。”

武内擦了一把脖子上的汗，像个专业甜点师一样不停转着竹竿。

俊郎不再看他做事，躺在沙发上翻起了导游手册。

“傍晚到湖边去吧？”

“可以啊……吃完蛋糕就去吧。”武内小声应道。

“要不要坐船呢？”

“还能欣赏富士山……我来帮大家拍照吧。”

“还得带円香去她喜欢的地方。可以明天去……比如泰迪熊博物馆、圣诞老人博物馆啥的。”

“可以啊……随便去吧。”

“我想去忍野八海看看。”

“好主意……”

俊郎看着导游手册，随口说出了自己的想法。而武内的回答一直都很平淡。

他正埋头烤制年轮蛋糕。

满头大汗地转动竹竿。

小心翼翼地涂抹一层又一层蛋糕坯。

寻惠看着那光景，没来由地感到背后发冷。

她感到喘不过气来，叫了一声俊郎。

“手机给我用用吧，你爸可能已经回来了。”

可是他躺着没动，只皱起了眉头。

“妈，今天你就别管他了。你总是这么爱操心。我把路线图留给他了，没事的。他要来就来，不来就不来了。管这么多干什么？”

被儿子冷冷地拒绝，寻惠有点不知所措。她看了看円香。

“我想出去玩……”

孩子应该看不透寻惠的心思，却适时向她提出了请求。

“那我们出去散散步吧。”

武内听见寻惠的声音，转动了一下脖子，但没有完全回过头，而是默不作声地继续转动竹竿。

寻惠只当他答应了，并没有专门走过去打招呼。寻惠给円香带上小草帽，喷好驱虫水，牵着她走出去了。

外面的阳光虽然强烈，但不至于热出汗来。风吹过屋后的小溪，连带门前也十分凉爽。

“啊，这视野太可惜了。”

俊郎也端着酒杯走了出来。

由于前方的树林遮挡视线，他们站在门口无法看见东边的富士山。

“就这儿吧。等会儿在这里拍一张。”

俊郎走到车库门前蹲下，双手摆出相框的模样确定了角度。

“别跑太远啊。”

寻惠松开円香的手，信步走向车库，往右边看了看。

那里种着五六株山茶树。面朝木屋的左手边也差不多。只是那些山茶树都被剪掉了枝丫，变得光秃难看。

这是刚才剪的吗……看来是的。她看见车库墙边堆了小山似的枝丫，上面的叶子还嫩绿发亮。

话说回来，她刚才的确看见车库里放着一把长柄园艺剪来着……寻惠想着想着，越发在意那座枝丫的小山了。

乍一看，木屋周围没有什么杂草，花草树木也都修剪得很整齐。也许武内在跟俊郎说好后来过这里一趟，把屋里屋外都打扫干净了。

尽管如此，他们到达之后，车库旁还是放了一堆枝丫。这是为什么？难道只剩下这里没有收拾？而且再怎么说，这样剪也太夸张了。连花苞都被剪掉了。

不会吧？

这也太明显了。只要稍微有点怀疑，就会不可避免地注意到那堆枝丫。

不过这堆枝丫的大小，倒也正好能藏一个人。

寻惠像着了魔似的走了过去。

不会吧……

她蹲下身子，抓了一把纠缠的枝条。

不会吧……

她像掀开盖子一样，托起了小山的上半部分。

“……！”

没有。

全都是树枝。

那他为什么要做得如此不自然……

圈套？

这是武内的圈套，为了测试有谁怀疑自己吗？

寻惠感到有人在盯着她，猛地抬起头。

“你在干什么啊？”

俊郎没好气地看着她。

“没什么……”

寻惠摇摇头站了起来。贸然说实话只会让事情不好收场，她决定保持沉默。

“不过这地方还真是什么都没有啊。”

俊郎盯着屋后的涓涓细流看了一会儿，但很快就厌倦了，毫不犹豫地转向另一头。

“什么都没有，什么都没有，真的什么都没有。”

他哼着奇怪的歌，回到了木屋。

确实什么都没有……寻惠感到紧张的情绪缓缓松弛下来。眼前这堆枝丫仿佛在嘲笑她，说这一切都是她的妄想……

真的吗？

如果不是……

他会不会一开始打算藏在这里，所以才剪了那么多枝丫，后来又发现这里很容易被人发现？也许他中途想到了更好的地方，所以才没有藏在这里？

那他究竟藏在哪里了？

木屋背后只有草丛。那里既没有拖拽的痕迹，也没有草被压倒的痕迹。

小溪边也一样。

车库里最引人注意的只有柴堆和园艺工具，没有可疑的东西。

这样一来，就只剩下木屋内部了。难道藏在武内的卧室？又或者，天花板上还有隐藏的房间？

“奶奶！”

她听见円香带着哭腔的声音，转头一看，发现孩子站在草丛边一个劲地打转，像在躲避地上的东西。

“谁叫你跑到那边去的。”

她走过去，孩子的对手原来是蚱蜢。

“别害怕。瞧，奶奶抓住了。”

寻惠双手拢住小小的蚱蜢，扔进了草丛。

“这里有蚊子，到空地上玩吧。”

说着，她双手搭在円香的肩膀上。就在这时……

附近的树枝传来吱吱嘎嘎的声音。

寻惠看着草丛和远处的树林，不由自主地停下了动作。

一阵风吹过，树林的细枝轻轻摇摆。

这只是再平常不过的光景。

吱嘎声转瞬即逝，耳畔只剩鸟儿的啁啾。

可是，当寻惠收回视线，缓缓看向自己的脚下时，又有了新的发现。

这附近的杂草好像有点倒伏。

而且，还有明显的碾轧痕迹。那痕迹只出现在草地边缘……一处……两处。

汽车……？

寻惠醒悟过来。完全被碾轧的部分应该是车轮所致。也就是说，有一辆车曾经浅浅探入过草丛。

这里离车库有十五米远，中间隔着山茶树。没理由把车开过来呀……

啊……

她仔细端详草丛，发现许多草穗都略显凌乱。有人进去过。

前面是一棵杉树，与后方的树林隔开了一段距离。那棵杉树沐浴在灿烂的阳光下，与寻惠目光齐平的地方伸展出茂密的枝叶，一直延伸到十几米高的树梢，形成了细长的剪影。

寻惠走进草丛。草穗轻轻拂过脚踝。

跨出第七步，她便来到了杉树的树荫下。

抬起头，她首先看到了触手可及的树枝上拴着一根绳索。绳索的另一端没入了树梢。

啊……寻惠想象着那光景。

如果那是现实，这根绳索的另一头，就挂着一个东西……

她心惊肉跳地继续抬高视线。

上方是两三根折断的树枝。

再往上……

寻惠看见了。

一个貌似吊床的网兜，兜着透明的袋子……那东西就像一袋硕大的无骨火腿，高高悬在她头顶。

无须定睛细看，她也认出了袋子里的东西。稀疏的网眼中显露出了龇开的牙齿，和没有焦点的浑浊眼珠。

寻惠弯着身子，走出了树荫。

接着，她又跌跌撞撞地走出了草丛。

她推着円香的背部，远离了那个地方。

强烈的呕吐感涌上喉头，她连忙走到小溪边蹲下，把胃里的东西全都吐进了杂草堆。不等她顺过气，下一波浪潮汹涌而来。寻惠又吐了。

不知不觉，有个人……开始轻抚她的背。

那是一只宽大而异常滚烫的手。那不是円香。

寻惠擦擦嘴角，回过头去。

是武内。

他单手抱着木柴，单膝跪在地上，正用抹去了表情的双眼注视着寻惠。

“您怎么了？”

他柔声问道。

寻惠由于喘不过气而开始呼吸过速，不得不用双手捂住了嘴。

“您这是怎么了？”

武内凝视着寻惠的脸，仿佛要看透她的心。

“您看见什么了？”

他缓缓摩挲寻惠的背，连珠炮似的问道。

“快说吧，夫人。您看见什么了？嗯？嗯？”

寻惠摇着头。

武内的动作反而让她感到一阵恶寒。但她拼命忍住了。

一阵风吹过，撩起了寻惠的头发。

杉树发出轻微的吱嘎声。

寻惠肩膀猛地一颤，武内的动作几乎在同时停了下来。

武内目不转睛地看着她。寻惠甚至感觉他的视线刺痛了她的侧脸。

“夫人……没事的。”

武内的手恢复了动作，继续轻抚她的背部。

“请相信我。”

他的声音很轻，语气却异常炙热。

“您什么都不用担心。没关系的。一切都会很顺利。我相信夫人，所以也请您相信我，好吗？”

他究竟要她相信什么？

武内抓住了寻惠的肩膀。寻惠顺着他的动作站了起来。

“没关系的。请您还是跟以前一样相信我，好吗？”

武内晃了晃她的肩膀，像在鼓励她振作起来。

“来，円香妹妹也进屋吧。”

武内叫上正在担心地看着寻惠的円香，以一种隐含着疯狂的平和态度，把她们赶进了木屋。

俊郎正坐在壁炉前，代替武内烤蛋糕。

“武内先生，够了，快换回来换回来。我弄的形状不好，还烤焦了，真的不能随便插手。哎呀，烤这个蛋糕可太难了。我都热得受不了啦。”

武内笑眯眯地接过了穿着蛋糕的竹竿。

“夫人好像不太舒服，我请她进屋休息。”

“哦，是吗？应该是晕车了，还是躺一躺比较好。”俊郎没有任何疑问，干脆地说道。

武内打开了一扇房门。那是个十几平方米的房间，里面放着两张床。

“休息一会儿就好了。您什么都不用担心。”

武内看着她轻声说完，笑眯眯地关上了门。

23 异常

“不行，我不能干坐在这里。”

公公回到池本家，咬了一口杏子再三劝他吃的饭团后，突然嘀咕道。

但他好像想不到什么主意，又陷入了沉思。

“我想让您先跟小俊说说这件事。”雪见试着提议道，“现在只有他对武内先生深信不疑。如果不先说服他，就会让那个人一直占上风。”

“有道理。”公公沉重地点了点头，“也许大家应该先到别墅去躲躲，不要留在家里。然后我再找找警察那边的关系……”

“啊，啊，啊啊，啊啊……”

杏子突然拼命摆手，陷入了奇怪的状态。下一刻，她回过神来，看着雪见亢奋地说：“我想起来了，你们一说别墅，我就想起来了。”

“武内有座别墅。案发一年前，我们跟的场先生一家去过。那别墅在山上，我老公可能被运到那里去了。”

那很有可能。雪见问她是否知道确切地点，杏子回答去了应该能想起来。

“那我跟杏子小姐去一趟。爸，小俊那边交给您了。”

“你们两个没问题吗？”

公公表达了担忧，而她只能说没问题。

雪见等人顾不上吃饭，拜托杏子的妹妹与和人君留守在家，急急忙忙地出发了。雪见先开车送了公公回家。她在餐桌上发现了前往别墅的路线图，就把这件事交给公公，然后坐上了杏子的车。

问题就在接下来该怎么办。很难确定武内是否就在他的别墅，就算在，她们也只能躲起来观察情况，不知事情会如何发展。毕竟他能够反杀池本，若要认真应对这件事，恐怕先得想办法弄到武器。

“雪见小姐，有车跟着我们，没问题吧？”

“啊？”雪见回过头，看见了那辆车。

“从我家一直跟过来的。”

“哦，那就是警察了。”

他们也许认为杏子正在前往池本的藏身之处。这样正好，就让他们跟吧。万一出什么事，这次必须让他们派上用场。

杏子从国立府中立交进入中央自动车道，在超车道上一路疾驰。据她说，武内的别墅位于山中湖。在富士吉田立交下到普通道路后，她们继续往山中湖方向进发。

经过山中湖畔，直到穿过酒店一条街，车速都十分稳定。可是一离开湖边进入山路，车子就大幅减速了。

“哎……奇怪了……”

杏子一边嘀咕，一边东张西望。

“怎么了？”

“应该就是这里……要开上一条小路。”

“前面经过了好几条小路吧。”

“嗯……但我对这里的风景没有印象。”

啊，其实冷静想想，应该会预料到这样的结果……雪见很是懊恼。这毕竟只是四年前到过一次的地方，她过于依赖杏子的记忆了。但事已至此，发现问题也没有用了。

杏子亮起应急灯，开始缓慢行驶。后方的汽车一辆接一辆地超了过去。

“对不起，我要往回开。”

又往前开了一会儿，她驾驶汽车掉了个头。

掉头是掉头了，但她还是找不到熟悉的道路，一个劲地看着路口发呆。

虽然帮不上忙，雪见还是跟她一起观察起了路口。

就在这时，她发现对向车道开过了一辆白色公爵。她条件反射地看向驾驶席，是公公。

“杏子小姐，快掉头！我公公刚开过去了！”

“啊，什么？”

杏子顾不上困惑，强行打死了方向盘。跟在后面的警方车辆也被她们带得团团转。

“快按喇叭！”

她们追上去使劲按喇叭，公爵车终于减速靠边。杏子跟在后面停了下来。

雪见打开车门，跑向公公的车。

“怎么回事？”公公惊讶地问。

“我也想问呢。小俊他们去的别墅在这边吗？”

公公看了一眼路线图，点点头。

“对。”

这会是偶然吗？不太可能。

“我们也跟您去。”

尽管她还整理不了脑中纷乱的思绪，但心中涌出了不祥的预感。雪见跳上了杏子的车。

*

寻惠牵着円香走出卧室，武内依旧大汗淋漓地坐在壁炉前，朝她们笑了笑。

“快烤好了。”

此时已经过了一个小时，年轮蛋糕变厚了不少。

然而，蛋糕的香甜只让寻惠感到阵阵作呕。

俊郎还在沙发上呼呼大睡。

寻惠自己找到厕所，让円香进去小便。上完厕所后，她又匆匆回到了卧室。尽管她们并没有被限制行动，但从心理上说，这与囚禁没什么不同。

她坐在床上叹了口气。撑不下去了。继续待在这里，她的精神会崩溃。她无法装作什么都看不见，若无其事地烧烤、放烟花，还在这里过夜。

她犹豫了一会儿，但那只是白白浪费时间。

“你去叫爸爸起来吧。”

寻惠说完，让円香去了起居室。

没过多久，卧室门打开了。円香先走进来，后面跟着睡眼惺忪的俊郎。

“有事吗？”

寻惠拉着他的手，自己关上了房门。深吸一口气后，她开口了。

“我们回去吧，别告诉那个人。”

“哈啊？”

俊郎一时间摸不着头脑，而寻惠只是摇头。

“总之我们要离开这里。先离开再说。”

“等等啊。为什么要偷偷走？怎么了啊？”

寻惠想了想，又压低了声音：

“我看见尸体了。”

俊郎伸长脖子，歪着头，用整张脸做了个“啊？”的表情。

“池本先生的尸体就在这里。”

“怎么连你都说这种话。”俊郎皱起了眉，“在哪里？”

“挂在车库后面的杉树上。树林外面那棵。”

俊郎盯着她，仿佛想知道她是不是疯了。最后，他小声说：

“我去看看。”接着就走出了房间。

“我们要回家吗？”

円香抬头看着寻惠。寻惠抱起了孩子。

“对不起，但是今天你要听话。”

円香一副欲言又止的样子，像是在犹豫要不要撒娇。

“可是我想玩烟花。”

最后，孩子用几乎听不见的音量说了一句。

“妈妈在家里等你呢。回去跟妈妈一起玩，好吗？”

“真的？”

“嗯。妈妈今天就回来，再也不走了。她说要一直陪着円香。”

这并不是胡言乱语。因为雪见再也不需要离开家了。

她做好了随时离开的准备，屏息静气地等了一会儿。俊郎回来了。他关上门，瞪了一眼寻惠，长叹一声。

“别胡闹了。你真的相信雪见那些鬼话？”

寻惠怀疑自己听错了。“就在那里呀。”

“没有。什么都没有。你究竟看见什么了啊？”

俊郎的表情无论怎么看都很正常。

难道是我脑子出问题了……寻惠陷入了混乱。

她走出卧室。武内看了她一眼，但她没有理睬，径直穿过了起居室。她不敢放开円香，干脆抱着孩子走出了木屋。

经过车库，踢开杂草，来到杉树下。

抬头看。

没有。真的没有。

那，她刚才看到的究竟是什么？

寻惠呆立在那里。

很快，她就回过神来。

折断的树枝还悬在上面。

那么……他是藏到别的地方去了？

寻惠跑出草丛。能马上转移的地方，只有那里。

她走向堆在车库旁的枝丫的小山。

小山的大小跟刚才看起来差不多……

她一只手撩起了层层叠叠的枝丫。

有了。

凝视，无言，继而慌忙盖住了円香的眼睛。孩子发出轻轻的呜咽，她又轻轻拍起了孩子的背。

“别害怕，别害怕。没事的。”

寻惠轻声安慰着孩子，却控制不住自己的颤抖。

实在是太异常了。

他把尸体转移到这里，还在若无其事地烤蛋糕。

无法忍受。

寻惠转出车库，想去叫俊郎。

面前……却是武内。

他推开寻惠的肩膀，看了一眼堆积的枝丫。下一刻，布满血丝的眼睛就转向了寻惠。

“夫人，我刚才说了，你什么都不用担心。一切交给我就好了。”

他强撑着笑容，摇晃她的肩膀。

“夫人，你不是支持我的吗？关律师那次，你不是还帮了我吗？我知道了，我不会再移动了。我相信你。所以，请你不要背叛我。请你相信我。没关系的。我的安排一定会顺利，请交给我吧。”

寻惠被武内暗淡无光的眸子所震慑，觉得全身发软。眼前这个人，正是癫狂的化身。

武内兀自点点头，飞快地整理好了堆积的枝丫。“蛋糕烤好了，大家一起吃吧。”他骤然改变了语气，仿佛这才是他的现实。

寻惠失去了意志，顺从地回到木屋。俊郎等在门口，见武内耸耸肩，以为问题已经解决，高高兴兴地走了回去。

“来，这是刚烤好的。你们一定没吃过热乎乎的年轮蛋糕吧。”武内开朗的声线显得极其不自然。

“我都等不及啦。”俊郎拍着手说。

寻惠放下円香，跟俊郎一起坐在沙发上。

“我找到了。他转移了。”

寻惠对俊郎耳语了一句，他却夸张地皱起了眉。“别说了。”然后，他就不再理睬寻惠了。

“怎么样，合口味吗？”

武内将脱模出来的年轮蛋糕切开放在盘子里，递给了他们。

“哇，好大。”

正如俊郎所说，这个年轮蛋糕无比硕大，看得寻惠直犯恶心。

“要是不够吃，后面还有。”

武内煞有介事地说完，俊郎爽朗地笑了。

“请用请用，别客气。”

武内又给他们倒了红茶等饮料，然后在对面的沙发上坐了下来。

“嗯，好吃！”俊郎塞了一大口蛋糕，感叹道，“真是太绝了，我全都能吃掉。”

武内高兴地眯起眼，自己也吃了一口，嘴边浮现出满意的笑容。

“快吃吧，怎么了？别客气呀。不是我自夸，真的很好吃。”

他摊开手催促寻惠。

“円香，真的很好吃哟。”

俊郎又连塞了两三块蛋糕，美美地边吃边说。円香也跟寻惠一样，定定地坐着，没有动口。

“夫人，快吃啊。”武内的笑容越来越僵硬了。

寻惠看向桌上的蛋糕。那一刻，她感到喉头哽塞，又一阵呕吐感涌了上来。他用焚烧池本衣服的火烤了这个蛋糕。想到这里，她一点都吃不下去。

“夫人。”武内声音沙哑地逼迫道，“请你吃吧，这可是我很努力做出来的。”

“啊……她可能还不太舒服吧。”

俊郎好像也被武内奇怪的气场吓到了。他苦笑着帮忙解释，把话锋转向了円香。

“円香，来啊。爸爸给你弄小块点，你尝尝。”

他切了一小块蛋糕，要喂给坐在寻惠腿上的円香。

円香摇头拒绝了。

“怎么了，快吃一口试试啊。”

円香使劲摇起了头。

“为什么不吃啊？”

“我想回家。”円香小声说。

俊郎看着她，哼了一声。

“才刚来，为什么要走？”

“我要回家。”这次，她斩钉截铁地说。

“回去干什么啊？回去什么都没有啊。”

“有妈妈。”

俊郎为难地对武内苦笑了一下。然而，武内脸上已经完全没有了笑容。

他再一次看向寻惠。

“夫人，你应该吃得下，求求你吃吧。”他执拗地逼迫着。

“武内先生，算了吧。剩下的我来吃。”

“我要回家！”円香尖叫道。

“我们回去吧。”寻惠也忍不住说道。

“别这样。”俊郎不耐烦地说。

“夫人，请你别让我失望。”武内恳切地说。

“可我吃不下去……”她忍着恶心，眼眶湿润了，“我什么都不说，让我回去吧。”

“我希望你吃！”

“哎，武内先生……”

“回家！回家！”

“我费了好大心思烤的！”

“武内先生！”

“夫人！”

“回家！回家！回家！”

円香话音刚落，武内就抓起手边的蛋糕，用力朝她扔了过去。

円香开始号啕大哭。

“你干什么?!”

俊郎猛地站起来。寻惠紧紧抱住了円香。

“哈！是我错了吗?!”

武内亢奋地喊着，眼珠不停转动，呼吸越来越急促。

“对一个孩子至于这样吗?!”

“我费了好大的心思！你要明白我！”

武内瞪大眼睛，冲俊郎吼道。他的样子显然已经不再是正常人了。

“你说什么呢……”俊郎的表情冷了下来。

“我们走吧。”

寻惠感到危险的气息，抱着円香站了起来。

“搞什么啊。”

俊郎自言自语地骂了一声，拿起了沙发背后的旅行包。

武内也站了起来。

“请你理解我啊。”

他一边泣诉，一边紧握拳头，奋力捶打自己的大腿。寻惠看得毛骨悚然。

“总之我们今天先回去了。”俊郎冷冷地说道。

“别说了，快走吧。”寻惠先走到门口，转头催促俊郎。

“是吗……”

武内遗憾地摇摇头，背过身走向了壁炉。

“快点。”

寻惠反复催促，俊郎总算转过了身。

武内像是不再理睬寻惠他们，在壁炉前蹲了下来。

见此情景，寻惠稍稍松了口气。

可是，武内很快又站起来了。他手握壁炉旁的黄铜拨火棍，转过身时，已是满脸凶煞。

他杀气腾腾地大步走了过来。

“哼——！”

听见寻惠的惊呼，俊郎回过头去，武内的拨火棍已经砸向了他的头部。

“啊！”俊郎惨叫一声，后退几步，一屁股坐倒在地。武内逼上前去，又砸了第二下、第三下。

“哼——！哼——！”

他使尽全身力气，喉咙里发出了可怕的低吼。

“啊啊啊啊！”

俊郎抱着头满地打滚时，武内停了手。

没有焦点的双眼转向寻惠。

“夫人，请等一等。”

不等寻惠反应过来，武内就走了过去。电光石火间，俊郎伸手抓住了他的腿。武内失去平衡，扑倒在地。

“跑……快跑！”

俊郎挤出了痛苦的声音，掏出钥匙扔到寻惠脚边。

“夫人，夫人。”

武内抬头呼唤寻惠，口中牵出黏腻的血丝。

“快跑！”

被俊郎的吼声一惊，寻惠抱紧哭喊的円香跑了出去。她脚下一绊，险些跌倒。车钥匙掉落在地，她慌忙捡了起来，然后朝着车库狂奔。紧接着，她打开卡罗拉后座，把円香抱进了儿童座椅。

“夫人——！”武内喊道。

她顾不上扣安全扣，匆匆关上后门，打开了驾驶席的车门。

“夫人——！”

武内出现在车库前方。

寻惠跳进车里。武内猛地扑了过来，伸手抓住车门。寻惠不管他，用力关上了车门。

武内发出一声凄厉的惨叫。她再推开门，武内倒在了地上。趁着这个间隙，她重新关好门，立刻上了锁。

武内紧紧扒着车门站了起来。

“夫人，开门啊！夫人，求求你了！”

他面目狰狞，疯狂捶打车窗。寻惠看着武内仅隔一块玻璃的狂态，吓得浑身发抖。

俊郎怎么样了？她不能扔下他逃走。

这时，武内开始用头撞击车窗。鲜血染红了他头上的绷带，他的表情越发癫狂。车里回荡着令人战栗的响声，円香的哭声也高亢起来。

不行了，还是要先逃离这里。寻惠正要发动引擎，却发现车钥匙不见了。

难道又掉了？掉在哪里了？

寻惠疯狂地四处摸索。如果让武内发现异样，而钥匙又掉在外面……她越想越怕，但还是不断地摸索。

武内不再撞玻璃，而是绕到车子左侧，在存放园艺用具和木工用具的箱子里翻找起来。

要不要趁现在开门出去找……刚这样想着，她就在啼哭不止的円香旁边发现了钥匙。她咽下想要痛骂自己的心情，放倒靠背朝后面探出了身子。

她抓住钥匙的同时，武内也举着貌似铁锤的东西朝后车窗砸了下来。转瞬之间，车窗就布满了裂痕。

寻惠抓起后座中间的毛巾被盖住円香，强行按着孩子的头让她弯下身子。

"躲起来！不可以出来！"

下一秒钟，玻璃破碎声响起，碎片同时落了下来。最后，铁锤也被扔进来，擦过寻惠的手，狠狠击中了毛巾被。

"円香?!"

她已经顾不上发动引擎了。瞬息之间，木柴也被狠狠砸了进来，一根又一根地打在座椅上然后弹开，有的击中了寻惠的手和头部，有的击中了毛巾被。

“快住手！我出去，你快住手！”

寻惠终于忍不住哀叫起来。她离开驾驶席，与武内隔车相望，举起了双手。

“请你快住手！”她用颤抖的声音恳求道。

武内停止了攻击。然而，他的目光中依旧没有理性。

“你……”

武内举起手上的木柴，狠狠砸向卡罗拉的车顶。

“你这个人！你这个人！你这个人！”

武内兀自癫狂了一阵，举起木柴指向寻惠。

“你践踏了我的心意！你背叛了我！”

寻惠面对滔天的怒火，心中只剩胆怯。

“对不起。”她在恐惧中道了歉。

“我不原谅你。”武内喃喃道。

“对不起，真的对不起。”

无论怎么道歉，都只会让武内更亢奋。

“你为什么一开始不理解我！现在已经晚了！你这个叛徒!!”

他猛地朝寻惠这边冲了过来。

要死了……寻惠突然有了明确的预感。她绕过车位，朝卡罗拉的左侧，武内刚才站的地方逃去。

但是武内看穿了她的意图，掉头追了过来。

前路被阻断，寻惠吓得蹲了下来。

满地都是武内刚才疯狂乱扔的木柴。可是，寻惠已经放弃了用它们来抵抗。她的唯一举动，就是闭上眼睛。

眼睑合上的瞬间，高举木柴的武内的剪影占据了视野。

*

她们跟着公公的车来到一座大木屋前。接近的那一刻，雪见听见了男人可怕的怒吼。

未等车停稳，她就跳了下去。她的动作比谁都快。

声音来自车库的方向。一个头上裹着绷带的男人从驾驶席绕过车头，冲向副驾驶席的方向。是武内。他手上拿着一根木柴。婆婆的脸从车后一闪而过。不知是蹲下了还是跌倒了，她的身影消失在车身之后。虽然搞不清楚究竟发生了什么，但雪见立刻察觉到了这幅光景的异常性。

"妈！"

雪见大喊着跑过去，武内闻声回过了头。他猛地瞪大眼，朝她扔出了木柴。那根木柴嗖地擦着雪见的耳边飞了过去。

武内并没有停下，而是拿起了靠在墙边的长柄园艺剪。

"哼——！"

他毫不犹豫地举起园艺剪刺向雪见的胸口。雪见来不及惊讶。园艺剪击中锁骨，痛得她一阵发麻。好在剪子没有张开。她顾不上多想，一把抓住园艺剪，跟武内争夺起来。

婆婆在武内身后站了起来，举起木柴砸向他的后脑勺。武内身子一缩，雪见趁机夺过了园艺剪。

“叛徒——!!”

武内的怒火转向了婆婆。他夺过婆婆手上的木柴，反过来殴打她。婆婆惨叫一声倒在地上。

雪见趁机拿好长柄园艺剪，松开把手的安全扣，打开了刀口。

对准武内的膝盖后侧，用力合上把手。

武内惨叫一声，倒在了车库里面。

“妈，快出来！”

“円香她……円香她……”婆婆指着后座说道。

円香在这里？哪里？车后窗已经粉碎，听不见孩子的哭声。

雪见打开了后座门。

“円香?!”

呼唤声落下后，她听见了小小的呻吟。

儿童座椅上盖着毛巾被。她伸手掀开。

没有。在哪里？

她试图一把扯掉毛巾被，却发现底端被压住了。

是円香。她蜷着身子缩在座椅脚下。因为前面的座椅靠背放倒了，她得以躲藏在靠背下方的小小空隙里。

円香看到雪见，吐出了死死咬在嘴里的毛巾被。

“妈妈！”

孩子瞬间皱紧了小脸，朝她伸出手。

雪见紧紧抱住了她。

啊，还活着。

多可怜啊，一身汗。

她一定吓坏了吧。

不会再放手了。

这孩子由我来保护。

雪见抱着孩子，走出了车库。

公公一脸呆滞地站在车前，好像还没把握住事态。他身后是跟踪雪见她们过来的刑警。他们此时也下了车，想知道发生了什么。

“警察先生，快抓住他！”

“他爸，俊郎！”

二人话音落下，神情顿时严肃起来的刑警走向车库，公公则走进了木屋。

婆婆筋疲力尽地跌坐在空地上。

“妈，没事吧？”

雪见关心了一句，可她还是保持着呆滞状态。直到看见杏子，她才强撑着站了起来。

“那个……您先生在车库旁边。”

婆婆捂着嘴，噙着泪水低下了头。

杏子绷着脸，但似乎早已有所觉悟，朝她点了点头。

“老公！”

她呼唤着跑了过去。

雪见看着她的背影，心中万分悲痛。

杏子消失在车库转角之后，几乎是同时……

武内从奔驰车与墙壁的空隙间走了出来。

他拖着一条腿，走进了木屋。

刑警晚了一步出来，没能赶上。

木屋门合上了。

*

俊郎俯身倒在起居室中央的沙发前。

一动都不动。

看见儿子的头被一片血泊包围，勋感到被人兜头浇了一桶冷水，浑身一阵恶寒。

“俊郎……喂，喂。”

他在旁边叫了几声，儿子没有反应。

他暗自祈祷着，抓住了儿子的手腕。

有脉搏，而且很清晰。勋吐出不知何时屏住的气息，放下心来。

就在这时……

背后的房门发出了上锁声。

头部裹着绷带的男人站在门口。是武内。但那不是勋所熟悉的绅士风范的武内。即使除去双眼的肿胀和嘴角的血污，他的表情也极其异常。

“警察！开门！”

外面传来喊声。

武内惊讶地看着勋，随即拖着右腿走了过来。

“我……我也被弄伤了。你看，我的腿都变成这样了。”

他带着哭腔说着，指了指膝盖以下被鲜血染红的右腿。

勋不明白他究竟想表达什么，但也没时间细问。他要先想办法救俊郎。

他回身走向门口，打算让寻惠她们叫救护车。

就在这时，武内突然动了。他拾起落在地上的黄铜棍，扑过去狠狠砸在俊郎的脖子上。

“你干什么?!”勋按住武内，夺走了铜棍。

武内一下就被他掀翻在地。接着，他艰难地爬起来，悲伤地看着勋。

“是他不好。你要理解我。”

“别过来！”

“我的腿……我的腿好痛。”

他委屈地说着，不停揉腿。

这人怎么回事？勋气愤地握紧了拳头。

他刚要转身走向门口，武内就伸手去拿旁边茶几上的大理石烟灰缸。勋举起铜棍威胁道：

“别动！”

武内无力地摇着头，缩回了手。

“请你理解我。我才是受害者啊。老师，只有你一定要理解我。”

他说什么疯话呢……勋狠狠地瞪了他一眼。

现在对这个人出手，算是正当防卫吗……勋的脑中瞬间闪过了这个想法。但他举起铜棍本来不是想袭击武内，于是勋吐出一口愤怒的气息，抑制了冲动。

“快开门！”刑警在外面猛敲大门。

勋拿起桌上的大理石烟灰缸，用目光制止了武内的行动。他一点点退后，见武内没有动作，便迅速转身打开了门锁。

再转过来时，武内已经把餐盘砸在了俊郎头上。

勋怒火中烧，脑中浮现出一个词。

他扔下铜棍，双手握住了大理石烟灰缸。

武内对上勋的目光，动作顿了顿。他拿着餐盘又砸了一下俊郎的头，然后才松开。

“请你理解我……”他举起双手哀求道。

“警察！”勋背后传来了吼声。

但他还是一步一步走向武内，举起了烟灰缸。

“死啊——！”

他竭尽全力发出呐喊。

那个瞬间，他脑中似乎有根弦绷断了。

24 判决

“……被告一边说‘死啊’，一边坐在被害者身上，双手举起所持的大理石烟灰缸，砸向被害者头部。其后，被告不顾警官的劝阻，反复说‘死啊，死啊’，重复了大约十次同样的行为，最后导致被害者因头盖骨骨折死亡……”

大约半年后，勋站在小小的法庭上，接受自己犯下的罪行的判决。

被一名法官宣判无罪的人，在那名法官退休后伤害了他的家人，最终又被那名法官杀害……这起想必令许多人都震惊不已的案件，被告人正是自己。

勋抬起眼，前方坐着三名法官，全都是生面孔。

审判长宣读判决书时全程垂着眼，没有看他。

真够平淡的啊……勋静静地听着，兀自感慨。

“……被告在行凶之前，被害者已经举起双手表示放弃抵抗，关于这一事实，警官证词与被告供述相符，视为属实。基于这点，被告剥夺被害者生命的行为已经远远超出正当防卫的范畴，应视作带有强烈复仇意义的凶行……”

的确超出了正当防卫的范畴……或者应该说，作为正当防卫已经太晚了。正如野见山所说，他在关键时刻没能做出及时的判断。对此，他一直后悔到现在。只不过把那说成复仇，又有点不太对。

真要说的话，应该是他履行了责任……然而这种说法过于荒唐，他并不指望有人理解。

“……被告从事了三十五年的法官工作，并在其后成为一名法学专家，展开多种课题研究以充实司法制度，本应在尊重法律方面起到示范作用，然而被告的行为在法律上属于违反社会公序之事，其责任可谓重大。身为法学界人士，性质更属恶劣……”

读到这句话时，审判长的声音变得更为洪亮了。他也许是想表明自己的坚定态度，不过性质恶劣这种话着实是用得大胆了。

这么说是很有道理。只不过，哪有恒定不变的性质呢？

“……然而，在被告赶到之前，被告的家人遭到了被害者施暴，处在极其危险的情况之下。另外，在被告行凶之前，被害者并未遭到警方拘捕，被告的家人依旧处在可能继续遭到伤害的状态。因此，被告的行为虽然是执拗而过激的暴力，其根本目的也包含了保护家人免遭生命威胁的一面，很难视作带有明确杀意的凶行。被告行凶时所说的‘死啊，死啊’等话语，不应视作杀意的体现，而应理解为愤怒状态下偶然发出的咒骂，不能因此推断被告怀有杀意……”

明明喊着“死啊”杀了人，却没有杀意……勋不得不暗自苦笑。就算因此减轻了刑罚，也会被说成包庇同行。包庇一个杀人犯有什么意义呢?

他喊“死啊”的确不是出于杀意，但也不是偶然发出的。那一刻，如果他不喊出这两个字，有可能一下都砸不下去。因为他就是一个从头到脚浸透了守法意识的人，连儿子倒在面前都要考虑这能不能算正当防卫。像他这样的人要做出超越理智的行动，除了依托于杀意别无他法。他并非因为心怀杀意而呐喊，而是通过呐喊激发杀意。

不过这种话就算说出来，同样没有人会理解。

“……被告在法律界工作多年，为社会做出了很大贡献，其温厚的人格也得到相关人士的认同。只需重回法律精神的原点，即可开辟悔过之路，且考虑到本案的特殊性，被告再犯的可能性极低……”

判决书的宣读持续了很久，简而言之就是由于防卫过度而伤害致死，可以酌情免除大部分刑罚。

“下面宣布判决结果，请被告出列。”

勋遵从审判长的话语，站起来走上前去。

“主文：判处被告人有期徒刑一年零六个月。”

审判长平淡地说完，又宣布将判决前的拘留时间算入服刑时间。

听取主文时，他难免有些紧张。但是真正听完了，心里却没什么感慨。

审判长又宣布若不服判决结果，可以在两个星期内提交上诉申请，接着还是平淡地宣布了退庭。

不知为何，勋自然而然地向审判长鞠了一躬。然而审判长早已背过身去，一言不发地走出了法庭。

他看起来像是活在不同世界的人。考虑到自己不久之前还站在那个位置，勋觉得很是奇怪。

他在那个世界得到的东西，已经全部丧失了。这种一身轻松的感觉让他有点无所适从。

不过，他并没有为自己的丧失感到可惜。

因为他勉强抓住了一些东西。

等待法警为他戴上手铐和系上腰绳的间隙，勋转头看向旁听席。

他们都在最前排。

俊郎注意到勋的目光，对他耸了耸肩，仿佛想说能猜到是这样。

俊郎身边放着拐杖，看来头晕的症状还没完全缓解。勋觉得很对不起俊郎。因为这个家里能保护他的只有勋。如果当时他没有让武内的追击得逞，俊郎的后遗症也许就没那么严重了。他还很担心俊郎说话不清楚的症状，希望儿子能在延后到今年的口试之前有所恢复。所幸，俊郎没有丢掉他天性里的开朗，而且在勋离开后，他已经有了十足的一家之主气质。

雪见抱着円香坐在俊郎身边，此时正抓着円香的手朝他挥动。她的笑容是她自己争取到的。多坚强的女人啊。

寻惠坐在雪见旁边。他明明给妻子增添了许多烦恼，但她丝毫没有表现出来。

他在最危急的时刻，勉强抓住了这些宝贵的人。

虽然他自己做了愚蠢的事。

这并非自我厌恶。

寻惠看着勋，伸出双手握紧了拳头。

加油。

她做了这个口型，然后微微一笑。

勋点了点头。

他感慨万千地转了回去。

是时候退庭了。

昂首挺胸吧。

参考书目

《日本的法官》，野村二郎，讲谈社

《法官的工作》，受验新报编辑部，法学书院

《司法实习生眼中的审判内情》，对司法现状倍感震惊的第 53 期实习生会，现代人文社

《不要相信法官！》，柳原三佳、松永宪生、寺西和史等，宝岛社

《冤罪入门》，小田中聪树、佐野洋、竹泽哲夫、庭山英雄、山田善二郎、再审・冤案全国联络会，日本评论社

《冤罪是怎样酿成的》，小田中聪树，讲谈社

《现代审判》，市川正人、酒卷匡、山本和彦，有斐阁

《养育女孩子》，野间和子兼修，大泉书店

《不讲道理的 2 岁孩子》，Petit enfant 编辑部，妇人生活社

《自我中心的 3 岁孩子》，Petit enfant 编辑部，妇人生活社

《我总是骂孩子》，Petit enfant 编辑部，妇人生活社

《续・感谢阅读》，Petit enfant 编辑部，妇人生活社

《每个人的看护入门》，生岛博，幻冬舍

《当我们把“襁褓”交给母亲》，舛添要一，中央公论社

《柴炉烤比萨》，年轮蛋糕·比萨普及联盟，创森社

此外，衷心感谢大方协助取材的 K 氏。

解说

藤田香织

我上小学一年级时，家里来了一条狗。由于工作调动，父亲的同事把那条四岁的黑狗送给了我们。它叫太郎。我和弟弟为了早点跟它交朋友，兴奋地尖叫："太郎，坐下！""太郎，握手！"第二天，住在隔壁的同学小 U 见我们姐弟俩玩得正欢，就走了过来。"啊，小 U！你看，我家有狗了！它叫太郎！"小 U 没有像我们那样兴高采烈，而是表情微妙地说了一句话："我爸爸也叫太郎……"从那天起，太郎就成了次郎。

五年后，我们一家搬进了公司的集体宿舍。虽说是宿舍，那里也只有四户人家，邻居来往很频繁，无论大人还是小孩，一年到头都会很随意地到别人家做客。我们隔壁住了一对跟我们姐弟俩同龄的姐妹，所以我们几乎每天都在一起玩耍。她们的妈妈是个豪爽的女性，爸爸是个矮小又温和的人，对我们也特别好。两年后，那一家的父亲同时出轨两个人的事情被曝光，抛妻弃子与情妇私奔了。

距今大约四年前，我居住在东京都内联排平房。那种联排房一栋三户，我在中间那户，右邻住着一个独居的中年男人，我两次见到穿着水手服的女孩子大白天从他家走出来，还说“下次再来哟”。左邻住着一位母亲，带着三个还在上小学和幼儿园的孩子。那位母亲是个心宽体胖、面容慈祥的人，每次碰到我都会笑眯眯地点头致意。但她每天都会用令人难以想象的粗言秽语咒骂家里的孩子，而我只能胆战心惊地听着。有一天，我在公园里碰到那家的三兄妹，二女儿小爱（假名）对我说：“我没有爸爸。”我当然知道，但没有表现出来。小爱见我不说话，又解释道：“小爱上幼儿园的时候，爸爸喝醉酒回来，跟妈妈吵了一架，第二天起来，爸爸就死了。”几个月后，我听说小爱的妈妈是一名护士……

这就是我读完《邻居》后，想起的关于自己“邻居”的事情。向大家献丑了。

本书由一场包括幼小孩子在内的灭门案审判开局，讲述了“邻居”不为人知的秘密，是一部悬疑小说。检方主张，被告人武内真伍在拜访关系亲密的邻居一家期间，因为“被害者没有用过他赠送的领带”，冲动杀害了那对夫妻及他们的孩子，并在事后伪装成遭到暴徒袭击的受害者。但是在公审开始后，武内推翻了自己的供述，坚称自己遭到了警方的高压诱导式审讯。若检方案由属实，武内则应当被判处死刑。若武内的主张正确，这便是一起冤罪。死刑还是无罪？在万众关注之下，审判长梶间勋以武内背部因金属球棒殴打所致的伤情无法伪装，同时犯罪动机过于牵强为由，做出了无罪判决。

故事快进到两年后，梶间勋在那场审判后辞去了法官工作，转行成为大学教授。他在一场公开讲座上重遇了武内，情节开始发展。武内对他反复表达感谢，勋很是感慨，与其交谈时透露了自己辞职后定居在多摩野高地上新建的住宅区，并主动邀请武内出席研讨会讲述自己的冤罪经历。不久之后，武内搬进了勋家隔壁无人居住的房子里。勋一边认为这只是个巧合，一边又感到莫名疑惑。而武内对这次重逢又惊又喜，露出了灿烂的笑容。

从那天起，梶间家就缓慢而无可否认地陷入了混乱，最终被卷进了可怕的事件……

2000 年，雫井脩介凭借讲述体育兴奋剂问题的《荣光一路》获得第四届新潮推理俱乐部奖并出道。主人公望月篠子是一名职业柔道运动员，曾在柔道世界大赛获得金牌，后来却因受伤无法参加奥运会而退役，年纪轻轻就成为全日本柔道联盟的女子教练。她与专研运动科学的剑豪朋友佐佐木深红等人合力调查两名男性选手的兴奋剂使用嫌疑，揭穿了隐藏在灰色空间中的体育兴奋剂问题，受到读者瞩目。

望月篠子与佐佐木深红在其第三部作品《践踏白银》中再次发挥实力，追查高山滑雪运动员死亡事故的真相。两名女性角色都充满个性和魅力，个人认为雫井是一名擅长描写女性的男作家。

在解读悬疑推理著作时提及女性的描写也许有离题之嫌，但是在读完本书后，我最先感叹的仍旧是他罕见的女性心理描写方法。

梶间家是一个四世同堂的家庭，勋和妻子寻惠、正在准备司法考试的俊郎及妻子雪见、三岁的女儿円香，以及因为中风而卧床不起的勋的母亲，这么多人都生活在同一屋檐下。勋在散发着高档气息的新兴住宅区买下了户型最大的五房两厅小楼，接母亲和儿子夫妻一同生活，并认为自己已经完成了任务，从此不再插手家事。正在准备司法考试的儿子俊郎同样两耳不闻窗外事，使家务、育儿和看护勋母亲的工作都落到了寻惠和雪见头上。

本书开篇的庭审部分先使用了勋的视角，在武内搬到隔壁后就以寻惠和雪见的视角为主，这一视角的转换在后面成了关键。

勋的妻子寻惠是个典型的日本好媳妇。她的婆婆身体健康时，非但不允许她回家照料自己的母亲，连最后一面都没让母女俩见上。尽管如此，寻惠还是尽心尽力地照顾着病倒的婆婆。在婆婆卧床不起后，她一手包揽了婆婆的吃喝拉撒，虽然在搬到新家后得到了儿媳雪见的帮助，但也有一些事情她是绝不会交给儿媳做的。比如寻惠为便秘的婆婆灌肠，甚至用手指帮她抠出了干硬的大便。

尽管她如此尽心尽力，却从来没有听婆婆说过一句感谢。而且婆婆从小在大家族娇生惯养，从不知道看护老人的工作有多么辛苦。可是，寻惠为了补偿她对亲生母亲的亏欠，更加尽心地投入了婆婆的看护。她完美地完成了看护和家务工作，毫无可挑剔之处，只希望能坦坦荡荡地为婆婆送终，在最后的最后得到一句“谢谢”。

然而，作者却在故事的前半部分安排了一个情节，让寻惠的期待化作泡影。勋的姐姐满喜子按照自己的心情每月只来看护母亲两三天，而有一天趁满喜子在家中，婆婆召集了她、勋、俊郎和寻惠，像公布遗嘱一般分配了自己一点点积攒起来的五百万养老金。“给满喜一百万……”“给小俊五十万……”婆婆看着存折慢悠悠地说道。勋的弟弟和俊郎的堂兄弟分别得到了一百万和三十万，合计金额共三百七十万。寻惠微笑着看婆婆以自己的方式向家人表示感谢，并猜想她会说剩下的给勋。然而这时婆婆却说：“给寻惠三万……”

这已经不是寻常的挑衅。

“三万是什么意思？她为婆婆做的一切，换成金钱只值三万吗？她比那些亲生子女还要尽心尽力几十倍，就只值这个数字吗？没有就没有了。她完全可以把分给勋的部分当作自己的。如果一分钱都没有，她还可以按照常识这样理解。她为何非要单独提出三万这个可笑的数字，彻底践踏了自己一直以来的努力和辛酸？为何要如此贬低她的价值？”寻惠当然会感到愤愤不平。努力得不到回报，心意得不到认可，她忍不住说：“妈……我不要你的钱……不要你的钱。”对此，满喜子斥责道：“作为一个有血有肉的人，怎么能因为金额太少，就拒绝别人的好意呢？”

就这样，作者在寻惠心中制造了裂缝，让武内乘虚而入。

寻惠得不到家人的理解，沉浸在深深的痛苦中。武内作为邻居，有节制地体谅了她身体和精神上的辛苦，向她伸出了友好的手。理所当然，寻惠将武内理解成了一个曾经被污名化，但依旧保持着善良品质的人。

与此同时，作者还细致入微地描写了雪见遭受母亲的虐待长大，决心不让自己的孩子受到那种委屈，满怀爱意养育円香的日常。由于丈夫没有收入，她不得不与公婆同住一室，心理上感到不自由的同时，又因为女儿的调皮而发愁，不知何时才能从繁重的育儿工作中解放出来。雪见烦恼于母亲之间的交往，烦恼于体罚孩子的罪恶感，烦恼于不敢向丈夫坦白的过去，这些都无处倾诉。

但是她与为人善良的婆婆不同，她从一开始就感觉到武内有种令人毛骨悚然的气质，无法完全信任这个渐渐与梶间家拉近了关系的人。

最后，雪见成了梶间家唯一质疑武内人性的人，导致她跟寻惠与俊郎的关系都陷入了僵局。

作者对梶间家的女性，尤其是寻惠与雪见的心理描写，可以说与最为擅长描写女性心理的现代女作家桐野夏生和乃南朝不相上下，给本书的故事增添了让人咬牙切齿的真实感。尤其对现在号称最大读者群的二十岁到六十岁女性读者而言，这一定是令她们感同身受的“卖点”。

武内究竟是带着善意的邻居，还是有什么不可告人的阴谋?

故事带着读者在迷雾中推进，勋的母亲因为食物哽噎而死，雪见身上的误会加深被赶出家门，灭门惨案的被害者亲属池本夫妻与雪见一道上门警告，曾经为武内辩护的律师惨遭杀害，寻惠为武内做了伪证，梶间家渐渐陷入了危机。

勋一直保持着距离，以旁观者的角度观察这些事情，直到此时终于有所行动，找到了以前熟识的野见山检察官。他从野见山口中得知了武内三十多年前的过去，尽管很不情愿，却无法立即出手解决问题。

最后，梶间家究竟遭遇了什么样的事态，此处不再细说。在这里，我想说说自己对这本书的感想。

这是关于可疑的邻居武内的感想。

从这里开始涉及剧透，请尚未阅读的读者注意。我虽然认为武内是个“异常”的人，却也并非不能理解他的心情。他对人热情和善，所以希望得到别人的接纳。他努力了，所以希望得到回应。他表达了爱意，所以希望得到爱。这种心情想必很多人都有。工作上，每个人都希望努力得出结果后获得称赞。在家庭中，每位女性勤勤恳恳地完成家务和育儿工作，即使社会视其为她们的应分，不值得一句赞赏，却也能从中得到满足。人非圣贤，没有哪个人能在没有回报的情况下一直发送善意。

武内没有被简单描绘成表里不一的反社会者。这是本书最值得品味的地方，也是雫井脩介的厉害之处。

对每天见面的邻居，我都一无所知。而且直到现在，我仍未完全了解自己。但是在最后的最后，我要赌上书评家的名誉断言：截至 2004 年 6 月的这一刻，雫井脩介得到的社会性认同，远远低于他应得的评价。

希望各位读者能通过本书，进一步认识到他的价值。

图书在版编目（CIP）数据

邻居 /（日）雫井脩介著；吕灵芝译 . -- 长沙：湖南文艺出版社，2023.6
ISBN 978-7-5726-1107-0

Ⅰ. ①邻… Ⅱ. ①雫… ②吕… Ⅲ. ①推理小说－日本－现代 Ⅳ. ① I313.45

中国国家版本馆 CIP 数据核字（2023）第 058597 号

上架建议：畅销 · 日本文学

LINJU
邻居

著　　者：［日］雫井脩介
译　　者：吕灵芝
出 版 人：陈新文
责任编辑：匡杨乐
监　　制：邢越超
策划编辑：韩　帅
特约编辑：尹　晶
版权支持：金　哲
营销支持：文刀刀　周　茜
封面设计：胡崇峯
封面插画：王　媛
版式设计：梁秋晨
内文排版：百朗文化
出　　版：湖南文艺出版社
（长沙市雨花区东二环一段 508 号　邮编：410014）
网　　址：www.hnwy.net
印　　刷：河北鹏润印刷有限公司
经　　销：新华书店
开　　本：875 mm × 1230 mm　1/32
字　　数：303 千字
印　　张：13.375
版　　次：2023 年 6 月第 1 版
印　　次：2023 年 6 月第 1 次印刷
书　　号：ISBN 978-7-5726-1107-0
定　　价：56.00 元

若有质量问题，请致电质量监督电话：010-59096394
团购电话：010-59320018